读客® 这本史书真好看文库

轻松有趣，扎实有力

高阳版张大千传

高阳 著

文匯出版社

目　录

一

空门行脚

民国七年冬天，四川内江县籍，十九岁的富家子张爰逃禅，投身松江城内妙明桥附近的禅定寺，住持逸琳法师为他起了个法名叫“大千”——张大千这个姓名，以后越来越响亮，意义也越来越丰富。提到这个名字，大家脑海中会浮起多种印象：声名上占首位的国画家；第一流的书画鉴赏家；最会弄钱，也最会花钱的享乐主义者；美食家；传统文人画家的典型；最慷慨，也最体贴的好朋友；以及很讲究传统伦理的内涵与形式的一个现代“山人”。

张大千生来是“除非不做，要做就必须是最好”的性情，虽已出家，名利心犹在，到要正式剃度时，思量得有一位大德高僧来传戒才够味道。因而向人打听：“当今佛门中，谁的声望最高。”“当然是天台宗的谛闲老法师。”

天台宗为六朝高僧智𫖮所创。他俗家姓陈，荆州人，开山于浙江天台山，以《法华经》为本经，所以天台宗又称法华宗。陈后主曾经奉迎他入禁中讲经，隋炀帝礼遇更隆，赐号“智者大师”。到了唐朝，此宗出了两位“菩萨”——寒山、拾得，据说是文殊、普贤两菩萨的化身。

谛闲是天台宗四十三代的传人，曾在观音菩萨道场南海普陀，细参称为

"龙藏"的内务府刊行的藏经，回山后主持了浙东第一名刹国清寺，中兴了天台宗。此时他正驻锡在作为国清寺下院的宁波观宗寺。

于是张大千以头陀的姿态，由松江开始沿门托钵，一路募化到了宁波，投宿在一家小客栈中，打听观宗寺在何处。

宁波的第一大丛林是天童寺，其次是天安寺、天封寺，此外有个阿育王寺，亦为名刹。观宗寺原名延庆寺，虽也是宋朝所建，却直到谛闲住持那几年方始出名——原来天台宗重讲学，禅堂称为讲堂，所讲的是智者大师的八部著作，其中最主要的是《止观》[1]十卷。观宗寺初建时，便是天台宗用来讲学之处。到得谛闲，复振宗风，大开黉舍，四方衲子，闻风而至，观宗寺便也成了宁波的大丛林了。

大丛林的知客僧十有八九长了一副势利眼，一看张大千这么一个野和尚，拒而不纳，理由很简单："老和尚正在坐关。"

怎么办呢？张大千回到小客栈考虑了好久，决定写封信给谛闲，自陈慕道之诚，希望谒见求戒。这封信产生了效果，谛闲认为他颇有灵性，复信约他相见。隔着一道"关"，谛闲为他谈经说法，张大千亦颇能领会，可以说是谈得很投机的。

谁知话不投机的一刻出现了。

张大千十七岁到日本京都，二十岁回国，前后四年，学的是染织。据他自己说，他在日本认识一个叫朴锡印的韩国人，是胡适之[2]在美国哥伦比亚大学的同学，说得一口流利的标准英语。张大千欣赏之余，更觉得日本人说英语难听。当他率直道出他的感想时，人家的回答是："亡国奴的舌头是软的，要伺候人家，当然先得把外国话学好。"张大千大感刺激，决定不学日本

1　指《摩诃止观》十卷。本书脚注均为编者注。

2　著名思想家胡适，字适之。

话，雇了一个在天津长大的日本人当翻译，“伺候”他读书。

学成回国，爽然若失，他的染织学得很好，但不甘于当一名染织厂的技师。他的愿望是做画家，而且必须是名家。但中国传统文人画的名家，必兼诗、书、画三绝。会画而不通翰墨，只是画匠；诗画皆佳，字不出色，亦难望跻于第一流之列。张大千的血液中有浓厚的丹青成分，从小受母姊之教，工笔花卉的基础，打得极好；诗则题画不过七绝一首，凭他的天分及博闻强识的功夫，亦足以应付；可是题画的字，却拿不出手，因而他投在当时上海极负盛名的两大书画家之一的曾熙门下。

曾熙字子缉，号俟园，晚年自署农髯，湖南衡阳人。他是光绪二十九年二甲第一百二十一名进士，其时科举将废，仕途甚杂，曾熙这个二甲进士，用作部员或知县，都须候补。缺未补上，大清朝已经退位让国。好在他写得一手好字，便在上海悬润格鬻书，兼收弟子，与江西临川李瑞清齐名。每年润笔、贽敬收入，足可过相当优裕的生活。

但书道无速成之法，而张大千又急于成名，在彷徨苦闷之中，加以感情上的挫折——据他自己说，他的未婚妻也就是他的表姐谢舜华之死，是促成他遁入空门的原因。这是遁词。真正的原因是现实的压力，激出他不顾一切、企图突破困境的一种冲动。

张大千是个热爱生活的人，根本就没有什么看破红尘的想法，而且他也心存随时可以还俗的打算。这样到了受戒时，他就必须要考虑了。

他不是不愿意受戒，而是不愿留下受了戒的烙痕。袈裟随时可卸，髡顶仍能留发，唯有烧了戒疤便不复能还故吾。他跟谛闲大办交涉，从烧戒疤的起源说起，最后出以由禅宗的顿悟而来的诡辩，自道已经得道成佛，不需烧戒疤了。

七十多岁的谛闲，真是有道高僧，不为所动，但也并不生气。张大千到了推车撞壁的地步，想想只有一溜了之。那天是腊八节。

他逃出观宗寺，募化到了杭州，此行的目的是到西湖云林寺去投奔一个认识的和尚。云林寺所在地是有名的观光胜地灵隐山，位于北高峰下，杭州人称为北山，可出钱塘门沿白堤，经九里松走了去。如果想省点力，可以在旗下搭渡船到岳坟上岸，过“鱼乐国”的玉泉，就是九里松，可以少走许多路，但需要四个铜板渡资。

偏偏张大千只有三个。“一钱逼死英雄汉”，他到了岳坟，跟船家闹得不可开交，过程是：说好话，不听；开骂，回骂；抓住僧衣不放，结果扯破了。

一个游方和尚，而且是未曾剃度的头陀，能证明身份的就是身上的一件“海青”[1]，没有这一领僧衣，就不能“挂单”[2]。张大千这一下真变成“野和尚”了。他双眼睁得滚圆，大袖一捋，露出黑毛毵毵的双臂，从船家手中夺过桨，一阵猛抡。船家大叫救命，闲人呐喊叫打，但看张大千形似鲁智深，没有人敢上前，任他扬长而去。从那时候起，他打消了遁入空门去求出路的念头，他对自己说：“和尚不能做，没钱的穷和尚更不能做。”不过，他眼前还是深受委屈，到灵隐投奔他的“和尚朋友”，挂了两个月的单。

这两个月，在张大千的一生中，是最重要的。因为从《灵隐寺志》《云林寺志》《云林寺续志》以及其他佛门的文献中，他惊异地发现，那些大德高僧比世俗还要世俗，贪嗔爱痴之心，比世俗还要强烈；攀龙附凤之术，比世俗还要高明。只拿称谓来说：除了先师不称先父之外，子侄弟兄叔伯，照呼不误。既然如此，做个出家的在家人，不如做个在家的出家人。

1 即僧衣。

2 指行脚僧到寺庙投宿。

二

恽南田亦此山僧

张大千的和尚朋友，法号印湖。能跟张大千做朋友，而张大千又认为患难可依的，当然是极爽朗热心的人。他一见泫然，先陪他去挂单。监院见了他那件破海青，少不得询问缘故。张大千本乎“衲子不打诳语”的宗旨，据实相告，监院大笑。

到禅房中安顿好了，张大千将印湖拉到一边，悄悄问道：“灵隐的清规如何？”

“清规当然好的。”印湖反问，“你问这句话什么意思？”

“我是说能不能偷荤。”

“和尚偷荤是免不了的。其实悟道也不在乎吃荤不吃荤，南宋有‘虾子和子’，大相国寺有‘烧猪院’[1]。在灵隐寺出家的济颠和尚，吃酒吃肉，监院不容，具禀帖要驱逐他，那时的住持是你们四川眉山人，别号瞎堂的慧远禅师，手批两行：‘法门广大，岂不容一癫僧耶？’从此就没有人敢说话了。”

张大千大喜。“既然你引经据典，说和尚喝酒吃荤不妨，那么，”他老

1　北宋大相国寺僧人惠明善烹猪肉，时人呼其禅房为“烧猪院”。

实说道，“酒，我不喝，你得请我吃肉。这一阵我馋得要命。”

“可以！不过在本地不行，山门左右吃食店的房子，都是寺产。方丈交待，谁要卖荤腥给和尚吃，房子马上不租。我请你到城里吃小馆子。”印湖又说，“到城里还得先换一换衣服。”

印湖有个在家的好友，是个不矜细节的名士。到得他家，印湖原有俗家衣服存在他那里，张大千的身材跟他差不多，借穿亦颇合身。不过一个是烧了戒疤的秃头，一个是发长已遮项后的头陀，露出真相来，却有不便。好在时值隆冬，买两顶杭州人称为“猴儿脸”的绒帽，往头上一戴，照习惯任何地方都可以不脱下来，那样，行藏就丝毫不露了。

找的一家馆子却不小，招牌叫作“黄润兴”，在上城已靠近城隍山，据说是两百年的老店。相传乾隆南巡，微行访求民隐，曾经在此进膳，所以杭州人称之为“皇饭儿”。那里的拿手好菜是鱼头豆腐和“件儿肉”。张大千对鱼头豆腐的兴趣不大，手掌大的件儿肉，却大嚼了四件之多。

饭罢到城隍山去喝茶。张大千是一遇名山胜水便不肯轻易放过的，上得本名吴山的城隍山一看，自然大失所望，既不高，又不秀，更不幽。不过想到柳三变[1]的那阕《望海潮》，却是另一种感觉，他口中念着：“东南形胜，三吴都会，钱塘自古繁华。烟柳画桥，风帘翠幕，参差十万人家。云树绕堤沙，怒涛卷霜雪，天堑无涯。市列珠玑，户盈罗绮，竞豪奢。”视界就自然而然地扩展了。

眼中看、口中念和心中想，实际上不是一回事。心中想的是，据实写生，没有什么意思，要照柳三变的词意去画成一个手卷，才够气魄。那就是所谓写意。可惜现在自己的功力还不够。

1 北宋著名词人柳永，原名三变。

印湖听他自言自语地念念有词，便即问道：“你是在念惹动金主完颜亮，想‘立马吴山第一峰’的那首词？”

“是啊！”张大千说，“我心里在想，把这首词画成画，应该怎么样布局。‘怒涛卷霜雪’要连海宁的潮也画进去，才算完整。不过，那不知道是哪一年的故事了。”

“世上无难事，只怕有心人。人贵立志，你要做恽南田[1]第二，你就一定会成为恽南田，甚至胜过他。”

张大千在接受这番鼓励之际，同时也被提醒了。“据说恽南田在杭州做过和尚。”他问，“不知在哪里，我要去瞻仰遗迹。”

印湖笑了，故意问道：“你说在哪里？”

看他笑容诡秘，张大千的心思极快，立即答说：“莫非就在灵隐？”

“然也。”

“有这么巧的事！”张大千喜不可言，“你快讲给我听听，是怎么回事。”

“我可不大讲得清楚。”印湖问道，“恽南田的《瓯香馆集》，你读过没有？”

“我家有恽南田诗的抄本，没有提到他做和尚的事。”

“回头我陪你到旗下买一部《瓯香馆集》，另外再找找有什么材料。你回去先看看，明天我把本寺所藏的志书借出来让你研究。”

于是到旗下专卖旧书的六艺书店买了一部《瓯香馆集》。张大千翻开来一看，有一篇恽南田的侄孙恽鹤生所纂的《南田先生家传》，又有从恽敬的《大云山房集》录出的一篇传记，果然，两篇传记中都说恽南田十几岁时，

1 明末清初著名的书画家恽格，号南田，常州画派的开山祖师，后成为清六家之一。

曾在灵隐出家。

旧书店的老板，肚子里都很有些货色，听他们在谈恽南田早年的遭遇，便又介绍了一部袁子才的《新齐谐》[1]，说其中有详细的记载。张大千如获至宝，回到灵隐，先看两篇家传。且说恽南田在崇祯末年随父逊庵流落福建，“旗帅”陈锦破建宁后，恽南田被掳。陈锦无子，收之为养子。以后陈锦到了杭州，恽南田随义母去逛灵隐，与其父相遇。逊庵跟寺主谛晖商量，如何得以父子团圆。谛晖设计，等陈锦的妻子下一次携恽南田来拜佛时，故作危言，说：“无子宜出家，不然且死。”陈锦的妻子不得已，涕泣舍子。

《新齐谐》中就说得玄虚了，说有两个和尚，一个叫石揆，一个叫谛晖，石揆参禅，谛晖持戒，各不相下。谛晖是灵隐寺的住持，香火极盛，石揆眼红，打算夺他方丈一席。其时天旱，在灵隐以上的三天竺祈雨，石揆居然念咒召了黑龙来行雨，众所共见，皆以为神。谛晖自知不敌而避去，石揆便在灵隐当了三十年的住持。

石揆本来是明朝万历年间的举人，长于口才。一年举行法会，他登坛说法，口若悬河，震动一时。法会中的善男信女中，有个沈氏孤儿，年方四岁，随主人到灵隐来礼佛，为高坐坛上的石揆所见。石揆大吃一惊，向此孤儿的主人要求舍沈氏子为僧。石揆为之延师教读，沈氏孤儿要吃肉就吃肉，要着绸就着绸，亦不替他削发。这个孤儿极聪明，二十岁不到便去考秀才，石揆为他取名近思，沈近思取中了杭州府学第三名生员。

这样过了一个多月，石揆忽然传令，撞钟擂鼓，召集全寺僧众，说：“近思是我的小沙弥，怎么可以瞒着我去考秀才？”接着命沈近思跪在菩萨面前，亲自为他削发，披上袈裟，取法名叫“逃佛”。这一下激怒了沈近思

1　即清代袁枚的《子不语》。

同榜的秀才，联名数百人，控诉“奸僧胆敢削生员发！援儒入墨，不法已甚。”其中有个“学霸”叫项霜泉，率领豪奴，包围沈近思，呼拥到家，替他换上襕衫，帽子上缝一条辫子，仍作秀才打扮。然后张灯结彩，将妹子许配给了沈近思，礼成以后，置酒作乐，聚杭州府及钱塘、仁和两县的生员，赋催妆诗作贺，热闹极了。

这一来，沈近思自然蓄发还俗了，但三学秀才犹自不肯罢休，要烧灵隐、殴石揆。巡抚不得已，将石揆座下的两名侍者拘了来，各打十五大板。石揆的面皮被剥光了。

众怒平后，石揆复又召集全寺僧众，亲自领头礼佛，当众忏悔。“这是我负谛晖的报应！”他说，“我从住持本寺后，常想到己身灭度以后，非有大福分的人，不能掌理此地。沈家孤儿，骨相清奇，在人间为一品官，在佛家为罗汉身。那时我争胜之念又起，这一回是要叫释家胜过儒家，要他不做一品官，来做灵隐的住持。这都是贪嗔之念未除之故。如今侍者受杖，即我受辱，还有什么面目坐在方丈之位？你们赶紧拿我的禅杖、白玉钵盂、紫金袈裟，把谛晖迎了来，为我补过。”

于是谛晖接续石揆，住持灵隐寺——在康熙二十八年南巡时，灵隐寺奉旨改为云林寺。沈近思中了康熙三十九年设的进士，官至左都御史。

《新齐谐》中，接下来便谈恽南田的故事，与恽敬所记大致相同。最后有一段论恽、沈优劣的话，谛晖的见解是：“沈近思学儒，不能脱周程张朱窠臼；恽南田学画，能出文沈唐仇范围，以吾观之，恽为优也。”

看完这两段记载，张大千心里浮起一个极大的疑问，便问印湖：“沈近思，有这个人没有？”

“怎么没有。他是学理学的，官拜左都御史，死在雍正初年，不到六十岁。”

“那么，是不是在灵隐做过和尚？”

“做过。雍正还当面问过他，他也承认的。据说他晚年一提到石揆的养育之恩，总忍不住要哭。”印湖又加了一句，“这些都有文献可以稽考的。”

“这就奇怪了。照《新齐谐》所说，恽沈二人幼年出家，是在同时。可是，恽寿平生在明朝，沈近思雍正初年故世，不到六十岁，算起来应该生在康熙初年。两个人的年纪相差至少三十岁，这不是话不对头了吗？”

“啊，你这一说，确成疑问。”印湖答说，“我去借寺志来，你倒不妨查一查看。”

一查康熙年间所修的《灵隐寺志》、乾隆以后所修的正续《云林寺志》，张大千才弄清楚，救恽南田的，根本不是谛晖。说石揆作法召黑龙行雨，以夺谛晖的灵隐寺住持，更是荒诞不经的谰言。他也不是什么“万历孝廉”，这是算一算年龄就可以知道的事。果如所云，石揆到康熙二十年接任灵隐寺住持时，至少也在八十开外，早就应该闭关静修，不问外事了。

看来袁子才并无实学，然而在乾隆年间，他的名气极大，其故安在？

“这是因为他有一套与众不同的处世之道之故。”印湖屈着手指说，“第一，要让人看起来有布衣傲王侯的味道，身份才显得高，所以决不能做官，也不能做达官巨贾的清客，当然做诸侯之上客，另当别论，但亦只能偶一为之。第二，虽说布衣傲王侯，但真的在王侯面前，决不能傲，而且最好能找一位王侯当后台；不过找这个后台，一定要别有渊源，仿佛是自然而然发生的深厚关系。第三，要广骛声气，名声像滚雪球一样，越滚越大，这就要广结善缘了。第四，要想个能应酬人的花样。进一步说，是想个人家乐于来迁就你的法子，这样你的应酬才能不着痕迹，只显得你谦虚、厚道、重感情。第五，你肚子里要有货色，先求多、再求精，倘或专攻一门，你就施展不开了。”

这番话拿袁子才的生平来印证，都有具体的事实可覆按：第一是翰林出身，却只做了两任县官，三十多岁便辞官“归隐”了；第二，他有两江总督尹继善的后台，而尹继善在他殿试时，奉派为“读卷官”，谊属“恩师”，渊源有自；第三，袁子才广交达官名士，又收女弟子，隔一两年一定要出游，“推销”自己；第四，是袁子才最成功的地方，他造了一座随园，客来不禁，又写诗话，又写食单，作为广结善缘、应酬各方的工具；第五，袁子才肚子里的货色很多，诗文词赋，骈四俪六，“样样懂，样样松”。

张大千将印湖的话好好咀嚼了一会，颇有所获，而且还有心得可以补充。“布衣傲王侯，不是摆出一脸的傲气，只是‘富贵于我如浮云’而已。既然如此，还该有挥手千金的豪气。”他说，“袁子才名气虽大，却品格不高，就是爱打秋风，不懂‘千金散尽还复来’的道理。”

“话虽如此，也先要有千金可散才行。”印湖看他有些跃跃欲试的模样，便即劝他，“大千，你绝顶聪明，我希望你做恽南田第二，不要学袁子才，何况要学袁子才也不是件容易的事。”

“何以见得？”张大千不大服气，“我看他那一套，也没有什么了不起。”

“可是有一样你不如他。‘归隐’也要有买山之资才行，他很会弄钱，而且有弄钱的机会。你呢，花钱的本事倒是一等，做留学生跟当外交官一样，还雇专用的翻译。谈到弄钱，你没有那个本事，也没有那种机会。”

印湖接下来便谈到袁子才两个弄钱的机会。巧的是，两个机会都是为了婚姻，也都是新娘子出了麻烦；妙的是，两桩婚姻纠纷的男女两家，都是富户，否则巧而不妙，有机会也弄不到钱。

“那都是他当溧阳知县时候的事。一次是迎亲中途，忽遇怪风，将花轿刮到几十里外，有好心人家留新娘住了一夜，第二天通知她娘家，派人来把花轿抬了去。哪知道男家拒而不纳，说从未听过一阵风能把花轿刮出几十里的怪事，内情暧昧难明，这头亲不能结了。”

“这一下，要打官司了吧？”

“可不是。女家是有身份人家，也很有钱，岂能受这个冤枉？倾家荡产，也得打这一场官司。结果，袁子才不知道从哪些史书的《灾异志》《五行志》上，找出来两三个这种例子，当堂持给男家看。加以留新娘住的那家人家，也是地方上有名望的，出来作证，确有其事，男家才无话可说。”印湖停了一下又说，“袁子才常常自诩‘宰官须用读书人’，就是指这件事而言。”

张大千深深点头。“只要懂诀窍，弄钱不但很容易，而且名利双收。”他又问，“第二件事呢？”

“第二件事，可严重得多，袁子才也真显了本事。男女两家都是殷实大户，新娘子过门六个月，生了个男孩，你说这件事在当时严重不严重？”

“别说当时，就算现在也很严重。”张大千兴味盎然地说，“这可是袁子才的一个绝好的机会，倘能让男女两家皆大欢喜，两面受礼，那本事就大了。”

“袁子才就有那么大的本事——”

据说袁子才当时接受了男家诉请“大归”的状子，定期开审，事先传谕，男女两造的尊亲，亦就是新娘子的翁姑父母，以及女家的至亲近邻，到堂候传。由于当事双方都是地方上响当当的人家，这场官司轰动了溧阳。听审的百姓一直挤到大堂檐下，都要看看这位“县大老爷”如何来断这桩疑案。

袁子才二十四岁点翰林，二十七岁外放，分发江苏。他是“老虎班”[1]，

1　指明清进士以翰林外放知县。

又有朝中做大官的老师照应，所以补知县时，年纪不到三十。但他已留了两撇八字胡子，因为光下巴的县太爷问到风化案子，被告妇女固然羞说奸情，自己也觉得尴尬万分，留胡子显得老成些，问案就方便了。

照例先传原告，问完了却不传被告。召新娘子的至亲近邻上堂，问新娘子未嫁以前有何不守闺训的情事。证人异口同声，都道是守礼谨严的处子。于是袁子才再问原告，也就是新郎的父亲，何以要休掉儿媳。回答是六月生子，显然出嫁以前便有身孕。所生之子，非他家的骨血。然则是谁的骨血呢？答说不知道。

问案到此，袁子才开始断案。“六月生子而存活者，自古有之。”接着引经据典，指着公案上的一大堆书，叫值堂的刑案查办，翻到那一页，念那一段，念完了他又说，“不但自古有之，现在亦有。本县就是！”

此言一出，堂下像炸了马蜂窝似的，一片“嗡嗡”之声，但很快地就自动停了下来了。加以一声“惊堂木”，顿时静如空堂。

“你来！”袁子才将身边在装旱烟的听差唤到公案前面，从容吩咐，“把受了屈的被告母女，送到上房里，让她们自己去问一问老太太。”

一听“受了屈的被告母女”这句话，作为原告的新郎的父亲心里不免嘀咕：这场官司输定了！妇女的名节如同性命，说人家未嫁以前便有身孕，而又指不出蓝田种玉的主名，非诬告为何？不说别的，只判个当众向亲家赔罪，这个面子便丢不起。

哪知道袁子才却不是这么办。他只是开导，说六月生子是早产，夭折的居大多数，幸而存活者，都只为祖上积德，本身良善，天为之留嗣。不但不是责备，暗中还是一番恭维。

这时后堂传出话来了，说“老太太已经拿当初六个月生了大老爷的情形，跟新娘子讲过了，还教了新娘子好些喂孩子该当小心的地方”，不独如此，“老太太很喜欢新娘子，收了她做干女儿了”。

这一来，“县大老爷”跟男女双方结成了干亲家。袁子才犹如“嫁妹”，拿“召试博学鸿词”“乾隆己未科二甲第五名进士出身”“钦点翰林院庶吉士”“溧阳县正堂”四块高脚牌，鼓乐前导，用自己的大轿将新娘子送回夫家。

可想而知，男女双方无不心满意足。新郎的父亲尤其感激，身份、地位、面子所关，这场官司不能不打，而这场官司又实在不能打，因为输虽输不掉、赢也赢不到，必然拖成一个固结不解的僵局。缠讼的结果，对方的女儿至多不嫁，而自己的独子可也不能再娶。万一将来遇到一个偏袒女方的县官，把案子整个翻了过来，断合不断离，那时再娶的儿媳妇变成“妾身不分明”，不又惹来另一场官司？

不想袁子才真有旋乾转坤的手段，能将这一窝囊万分、无法收场的僵局，寻出一个面子十足、皆大欢喜的结果，他不仅感激，而且由衷佩服。那一笔格外加丰的重礼，据说就是袁子才经营随园的买山之资。

“这就是术！你是最仰慕东坡的，他不有两句诗：‘读书万卷不读律，致君尧舜知何术？’术，大足以致君尧舜，小亦足以致身富贵。不过术须学以济，不学不足以言术。”印湖指着堆在桌上的《云林寺志》《天童寺志》《灵岩寺志》等等说道，“你仔细去看看，恽南田那时候的那些个呼风唤雨的大和尚，谁不是饱学之士？只说救恽南田的具德老和尚好了，机思迅利，辩才无碍。倘非饱学，何足以语此？”

于是张大千细看具德老和尚的“行状”“塔表”，还有一篇吴梅村写的《塔铭》，越看越入迷，越看越向往。逃禅的苦闷，从与印湖一起盘桓后，本已渐次消解。此时更是胸怀大畅，自觉生机蓬勃，前程无限。因为他终于找到“自己”了——在张大千看，具德才是他的一个榜样。

具德法名弘礼，俗家姓张，绍兴人，而生长在杭州，出家于普陀。他生性好学，读佛经发生疑义，求教于本师，禅师起初还可以为他解惑，到得他的功夫一深，无可为教，只好劝他改投他处。这样辗转求师，最后投在常熟三峰寺汉月禅师座下。挑水、打柴，一切苦务力作，他从来不辞劳累，但仍旧不废参禅，更不肯轻抛经书。几年下来，他练得极好的口才，号称“铁嘴”。

“铁嘴”这个外号，不独赞他词锋犀利，而且亦形容他不肯让人，连他的本师都不让。有一天师徒二人居然斗气了，汉月将具德唤入方丈，一连数百问，具德针锋相对，随问随答，唇枪舌剑，疾如风雨。窗外门外，屏声息气的衲子，无不目瞪口呆。

照道理说，汉月有这样的“嫡子”，应该得意，但他名心作祟，始终铁青了脸，不以为具德通过了考验。具德心亦不服，退出来跟人说道：“七祖以来，哪里有这种问法？”禅宗以达摩为初祖，传至六祖慧能，下分临济、曹洞两宗，并称七祖。具德的意思是，自有临济宗以来，无此考问弟子的制度——他在临济宗是第三十二代。

这话传到汉月耳中，汉月又动了无名火，命侍者擂鼓聚众，升座诘辩，如是者一而再、再而三，具德存身不住，只得求去。有的人说，这是汉月的一番苦心，逼得具德自己去闯天下。

不过，具德虽离三峰，未忘师恩，常常去看汉月。最后，汉月终于授以衣钵，并念了一首偈子赐具德：“住山养得机缘熟，多觅真真铁骨禅。莫负老僧珍重付，痛除魔外作真传。”原来汉月弘扬佛法，重在积极进取，所以经他陶冶出来的十四得法弟子，皆颇有作为。具德的师弟、号继起的弘储，住持苏州灵岩寺，声光之盛，亦不下于具德，这是明朝末年的事。

及至清兵入关，南明覆灭，凭空出现了无数新贵，由于杀戮过重，他们多向佛门忏宿业。而大乱初平，民间人心虚脱，亦视清净佛门为休养托命之地，因而江南寺院，香火之盛，前所未有。具德的说法（讲解佛法）是有名的，因而到处受人延请。顺治初年扬州天宁寺请具德说法，四方衲子闻风而至者五千人，具德念了一首偈："五千衲子下扬州，百亿琼花笑点头。七尺乌藤行活计，凭何面目得风流？"踌躇满志之情，溢于言表。而自这首偈子流布大江南北，具德声名更如日中天，具德的弟子戒显作《本师行状》说："辙环一转，所至万人挤涌，挥汗成雨，至洗浴水一时呷尽。"魔力竟大到如此！

那时流寇初灭，天下粗定，古刹名蓝，荒废者多，但只要请来具德说法传戒，自有善男信女，有钱出钱，有力出力，来做重兴的功德。不过具德自己的大愿心，却在"南朝四百八十寺"居首的灵隐寺。

灵隐开山于东晋咸和三年，开山之祖是佛门尊称为"理公"的慧理大师，他亦来自天竺——印度，但入中土之时，早于禅宗初祖达摩三百年。自理公至明朝万历年间，灵隐寺的住持，共历一百三十余代。明朝最后一次大修灵隐寺，亦是万历那年。历时周甲[1]，复又改朝换代，到得清军下江南时，灵隐寺已残破得很不成样子了。

顺治六年，灵隐寺的僧众奉迎具德来住持。他一到便立誓要复兴理公的道场，亲自领头收拾瓦砾，清除宿莽，然后募化重建。灵隐寺焕然一新，只有大殿未修，而在顺治十五年忽然祝融为灾，数年心血，竟尔付之一炬。

哪知道这一把火，烧出了具德更伟的宏愿。同时也是因缘凑泊，顺治皇帝崇奉佛法，具德的两个师叔——木陈和玉林——先后被迎入禁中，开堂说法。顺治且奉玉林为师，法名"行痴"，算起来与具德是"堂房师兄弟"。上有好者，下必甚焉，具德虽不必以此为号召，而达官贵人自然会受皇帝的

1　指满六十年。干支纪年一甲子为六十年。

影响，乐予助具德实现宏愿，将一座灵隐寺彻头彻尾重新修建。顺治十八年七月，十三丈高的大雄宝殿和天王殿，同时上梁。当时的盛况，据寺志中记载："远近缁素，舍工者、施财者、助壶浆者、掷簪珥者，邪许号踊，倾动乡城，百戏攒贺，昼夜腾踏。飞来峰外市肆，杯酒盂饭，踊贵百倍，众自古迄今，无此盛举。"

那时的恽南田呢？他早已还俗，而且画山水让王石谷出一头地，以没骨花卉负盛名，且题语、书法兼工，世称三绝。但"烟云不改旧时贫""独采苹花待故人"，他心境的凄凉寂寞，可想而知。

"他不是具德老和尚的弟子。"张大千想，"我才是！"

三

还俗复还蜀

自以为无意中继承了具德法乳[1]的张大千，对“广大”二字，领悟得最透彻。凡事要广大，胸襟、气魄、学问、技艺，无不如此。当然，志大才疏，一事无成，徒为大言，适成狂妄。他曾很冷静地估量过自己：过目不忘的记忆力、举一反三的领悟力、腕底有鬼的摹仿力，以及似乎永远发泄不完的原始生命力——包括对人生两大欲的追求的兴趣。他肯定了自己应该奉“广大”二字为不二法门。

为人之大，第一自然是要气量大，但从古以来，大英雄往往“负气”二字看不破。张大千亦有这个毛病，终于有一天在西湖“楼外楼”的杨柳树下，他又跟船夫发生冲突。路人责备他：“和尚怎么好打架？”张大千大吼一声：“老子不做和尚了！”脱却僧衣，动起手来。

这下他犯了众怒，被好几个人围殴，张大千奋勇抵挡，也着实吃了些亏。正当危急时，突然有个四川口音的人，高声说道：“打得好、打得好！看他下次还要不要当和尚！”

语声入耳，张大千既惊且喜，急急转身来看。不是他二哥张善子是谁？

1 佛教语。喻佛法。谓佛法如乳汁哺育众生。

一声“二哥”自然就解了围。“你怎么来的？”张大千说。

“你说呢？”

张大千最怕他这个二哥。他家十弟兄，都是单名：荥、泽、信、楫。张泽就是张善子，爱虎成癖，别号虎痴；排名五、六、七的三位兄长早故；张大千行八，本名权，改名爰。张大千下面还有两个弟弟：老九名端，字正修；幼弟名玺，字君绶；另外有个姊姊，闺名璋枝。

张大千的尊人名怀忠，字悲生，原是广东番禺人。先世宦游入蜀，定居内江，从事盐业，到了张怀忠这一代，生意做得很大，盐业以外，又在轮船及百货业方面发展，家道殷实，但不幸两遭家难——是由张善子而起的祸。

原来比张大千大十七岁的张善子，清末参加革命，民初参加反袁，以致两次被抄家。他之革命与反袁，是疾恶如仇的个性使然。这样的个性，自然也不宜做官，所以他当过川军的旅长、盐官、知县、国务院参议、直鲁豫巡阅使署顾问，但不过五六年的工夫，便即辞官回里，闭门奉母，闲下来作画课弟。虽是老二，却如当家顶门户的长子。

他的疾恶如仇的个性，居家亦表现得毫不含糊。张大千背书不熟，自己伸出手心来挨戒尺。有一次他的表姐，亦就是张大千自道为她逃禅的谢舜华，看张大千受窘，暗自提醒了他一句。谁知为“二哥”发觉，连谢舜华一起打手心。这样一种不讲情面的脾气，张大千何能不畏？

这一次张大千逃禅，消息传到内江，自然是张善子出川来找。找到松江禅定寺，据说张大千怕烧戒疤，不别而行，张善子冷静判断：张大千性喜山水，杭州又是佛地，一定匿迹在湖上哪个寺院中。所以他由松江转杭州，天天在西湖上寻访，灵隐也去过几次，始终不见踪迹。不道“踏破铁鞋无觅处，得来全不费工夫”，竟在这样一种机缘之下，得以重逢。

“你自己说，你现在怎么办？”

“和尚不当了，也不能当了。既然还了俗，自然就能吃荤。楼外楼的醋熘鱼最好。”

“走！上楼！”张善子说，“吃完了上火车。”

于是兄弟俩在楼外楼头，大嚼了一顿。使得张善子深感安慰的是，张大千毫无看破红尘的那种萧瑟情状，健啖高谈，意气风发。实在不能令人想象，当初他是怎么会动念去当和尚的。

由上海下长江轮船，被“押解回籍”的张大千，已定下了一房妻室，是张太夫人做的主。对方与张太夫人同姓为曾，闺名庆蓉。但这不是张大千初谐鱼水，他是先有偏房，后有正室，而且已有了两个孩子。偏房叫黄凝素，与曾庆蓉燕瘦环肥，各具风姿，张大千的子女便以“胖妈妈”“瘦妈妈”的昵称作为区分。

结婚，当然不是为了要困张大千于乡里。张太夫人与张善子都知道，一隅之地不能限骥足，他仍旧应该到上海去发展。张善子惊喜地发现，爱弟在画画这方面的进境，何止士别三日，刮目相看。细谈起来，才知道他如禅宗得道高僧的顿悟，拨去浮翳，直指本源，天才尽行发露了。

“我的字实在太丑了。”张大千说，“恽南田如果不是那一笔深得褚河南[1]三昧的字，不能享那么大的名。”

接着，张大千谈他从曾农髯学字的苦闷：弟子的习作堆积在书房屋角，很难得被拿出来看一看、讲一讲；日夕侍师与那班遗老清谈，虽听到了许多胜国遗闻、名流轶事，究无补于艺事。

“我最难过的是，曾老师要写字的时候就上楼，关起了房门不许人看。那时候我总觉得老师把我们看作外人了，好没意思。”

1　唐代著名书法家褚遂良，唐太宗时封河南郡公，世称“褚河南”。

"各人有各人的脾气，曾老师也不是故意的。"张善子考虑着说，"或者再拜一位老师。"

这是个不得已的办法，但也是唯一的办法。所顾虑的是，另投他师，怕曾农髯心中不悦。兄弟俩细心研究下来，只有投在"清道人"门下，或可免此顾虑。

光绪二十一年乙未会试，状元骆成骧是张大千的同乡。他在"进呈十本"的卷子中，本来排名第三，因为策论中"君忧臣辱，君辱臣死"这八个字，使得光绪皇帝触动前一年黄海熸师、平壤大败的隐痛，将其拔置第一。同榜二甲十五名的李瑞清，就是清道人。

李瑞清字仲麟，号梅庵，江西临川人，由进士点翰林，官至江苏提学使。辛亥革命那年，他化装为道士从南京逃到上海。当时为遗老视作"首阳山"的有两处地方，北为青岛、南为上海，两地托庇于租界之中，仍不妨奉大清的"正朔"。在上海的遗老，以丁未政潮[1]的主角、袁世凯的死对头——"协办大学士"瞿鸿禨为首，其次是"北洋大臣直隶总督"陈夔龙，再下来便是沈曾植、樊增祥、冯煦、陈三立、郑孝胥、陈曾寿等，李瑞清亦为其中之一。

这些遗老，纪年用干支，或者"宣统"的年号，大部分留了辫子。只有李瑞清最特别，他穿上那套道士的服装，索性就不脱下了，辫子盘在头顶上，加上一顶"黄冠"，倒也干净利落。于是熟人都叫他"李道士"。散原老人陈三立的诗题中，便是如此称呼。明末遗民万寿祺自号"寿道人"，李瑞清恰好仿此前例，自署"清道人"。

遗老的境况，各不相同，有的宦囊极丰，有的捉襟见肘。清道人属于后

1　1907年清朝最高统治集团内清流派与北洋派之间的党争。

者，他弟兄三人同炊，连眷属带旧部，有五十口人之多，“十里夷场”处处要钱，比“长安居”更不易。兼之清道人身材魁伟，是个老饕，他的食量，非“兼人之量”四字所能形容，光是他个人的饮啖之需，便是一笔极大的支出。这就不是靠门生故旧的接济所能敷衍得过去的。好在鬻艺自给，有明末岩壑之士的先例在，哪怕摆测字摊、摇串铃做走方郎中，都是不失身份的事。清道人可鬻之艺，是他的书法。

清道人自道他临池的功夫，是从大篆入手。年长以后，学汉碑，二十六岁开始习隶书，“既乏师承，但凭意拟”，只奉南北朝的碑拓为圭臬，每临一碑，点画之间，唯恐失真。光绪三十年他漫游黄山等地，看云看海，忽有所悟，跳出桎梏，挥洒自如。以后又学宋朝的苏黄米蔡四大家[1]。总之，清道人于“书”无所不窥，虽博亦杂。恭维他的，说他“于古今书无不学，学无不肖，且无不工”，说他“恢奇绝世”；不满他的，戏称他的字是“百衲体”，结构并无定法，“或朝颜（真卿）而暮褚（遂良），或左欧（阳询）而右虞（世南）”，甚至说他“欺人，以草鞋底蘸墨作榜书，屈曲蜿蜒，人争好之，于是一时成为风气”。以后上海出现好些浅薄怪俗的书家，如杨草仙之类，论者以为“始作俑者清道人，不得辞其咎”。

1 宋人苏轼、黄庭坚、米芾、蔡襄的合称，他们被后世认为是最能代表宋代书法成就的书法家。

四

并世无两的绝艺

清道人是曾农髯的好朋友，或许可说是最好的朋友。

他们原是旧识，民国四年八月重逢于上海，清道人劝他留下来作“同行”。曾农髯科名较晚，官亦不显，还不够“遗老”的资格，许多“胜国耆旧”的文酒之会，起初要靠清道人提携。不过，曾农髯也很够朋友。魏碑向分南北两宗，曾农髯南北兼擅，但清道人写北魏已享大名，所以曾农髯不动北碑，自号南宗。所谓“南曾北李”之说，即由此而来。

收弟子也是，曾农髯常向登门执贽的人说：“清道人比我教得好，拜我不如拜他。”而且往往作函介绍。这也就是张大千再拜清道人，有把握不致为本师所嫌的道理。当然，这要预先征得曾农髯的同意。

张大千兄弟话说得很婉转，不说要跟清道人学书，只说清道人家累甚重，也知道他是老师的至交，想另外送他一份贽敬。曾农髯为人厚道，本就觉得平时有亏师道，所以欣然允许，而且亲自引入梅庵门下。

哪知门是拜了，竟无法见到“李老师”。李家的门房倒是很客气，但一提到要见老师，在门房那里就被挡了驾，理由很多，不是说“大人身子欠安”，就是说“大人正在会客”——清朝官场的规矩，不做官了，旧部仆从还是照做官时的称呼，所以陈散原笔下的“李道士”，在他家门房口中仍旧是“大人”。

有一天张大千的尊人问起清道人，张大千答说：“拜了师以后，还没有见过李老师的面呢！”

“为什么？”

“我也不知道。”张大千将几次碰壁的情形讲了些。

张大千的尊人想了一下，突然问道：“门官的见面礼送了没有？”

“没有。”张大千说，“我不知道有这个规矩。”

“那就难怪你总是被挡驾了。这份礼马上要补送，而且还不能少送。”

这个“门包”确是不轻，白花花四百袁大头。这一来当然不同了，每一次去，不但都见得到清道人，而且门官预先会关照“今天大人的精神不大好”，或者为什么事“刚发过脾气”，但最有用的是“大人在书房里写字，八少爷，你也不必在客厅里等了，直接到书房里去好了”。

能观摩清道人如何运腕、如何转侧，张大千自然获益匪浅。但相从清道人只一年而所以奉之为恩师，终生孺慕者，乃是由于清道人的启发，张大千才能练就一手并世无两的绝艺。张大千所获的启示，来自清道人谈书法的源流。清道人学书从大篆开始，接下来循两汉、魏晋、六朝、隋唐以迄于北宋四大家，对于书法的如何演变，以及为何如此演变，不但在理论上下过功夫，更有亦步亦趋临摹的经验，因而能道人所不能道。而且他还拿出“于古今书无不写，学无不肖，且无不工”的本事来印证他的说法，使得张大千更能心领神会。

那时负海内盛名的艺坛老宿吴昌硕，对清道人亦很佩服。他说：“先生精篆隶、彝器、砖瓦文字，旁通六法，举世共知。至其证阁帖之源流，辨狂草之正变，则吾与先生朝夕奉手，未能尽知。”而天资颖异的张大千，却已得薪传。

张大千从清道人学书，所下的是两种功夫，一种是创造。“七尺乌藤行活计，凭何面目得风流？”要有自己的面目，才能独擅风流。张大千在清道人的指点之下，融合隶篆魏碑，参以山谷笔意，终于创出一笔苍劲而飘逸、自成一体的行书。

再一种便是临摹，而且常用左手。由于对笔法的深刻了解，任何人的字，他都能在经过周到的分析以后，掌握住运笔用墨的要诀，模仿得惟妙惟肖。学得这一手功夫，本来只是年轻好胜，露一手炫人耳目，资为朋辈的谈助，但到后来，竟成为一项并世无两的绝艺。

清道人昆仲三人，老三李筠庵，张大千管他叫“三老师”，而关系则介乎师友之间。李筠庵因为家累甚重，常造些假画卖钱。造假画比较容易，但题款而能不为人识破却很难。李筠庵造假画的本事不到家，有一次借张大千所收藏的石涛的八幅册页，临摹好了，看题款不大像，为了取信于人，只好将真册页上的题跋割下来，裱在一起。而张大千所造假画的题跋则足以乱真，其功力可见一斑。

张大千最初造石涛的假画，却是出于敬师的一片孝心。当年遗老之一的沈曾植，有一次送了曾农髯一幅山水，作者是“明末四僧”[1]之一的石溪。原件是个横幅，曾农髯心想最好觅一件尺寸相当，也是“四僧”之一的石涛的山水，裱成一个手卷。李筠庵知道老画师黄宾虹有这样一幅石涛的山水，曾农髯大为高兴，写信给黄宾虹，希望割爱。哪知黄宾虹奇货可居，竟无法谈这桩风雅的生意了。

张大千为了安慰老师，便拿他所藏的石涛山水长卷，临摹了其中的一段，还仿石涛的书法，题了七个字：“自云荆关一只眼”，造句确似石涛的口

1　指原济（石涛）、朱耷（八大山人）、髡残（石溪）、渐江（弘仁）四人。

吻。最妙的是造假图章。石涛的别署最多，有一个叫“阿长”，而张大千有一方小名的图章叫“阿爰”，去“爰”存“阿”，再将一方只有一个“张”字的图章，截掉“弓”字旁，恰好凑成“阿长”二字。

这幅假石涛送给了曾农髯，颇获称许，曾农髯方在案头展玩时，黄宾虹来访，一见称赏，要拿他居为奇货的那幅石涛山水交换。曾农髯不便说破，亦不便拒绝。经过这一次的考验，也可以说由于这一次的鼓励，张大千造假石涛的动机，便不止于“游戏人间”了。

这另外的一个动机，说穿了只是一个“钱”字。钱在这个世界上所能发生的正反两方面的作用，张大千从深刻的感受中，有透彻的了解。从反面来说，自宁波到杭州，“一钱逼死英雄汉”的那段经历，是他忘不掉的。不过真的因穷受困，咬一咬牙关，将眼光稍微看远些，总还可以撑得过去。最令人无奈的是，骨子里穷而表面上看来不穷，他人有所求而实在无以为应，任凭如何解释，不能为人谅解，甚至于至亲好友，亦竟反目成仇，蜚语中伤，欲辩无由。那时候张大千才知道钱真是好东西，它或许不能买来快乐，但有时候可以买来“不痛苦”。当时就有一个连张大千亦深感痛苦的现实例子在，是关于清道人的“烦冤岁月”。

原来清道人自从劝曾农髯鬻书以后，对他自己的砚田生涯却不无影响。原因有三：一是曾农髯的润格定得比较低；二是同为魏碑，清道人遒劲特甚，以致一画数曲，真赏者少，蹙眉者多，尤其是寿序、墓志之类的“大件”，以平正华赡为尚，所以“大生意”往往转到曾处；三是“遗老”的“价值判断”逐年降低，“清道人”的下款不如早年吃香，而“曾熙”既为湖南人，很容易使人联想到“曾文正”，沾了这点光，求教曾熙的，就比求教清道人的来得多。

尽管曾农髯为人厚道，总是想着帮清道人的忙，但形格势禁，清道人有资格帮曾农髯的大忙，而曾农髯对清道人帮不上大忙。反因他的逢人揄扬，造成了一个清道人盛名之下笔润极丰的假象，连李家的至亲好友亦只见其“外强”而不知其“中干”的潜在窘境。

最糟糕的是，清道人的口腹之嗜，每每为他带来无法辩解的误会。他的健啖近乎神话，有个流传得很广的外号，叫作“李百蟹”。又有一副谐联，亦由清道人而来。上海有家福建馆子，名为“小有天”，是以郑孝胥为首的闽派诗人文酒流连之处，清道人亦常光顾。传说他每日在此进餐，于是有人以“天天小有天”为下联，用老子“道可道，非常道”这句话，节去“可”字，成为“道道非常道”来做配，成为一副“无情对”。试想，一食百蟹，大洋好几十，又天天下馆子吃饭，收入之丰，可想而知。

因为如此，他收到过匿名信，勒索两千元，限期某夜置于弄口垃圾箱中，清道人亲自写了一封信，备道窘况，后来居然无事。但有些亲属却以所求未遂，疑心他有意装穷，竟致造谣中伤。这个谣言恶毒异常，说清道人上烝[1]庶母。

清道人自言“三世为官”，年轻时随父游宦湖南时，娶了父执[2]的长女，闺名玉仙，新婚数日，即赋悼亡；续娶了玉仙的妹妹梅仙，亦是早逝。清道人从此不再续弦，为了纪念玉仙、梅仙姊妹，自题别署为“玉梅花庵”。

一直清居的清道人有个庶母，是他父亲宦游云南时所娶，名为“老姨太”，其实年纪比清道人还小一两岁。老姨太年轻时是个绝色美人，而清道人对老姨太视如生母，颇为孝顺。中冓之言，即由此而起。清道人的一班好朋友大多信以为真，渐渐疏远了他。连住得极近的陈曾寿都难得登门，《散原精舍诗》中，当然亦不再有“月夜遇李道士茗话”这一类的诗题了。

1　意为与母辈私通。

2　指父亲的朋友。

清道人知道了这回事，既惊且愤，自悲亦痛，竟致欲寻短见。当时清道人门下的大弟子推“两胡”，一胡是胡光炜，字小石；一胡单名俊，字翔冬，是名报人胡健中的胞叔。他们力劝清道人以事实来辟谣——事实是，清道人为根本不能人道的天阉[1]。清末民初的达官贵人，天阉很多，较早的有翁同龢、潘祖荫，以及翁、潘的门生梁鼎芬、于式枚。当时住上海，亦为清道人挚友的沈曾植，亦有此天残地缺。但清道人身材魁伟，食量兼人，竟也是天阉，似乎令人难信。

但经“两胡”陪伴，清道人在宝隆医院做了体检，终于由德国大夫出了很切实的证明书。宝隆医院在上海，犹如协和医院在北平，信誉至高无上，所出的证明书绝无可疑。这一下，他的那班老朋友才消释了误会，同时也恍然于他的两个太太何以早死。那时的闺秀，嫁了这样的夫婿，无复生趣，而又有苦难言，安得不抑郁以终？清道人自署“玉梅花庵”，正就是暗示玉仙、梅仙“盖棺犹是女儿身”，到死都是玉洁冰清、不可亵玩的两朵清冷梅花。

可是，明理的老朋友是复交如初了，而别有用心的小人仍旧在散播流言。民国九年九月十二日，清道人因中风去世，得年五十四。胡翔冬葬师于金陵牛首山，陈散原写诗送葬，题目是《清道人卜葬金陵哭以此诗》，诗是一首七律：

楼壁车厢反复看，海云写影一黄冠。
围城余痛支皮骨，辟地偷生共肺肝。
中外声名归把笔，烦冤岁月了移棺。
带障新冢寻藜杖，滴泪应连碧血寒。

---

1 指男子性器官发育不完全，没有生殖能力的现象。

“烦冤岁月”，直至“移棺”方“了”。张大千心想，老师如果不是虚有其表，而是真正的实至名归，有钱可以应酬亲属，又何至于有此到死犹在的烦恼？

至于钱的正面作用，因人而异，在张大千看，铜臭之物，却是风雅之媒。虽说江上清风、山间明月取之不尽、用之不竭，但也总要不愁生计，才有那份欣赏的闲情逸致。一身雅骨，独无“雅媒”，徒呼奈何！其时张大千本人，就有一桩本是雅事而几乎弄出一个不雅的结局，亏得曾农髯援手，才能脱出困境的经历，亦是促成他下决心的一个重要因素。

张大千那时已开始收藏古人的名迹。这是个很花钱的雅癖，家庭亦无法毫无限制地供应，而且钱要从四川汇出来，难免缓不济急，呼应不灵。有一次张大千买了一个江西籍老画家收藏的一批字画，议定总价一千二百元，只付了三分之一，其余八百元要等四川汇来。但那老画家急着回乡，价款没有收清，无法动身，颇为焦急。

就在这时候，曾农髯忽然来看张大千。那还是头一回，张大千颇有受宠若惊之感。尽礼接待之余，正想动问老师有何垂谕时，曾农髯先开口了。

“我听说你家的厨子肝膏汤做得很好，我今天就在你这里吃中饭。不必费事，做个汤就行了。”

张大千自是奉命唯谨，吩咐厨子预备，等再回来陪老师时，曾农髯才闲闲地提起来意。

“你是不是买了某人的一批字画？”

“是。”张大千答说，“等我拿来请老师赏鉴。”

“今天不必。我知道，都是珍品。”曾农髯说，“听说你四川的钱还没有汇到，差八百大洋没有付清？”

“是！”张大千有些局促不安了。

"这样好了。昨天刚好有个晚辈，送你师母的寿礼是一千块钱。给她两百，她就很高兴了，另外八百块钱，你先拿去给了人家。人家急于要回江西，付清了就不至于误了人家的归期。"

接着曾农髯就不由分说，叫进跟班来，嘱咐回家取款。张大千感激师恩，自是匪言可喻，但也深深感到，钱不但是"雅媒"，师友风义，有时亦非托之于钱不可。

那么，钱怎么来呢？卖画。画的价钱又从何而定？张大千那时画水仙，海上独步，号称"张水仙"。但一幅册页，不过大洋四元，要画多少幅水仙，才能换一张石涛的画？他心里在想，自己已画得石涛三昧，仿石涛的画、仿石涛的题款处处乱真，甚至列入石涛真迹中亦为精品，但如题上"大千张爰仿石涛"这一行款，就卖不起价钱了。

这又激起了张大千不服气的心情。明明不分轩轾的笔墨，何以一具真名便不值钱？如果老实说一句："你的画虽跟石涛不相上下，不过名气相差太大，所以价钱亦大有高低。"这倒也还罢了，偏偏还要自命内行，硬指如何如何不及石涛，岂能令人心服？

在这重重感触之下，张大千造石涛假画卖大钱，并不觉得是问心有愧的事。当然，他要挑挑"买主"。为了钱，要找有钱而性好挥霍的人，不但卖得起价，而且比较取不伤廉。

张大千终于找到一个"大买主"，这个"大买主"其实也是自投罗网。

上海租界中对杰出人物或者某一行业的翘楚，好以"大王"相称，小则"瓜子大王"，大则"地皮大王"。此人名叫程霖生，他的地产得自父传。程老不知其名，长了一脸大麻子，皆谓之为"程麻皮"，安徽人。身世无可考，有人说是"程大老板"程长庚同族，未可为据。

程麻皮两子，长子早死，留下一子名贻泽，是网球界的名人；次子即霖生，是个别具一格的纨绔——大致还有点乾嘉年间扬州盐商的味道，慷慨好出风头以外，亦喜欢附庸风雅，因此跟清道人亦有往还。

有一天他去看清道人，见壁上挂了一张石涛的画，程霖生初窥门径，兴趣正浓，认为这张石涛是精品，不由分说，非要带回去细看不可。这张画是张大千手笔，清道人不便明说，让他带走了。

不久，程霖生专足送了一封信来，内附合七百大洋的一张“庄票”，信上踌躇满志地自道是“豪夺”。清道人觉得老大过意不去，另外找了一张值七百元的石涛真画，派张大千送了去。

程霖生家住爱文义路[1]，住宅虽比不上哈同花园[2]，亦是上海有名的大第。张大千进去一看，厅上挂满了各家书画，但十之八九是假货，口中不说破，却反而大为称赏。讲的当然都是足以令程霖生倾倒的内行话，尤其是各家的身世源流，如数家珍，在程霖生看来真有闻所未闻之感。看看要入港[3]了，张大千便说：“程二先生，你收的字画，珍品很多，可惜不专。专收一家，马上就能搞出个名堂来了。”

纨绔好名，必求速效，专收一家，马上就能出名。程霖生怦然心动，便用征询的语气问道：“你看收哪家好？”

“你不是喜欢石涛？就收石涛好了。石涛是明朝的宗室，明朝亡了才出家，人品极高。专收石涛，配你程二先生的身份。”

张大千还建议程霖生题个斋名叫“石涛堂”，他举了好些以收藏古人名迹题做别署的例子，譬如明末陈眉公的“宝颜堂”、清朝成亲王的“诒晋斋”之类。程霖生越听越觉得对劲，但念头一转，心有些冷了。

1　今北京西路

2　旧上海最大的私家花园。

3　交谈中很投机，意气相合。

“我要收石涛，一定先要弄一幅天下第一的镇堂之宝。你看我这间厅这么高，挂一幅几尺高的中堂[1]，难看不难看？”

张大千抬头一看，中堂是一幅傅青主的行书，字有饭碗那么大，顶天立地，气派极大，当下蹙眉答说：“程二先生这话倒也不错。石涛的大件很少，可遇而不可求，慢慢访吧！”

张大千兴辞而归，马上开始筹划造一幅假石涛的山水。他物色到一张二丈四尺的明朝纸，精心造作，装裱好了，还要“做旧”。一切妥当，才找了个相熟的书画掮客来，叫他去兜程霖生的生意，关照他说：“一定要卖五千大洋，少一文不行。”

其时“地皮大王”要觅“天下第一的石涛”，这话已经传遍书画掮客的“茶会”。登门求售者不知凡几，但程霖生都认为尺寸不够。直到这幅二丈四尺的大中堂入目，方始中意。

“我不还你的价，五千就五千。不过我要请张大千来看过，他说是真的，我才能买。”

于是立即派汽车将张大千接了来。那掮客总以为这笔生意一定成功，佣金等于已经分到了，哪知道张大千一看，脱口二字：“假的！”

“假的？”掮客说道，“张先生，你倒再仔细看看。”

“不必仔细看。”张大千指着画批评，那处山的气势太弱，那处树林的笔法太嫩，说得头头是道。

“算了！算了！钱无所谓，我程某人不能收假画。”

掮客大为懊丧，而且一肚子的火，不知道张大千为什么开这种莫名其妙的玩笑，卷起了画，怒气冲冲地赶到张家。张大千已经回来了。

1　中堂又称大轴或堂幅，是中国书画装裱的一种传统样式。一般悬挂于厅堂或居室正面墙壁正中，两边配有对联。

“你不必开口，你听我说。”张大千笑道，“你明天再去看程霖生，就说这幅画，张大千买去了。”

掮客愣了一下，恍然大悟，无言而去。过了几天，他空手去看程霖生，一见搓着手，作出十分抱歉，而又无可奈何，外加有些得意与快意的表情，嘴里不断地吸气，发出“唏、唏”的声音。

程霖生看他这副样子，有些讨厌，很不客气地问道：“你来干什么？”

“没有什么。我不过是来告诉程老板，那张石涛，张大千买去了。”

“张大千买去了？”程霖生不信似地问，“真的？”

“我何必骗程老板！”

“你卖给他多少钱？”

“四千五。”

“张大千真不上路！”程霖生大怒，“你为什么不拿回来卖给我？”

“我拿回来说是真的，程老板你怎么肯相信？”

程霖生语塞，想了一下说：“你想法子去弄回来，我加一倍，出九千大洋买你的。”

“这，恐怕有点难。”

“你自己去想办法！转一转手，赚几千大洋，这种好事哪里去找？去！”程霖生一巴掌拍在掮客背上，“好好去动脑筋。”

过了几天，掮客有回音来了，他说张大千表示，并非有意夺人所好，一时看走了眼，后来再细看别的石涛，山跟树原有那种画法的，可见得确是真迹。但如果在程霖生面前改口，倒像真的串通了骗人似的，所以他自己买了。

听得这番解释，程霖生的气消了些，但对二丈四尺的石涛山水的向往之心更甚，当下问道：“那么，他卖不卖呢？”

“当然卖。”

“要多少？”

“程老板已经出过九千，高抬贵手，再加一千，凑成整数。”掮客又说，“我没有说程老板要买，恐怕他狮子大开口。”

“好！就一万。”程霖生恨恨地说，“我的石涛堂，大家都可以来，独独不许张大千上门。”

张大千亦不必上门。程霖生收藏石涛三百余幅，十之六七，出于张大千的手笔，据张大千自己说，伪作纸背，都有他的花押。

张大千之伪造石涛，所以无往不利，难以为人识破，有一个极重要的原因是：张大千本身即为石涛专家。他用伪造石涛而得的善价，搜购石涛的真迹。据说，张大千晚年曾经告诉他的朋友，他先后收藏过石涛的画，多至五百件。五百是个总数，旋得旋失，过眼烟云，非同时收藏五百件。但石涛真迹一时荟聚大风堂[1]，至少亦曾上百。他有一方出自方介堪之手的朱文方印：“大千居士供养百石之一”。收藏以“百石”自喜者，前有张荫桓的“百石斋”，藏王石谷山水百轴。戊戌政变继以“拳匪”作乱，张荫桓被祸，“百石斋随黄叶散”，其事不详。这或者就是张大千钤于石涛画幅上的收藏印，避免使用斋轩堂阁等字样的缘故。

美国国立弗瑞尔美术馆中国美术部主任傅申在《大千与石涛》一文中说：“如果说大千是历来见过和藏过石涛画迹最多的鉴藏家，绝对不是夸张之辞。不要说当世无双，以后也不可能有。”出于专家的判断，自为定论。因为如此，张大千有资格指他人伪造石涛，而他人无资格指张大千伪造石涛。因为尘世间究竟石涛真迹有多少，以及前人伪造的石涛又有多少，只有张大千知其约数。既然如此，一幅石涛是真是假，便只凭张大千的一句话。他人

1 张善子、张大千创建的画斋。

要从石涛之画与字的技术上去跟张大千辩论，必然徒劳无功，因为他对石涛比任何人都知道得多。

而张大千之“见过和藏过石涛画迹最多”，对于他伪造石涛最有帮助。或者说就艺术的观点而论，最有价值的一点是，他能修正石涛的短处，扩大石涛的长处。因此，伪造的石涛比真的石涛更好，亦是无足为怪之事。就此意义而以恕道立论，张大千非伪造石涛，而是石涛之画的再创造。

构成对整个画坛而言很讽刺的一件事是，张大千起初之享盛名，是由他自己提出证据，证明某一件石涛的画幅出于他的伪造而来。不过，揭破的原因、时机、方式，却常因人而异。

不管是画家也好，收藏家也好，如果自诩藏有石涛的精品，深自矜重，而为人提出真凭实据，揭穿是幅假画，当然是件非常难堪的事。尤其是说假的人即是造假的人，那就很容易因此记恨积怨，而成不解之仇。所以像这样的事，只发生于张大千年轻气盛时，而且往往也是在对方不知趣或过于自大的情况之下。

最为人所乐道的是两个故事，都发生在张大千第一次游北平时。那年他二十六岁。

据张大千自己说，他家的生意本来做得很大，另有两位张氏友人要求合作，创办了一家福星轮船公司以外，还有百货公司与钱庄。那一年——民国十三年，首先是福星出事，所属的一条“大胜”轮，在三峡中撞翻了黔军袁祖铭的一条武装走私的运盐木船，船上有一连兵，在三峡落水，殆无幸免之理。当时黔军在四川的势力很大，袁祖铭索偿，派人到四川查封了张家的许多产业，张家元气大伤。

岂知祸不单行，“三张事业”中，轮船、百货两公司的总经理，虽由张大千的三兄丽诚、四兄文修分驻宜昌、上海负责业务，但另外两张却假公济私，拿公司的钱抵了他们私人的亏空。那时商场的习惯，三节结账。到了端午节诸毒并发，公司就此倒闭。

这一来，花惯了钱的张大千就必须死心塌地去打算如何维持他的庞大的开支了。本来造假画只是为了买真画，多少带有游戏三昧的味道；而今后，他如果不造假画，就必须割舍他辛苦搜罗的真画了。

当然，他从未动过以造假画为终身职业的念头。造假画只是他创造自己的面目的一种手段，因为造假画才能求真迹。由临摹古人真迹入手，自形似至神似，自神似形不似而至于形神两不似，方有一个真正的张大千。这本来是可以不必求速效、水到自然渠成之事，如今为环境所迫，不能不急于望成名了。

于是，他以一个月的工夫，赶了一百幅画出来，在宁波同乡会开了一次画展。画展开得很成功，因为上海人讲"噱头"，而张大千刚刚开始留起来的一把大胡子，以及山水、人物、花卉、翎毛无所不有，显得无所不能的姿态，都很能唬人。此外他又加上一个人为噱头——画件不分大小种类，一律每张大洋二十元，且不得挑选，展毕编号抽签分配。因此，画很快就卖光了。可是卖光了也只有两千元。那时鱼翅席八块钱一桌，五口之家，省吃俭用，两千元已足够一年嚼裹，但在张大千看来，这笔收入无济于事——事实上他这头一次开画展，不重利，只重名。要让北方知道，南方有新近崛起的这么一个后起之秀，他北上"打天下"才有凭借。

北方的画家，在民国五年到民国六年间，以陈散原的长子，亦就是陈寅恪的长兄陈师曾为无形的领袖。他真是所谓"名父之子"，汪辟疆作《光宣诗坛点将录》，拟之为"地周星跳涧虎陈达"。父子并列在诗坛一百零八将之列的，只有陈散原与陈师曾。

陈师曾名衡恪，自署槐堂，曾留学日本。他的画亦是山水、人物、花卉兼工，山水学黄鹤山樵[1]，花卉则是当时最流行的新罗山人华岩一派，而最擅胜场的，还是人物。他最了不起的地方是，不论讲艺术、讲做人，他都存着一片乐与人为善而愿与人共勉的温柔敦厚之心。其时北平画坛是保守派的天下，齐白石木匠出身，笔下粗犷，不大中绳墨，为保守派斥之为“野狐禅”，颇加排拒。只有陈师曾为他到处延誉，而且鼓励他用大红大绿，独创自己的风格。齐白石佩服的画家很少，陈师曾为其中之一。

张大千亦复如此。他是很佩服陈师曾的，不过，他只在上海见过陈师曾，而且亦无深交的机会。陈师曾于张大千北游的前一年，得病为庸医所误，殁于金陵。当他在北平时，名画家几乎无一不交陈师曾，亦无一不推重陈师曾，往还最密的，一个是亦有诗书画三绝之称，曾在清华大学教过国文的姚茫父；一个是擅长花卉翎毛，宗法扬州八怪之一李复堂的王梦白；一个是山水花卉兼擅的陈半丁。此外如山水名家“二萧”——安徽萧谦中、湖南萧屋泉；创办“湖社”，收学生授艺，为纯粹画家的金拱北等，亦是常常在一起谈艺的好朋友。

旧京画坛的人才，虽未必赶得上江南，但从理论上说，北平总是中国的艺术中心。因此，张大千的春明之游，亦犹如平剧演员在北平生活一段时期，有所谓“镀金”的意味。所不同的是，后者为投名师，前者则为经历考验之后，收名定价。

在北平，张大千的居停[2]，是善画花鸟的汪溶，字慎生，浙江人。当时北平的画坛，浙江人占有相当势力。领导“湖社”的金拱北、周养庵，一个是文与可的乡人，一个与徐文长同里。周养庵名肇祥，号退翁，诗书画皆精，且富收藏，他又是中国画学会的会长，对会务极其热心，每逢三、八在中山

1　元代书画家王蒙，自号黄鹤山樵。

2　指寄居之处的主人。

公园会所开会，从不缺席。张大千以南方新起画家身份游平，周养庵自然要尽地主之谊。他事先已从汪慎生口中约略得知张大千的造诣，也见过张大千的仿作，席间盛赞贵宾对明四僧有研究，学石涛已入堂奥。

话题一转，周养庵谈到座客之一、画了三十年石涛的陈半丁，新收石涛画册，确为精品，不可不一广眼界。陈半丁亦就慨然面约，同座二十余同道，次日下午六点钟到他家吃饭看画。哪知第二天午后，张大千老早就去拜访陈半丁，坦率提出请求，赐观珍藏石涛画册。陈半丁的架子一向很大，又自恃年长张大千二十岁以上，很不客气地拒绝了。

及至客人已到得十之七八，陈半丁方始从里面捧出一具画箱来，郑重启开。画册装裱极精，第二页上有日本汉学家兼鉴赏家、与甲午前后一班名士如文廷式等人颇有交往的内藤虎次郎所题“金陵胜景”四字。

张大千手快，将画册随手一翻，立即合拢。“是这本册子！”他说，“我知道。”

“你知道什么？”主人大为不悦。

“是我画的。”

此言一出，满座皆惊，而十之八九在心中斥之为荒唐。张大千当时知道大家心中的感觉，便一口气“说娘家”：第一页画的什么；何处题款，款作何语；钤章几枚，印文为何。他在说，陈半丁翻着画册检点，悉如所言。其中还有个插曲，陈半丁急着去检查画册时，还跌破了眼镜。

显然地，张大千要求“先睹为快”，就是为了要目验真假。如果陈半丁不摆架子，张大千一定会很坦率地将这本画册的来历告诉他，此时当然更不会做此煞风景之事，而陈半丁亦仍可以当作真石涛以善价脱手。

与陈半丁的不欢而散，或许出于张大千的一时冲动，但曾有一次使罗振玉难堪的举动，则是刻意为之。罗振玉是近代“文人无行”的一个标本，他的肮脏钱很多，张大千卖假画，第一就要找这类人。他辗转卖给罗振玉的假石涛有两种，一种是“斗方”，北方俗名“炕头画”。讲究的大床，上有横栏，左右有槅扇；床内有条几、有板壁，处处需要“斗方”做装饰。这种“炕头画”向无名家作品，而居然出现了石涛，但以属于“炕头画”之故，卖不起价钱。罗振玉却喜其价廉物美，买来送日本朋友，大受欢迎，却不知都是张大千的狡猾。

再一种便是合乎收藏要件的书件。罗振玉收藏的石涛有数十件之多，他又收藏了八大山人[1]的八幅行书屏条，总想搜求石涛的八幅画屏做配，却一直未能如愿。

有一次张大千到天津，在罗振玉家看画，其中有一幅石涛，张大千表示有问题。罗振玉居然指着客人的鼻子大骂，斥之为无知狂妄。张大千默然忍受。三个月后，由上海传出一个轰动画坛的消息，说在某式微世家的故宅中，发现见于著录的石涛的八幅山水巨构。

罗振玉立即通知画商，打电报到上海，送原件来看。几天以后，画商送去一幅。罗振玉一看，惊喜莫名，原来尺寸与八大的字屏完全相同，他认为是天赐的一段翰墨姻缘，当时不由分说，将送去的那一幅留了下来，关照再送其余七幅。

这下当然要讲价钱了，往返磋商，终于谈成功，以大洋五千成交，那已是个把月以后的事了。

罗振玉自从得了这八幅石涛，得意之情，无可言喻，连同八大山人的行书屏条，重新装裱过后，设盛宴款客赏画。张大千亦在被邀之列。当主人夸耀、客人嗟赞时，他只是埋头大嚼。到得酒阑人散，张大千留在最后，开口

1　明代著名书画家朱耷，晚年取号“八大山人”。

说话了。

“这八幅石涛有点靠不住。”

“什么！你说什么？”罗振玉大为咆哮，几乎要动武了。

“老师息怒！”张大千从容不迫地答说，“这八幅画稿跟图章都带来了，请你老鉴定。”

打开随身带的“书帕”，画稿图章，一应俱全。罗振玉汗流浃背，面如死灰——这是乾嘉年间扬州盐商的老套，先放空气，看罗振玉上不上钩。等到通知画商送件，张大千先假造一幅，这一幅留下了，生意就一定可成了。于是借讨价还价拖延时间，把其余七幅赶出来。地点时间配合得宜，一步扣一步，只要罗振玉一动心，就非上当不可。

五

精鉴千年第一人

说张大千的画“五百年来第一人”，犹待时间的考验，至少需要有专家对他的作品作一有系统的研究，提出何以为“五百年来第一人”的论据，并经过一段时间，以待世人的认同之后，方能成立。但谈到国画的鉴赏，他自诩在五百年中不作第二人想，而事实上，说他已超越米元章、赵孟頫、文氏父子、王弇州、董思白、项墨林、毛子晋、梁蕉林、高江村，以及近代任何以精鉴知名者，直谓之前无古人，亦非过誉。

此非无因而至，正如他自己所说的“七分人事三分天”。先天所赋过人的记忆及分析方面的能力，只是一个基本条件，后天的机缘及关于书画方面的学养，方是能诣最高境界的梯阶。这可以分三个层次来了解张大千。

首先是见。眼界宽，见得多，外行亦可变成半内行，不过这是一个起码条件。见得多不一定能善于鉴别，而善于鉴别者，非见得多不可。谈到这一层，近代人的眼福，远过于前人。张大千交友甚广，海内藏家，几无不识；有名的画商，恐亦只有对他无所保留，所以他的眼界之宽，又过于侪辈。

其次是识。识得真假是鉴别，识得好坏是鉴赏。识得真中假、假中真，以及何以为好、何以为坏，言之成理以外，还能就作品本身定所作的年代，那才是精鉴。画假款真不妨谓之真中假；大件改成小幅，虽无款而确为真迹的一部分，自是假中真。凡此识力，虽非一般鉴赏家所能有，但亦并非张大千所独擅。

最后是知。这才是张大千在鉴赏界的上天梯。这个“知”字包括的范围极广，古代各家的师承、渊源、交游、风格的形成与变化之由来及评价，烂熟于胸，然后可以作出精当不移的分析及结论。像这样的功夫，也还有人能到，而在鉴真以外，对于造假的知识之丰富戛戛独造者，只有一个张大千。

这样的说法，似乎有点皮里阳秋，其实，我不是这个意思。不知假，焉知真？一幅画只是正面具备了真的条件，是不够的，必须还要从反面去研究有没有乱真的可能。这当然不是指画面而言，而是从画的本身以外另觅鉴别的途径。

这个途径就是时间。时间是无情的，因此，鉴别古画，撇开画的本身不论，有两个方法可资为依据：一是当时有无此种画材，最重要的是纸；二是这幅画所显示的迹象，是否已经历过若干年代。纵然如此，仍可造假。纸求旧纸，画上的年代，则可“做旧”。倘若对历代各纸的知识以及裱工作伪的技巧了如指掌，方有资格对人人皆信其为真迹的一幅古画提出可能为假的疑问。

张大千初度北游，对于鉴别的“见、识、知”三个层面，都有很大的收获。琉璃厂的卖画，分为古人、时贤两种。买古画需请教古玩铺，求时贤的画，则在南纸店有“笔单”可资问津，两者绝不相混。

照古玩铺的说法，古画十张有十一张靠不住。十张就是十张，何来十一张？大件改小，多出一张，不就是十一？而且古画只要是名家，无不有假，此风自古已然。明朝崇祯年间，上海收藏家张泰阶集所选古来假画二百轴，详细著录，他的画斋名为“宝绘楼”，这部书就叫《宝绘录》，共二十卷。此书自六朝至元明，无家不备，阎立本、吴道子、王维、李思训仅在第六七卷中才有名字。这部书，张大千当然看过。

还有部书，叫作《装潢志》，专谈装裱字画书籍的款式技巧，这也是鉴别之“知”中的必修科。张大千曾有两名养在家的裱工，可知他对此道的重视。

裱工以“苏裱”为尚，但三吴好手往时多集中在北平。琉璃厂关于裱工的轶事甚多，清初朝廷需用裱工，命苏州特送四人，至内务府报到后，发下细腰葫芦一枚，要在葫芦中裱一层里子。其中一人沉思久久，将葫芦蒂切开，塞入名为“瓷碗锋”的碎瓷盘，关照同伴轮流摇动。碎屑不断散出，倒出瓷碗锋，以指扣声，知道里面已极光洁，初步工作，告一段落。

然后他用白棉纸清水浸一夜，使其化成纸浆，调匀了灌入，随即倾去，等干了再灌，如是数次，方始进呈。剖开葫芦，里面有一个白纸“胎”——考验及格了。

“裱褙十三科”所料理的都是一张纸，所以学装潢，先须识纸，不是识“时贤”习用之纸，而是识古人所用之纸。历代皆有可传百世的名纸，张大千在上海、杭州、四川也稍微见识过，但一直到北游以后，方得大开眼界。

燕京五朝故都，又出过金章宗[1]、明宣宗[2]、清高宗[3]这些风雅好古的帝王，文物荟萃，历时千百年的名纸能保存下来，原是不算太稀罕的一件事。但如无琉璃厂古玩铺、裱画店、南纸店师徒口传耳授的关于鉴别名纸的知识，恐怕遇到李后主的“澄心堂纸”、陶縠的“鄱阳白”，亦会失之交臂。

张大千自识古纸，鉴赏更称巨眼，譬如一幅无款的山水，看布局、笔法、墨法，处处如黄鹤山樵，但此外并无确证，如能从纸上去研究，识得是一张出于宋朝、号称“尚方不及”的“张永自造纸”，即是一个极有力的佐

---

1 金章宗完颜璟，金朝第六位皇帝，雅好汉族士人的书画作品，学得一手宋徽宗的瘦金体。

2 明宣宗朱瞻基，明朝第五位皇帝，他是杰出的书画家，翰墨图书，极为精致。

3 清高宗爱新觉罗·弘历，年号乾隆，清朝第六位皇帝，好文墨。

证。相反，如果是一张“董巨”的山水，则可确定为伪作，因为董源、巨然生于五代，还没有“张永自造纸”。不过伪作的年代也很久了，非明即元，甚至是宋朝。

当然用“张永自造纸”假造黄鹤山樵的山水，亦是很可能的，问题就在：第一，画的本身，能不能乱真，这要看画的人的本事；第二，笔墨的陈旧，够不够年代，这就要看裱工的本事了。有时后者甚至比前者更重要。画能不能乱真，如无真迹比对印证，根本无从分辨，然则纸为有来历的古纸，画面又是表里皆旧，“确”为食人间数百年烟火的迹象，试问，有什么证据能证明它非真迹？

从清朝一直到北洋政府终了，海内装潢高手都集中在北平，而以乾嘉年间为极盛。当时的四大名匠都是苏州人，秦长年、徐名扬、张子元、戴汇昌，姓名藉藉于士大夫之口。张子元更是神乎其技，他伪造元朝高克恭的《春云晓霭图》是个有名的故事，而关键是买到了一张“侧理纸”。

侧理纸原名陟厘纸，一名水苔纸，据说是用海藻所造，为中国最古老的一种纸，年代至少在唐朝以前。乾隆年间，扬州一个盐商不知从何处发现了一批侧理纸，重价购来进贡，内库亦存有一张，是康熙年间所得，高宗取来与所贡之纸比对，完全相同，还特为题了一首诗。

这侧理纸亦有少数流传市面，其时张子元还在苏州，花五两银子买得半张，预备用来造假画。

造假画首先要考虑的是，造一幅什么人的假画。有几个需注意的要点是：第一，名气要大，不大卖不出好价钱；第二，不用引起过争议，或者艺林习知、曾经多人评鉴过的作品，免得横生枝节，惹出纠纷，最好是只见于名家著录，却无人见过真迹的“蓝本”；第三，当然也要顾虑到纸的年代，以及临仿者的路数，与原作者是否相似，功夫到不到家。张子元研究了这三点，决定假造高克恭的《春云晓霭图》。

高克恭别号房山，山西大同人，元朝初年官至刑部尚书，善画山水墨竹。他的这幅《春云晓霭图》，原为高江村所收藏，在他所著的《江村销夏录》中曾有记载。此图后来归于苏州王氏，前几年交张子元重裱。张子元还保留着一条裁下来的高江村的题签，也正好派上用场。

于是他找到一个造假画的高手，名叫翟大坤，字云屏，因为耳聋之故，别号“无闻子”。他是嘉兴人，寄居苏州，山水画得极好，而造假画的润格不贵，跟侧理纸价一样。张子元将那半张侧理纸复又一开为二，花十两银子请翟大坤临两本《春云晓霭图》。摹假款假印的另有其人，名叫郑寅桥，他按照《销夏录》所载，一一摹仿完工，最后才由张子元自己动手来“做旧”。

方法是将画用清水浸透，贴在漆几上，干了再浸再贴，一天要贴二三十次。如是三个月用白芨煎水喷在画上，这时墨痕已入肌里，墨色虽淡，却仿佛仍可以看到当时的光润，显示出墨色之淡由于历时既久使然。至此，将高江村的题签嵌入画幅上方，全绫[1]控裱，配上一个好木盒，大功告成。

这幅画卖给了毕秋帆的弟弟毕涧飞，得价白银八百两。于是张子元再装第二幅，专程到南昌去求售，因为江西巡抚陈淮是个大藏家。

这陈淮字望之，靠毕秋帆提携起家。他的外号叫“陈老虎”，不独因为居官贪酷，对亲友亦以霸道出名。相传毕涧飞有一个王右丞[2]的《江山雪霁卷》，董思白曾称之为“海内墨皇”。唐画绢本居多，此卷长六尺，绢明如纸，墨起青光，画笔工细，但只有轮廓，并不皴染，微露到画的形迹而已。北宋以后，即无此画法。此画题跋不多，文衡山引首，后面只有董思白、冯

1　一种很薄的丝织品。

2　指唐代诗人和书画家王维，因其曾任尚书右丞，故称。

开之、朱元价之跋。毕涧飞以一千三百两银子购得此卷，轻易不示人。毕秋帆曾希望老弟割爱，毕涧飞亦始终不肯放手。

可是，这个胞兄索而不得的手卷，最后竟慨然归外人所得。此人名叫吴绍浣，字杜村，籍隶徽州而侨寓扬州府仪征县，家世是盐商，本人却是翰林出身。他几次专程去拜访毕涧飞，为的是要看王右丞的《江山雪霁图》。吴绍浣展卷嗟叹，赏玩经日。毕涧飞颇为感动，认为吴绍浣之爱慕这个手卷，并不是震于“诗中有画、画中有诗”的王维的名气，纯然是觉得画好。《江山雪霁图》能归于此人，才真是物得其主。

这在吴绍浣是“固所愿也，不敢请耳”，有喜出望外之感。毕涧飞买这个手卷花了一千三百两银子，仍照原价转让。吴绍浣兑了银子，捧画归来，从此坐卧与共，终日不离。

如是数年，吴绍浣由京官外放河南开归道，回原籍扫墓时，绕道到南昌去探亲——他的胞妹便是江西巡抚陈淮的儿媳妇，照道理当然要拜见姻丈。陈淮置酒洗尘之际，提到《江山雪霁图》，希望一饱眼福。

吴绍浣以此手卷为性命，不可一日离，而且陈淮收藏书画古董，往往出于巧取豪夺，吴绍浣深具戒心，便以“没有带在身边”做推托。

“我可要来搜的噢！”陈淮半真半假地说。

吴绍浣暗暗吃惊，陈淮的霸道是出名的，凡事说得出、做得出，不可不防。可是回到客栈，环顾斗室，看来看去，没有隐秘妥当的地方可以藏匿这个手卷，最后无可奈何，只有摆在床底下溺壶后面。

这倒是个安全可靠的地方，不过太亵慢了这幅名画。吴绍浣内心真有无限的愧歉，在床前跪下来磕一个头祝告：“绍浣有难，万不得已，暂请委屈。”

到得第二天，陈淮果然微服来访，一面吸水烟谈话，一面不住打量各处。

看到别处，吴绍浣都不在乎，只有陈淮的视线一及床前，他先就紧张了。替陈淮装水烟的听差旁观者清，找个机会向主人努一努嘴，陈淮明白了。

“杜村，王右丞的那个手卷，都知道你是片刻不离的。既然至亲，何必如此小气，连让人瞻仰瞻仰都不许！”

“老姻丈言重了。实在是没有带出来。”

“我可要搜啰！”陈淮问道，“搜出来怎么说？”

“老姻丈尽管搜！”吴绍浣硬着头皮说，“搜亦无用。”

“既然如此，我可就不客气了。”陈淮回头向听差说道，“吴舅少爷自己交待下来的，你就搜上一搜。”

这一搜，手到擒来。吴绍浣既窘又急，而陈淮却以好言相慰，说君子不夺人所好，只不过借去观玩数日，即便送还。吴绍浣无奈，请陈淮定个归还的日期。

“如此名迹，当然要扫地焚香，从容展卷，请以半月为期。”

东西已落在人家手中了，吴绍浣料知争也无用，索性咬一咬牙，放大方些。

“一言为定！”他说，“请老姻丈到期赐还就是。”

在这半月之中，有一批巡抚衙门的幕友，轮番做东，请吴绍浣吃花酒。酒后余兴，不是摇摊，就是斗牌，吴绍浣带来的钱花光了，半月之期也到了。

这天早晨，客栈的伙计来报，有“堂客”来看吴绍浣。一问才知道是“抚台的大少奶奶”，也就是吴绍浣的胞妹，来意不问可知，绝不是来还画的。

果然，她一见面就说，陈淮打算拿三千两银子买这个《江山雪霁》手卷。吴绍浣一口拒绝，任凭做妹妹的苦苦哀求，不为所动。自晨至午，兄妹俩几乎翻脸，到最后终于还是把画要了回来。

这个故事一传出去，南北皆知“江西陈抚台”肯出重价买字画。张子元所装第二本伪造的高克恭《春云晓霭图》带到南昌，一样瞒过了陈淮的眼睛，得价五百两银子。张子元置两幅假画，得价一千三百两，而所下的本钱只不过二十五两银子。这虽也是凭本事赚大钱，不过亦要机会——有机会买到那张侧理纸。

因此，张大千颇留意于搜罗年代久远的旧纸。这倒不一定用来造假，而是留作比对真迹的一种根据。至于鉴别唐画，前人早已说过"先须识绢"。因为唐朝虽有浆硾、六合、硬黄等等名目的纸，而通常作书作画都用绢。如杜甫赠曹霸诗"诏谓将军拂绢素，意匠惨淡经营中"，裴行俭工草隶，奉诏以绢素写《昭明文选》，亦见《唐书》本传。以绢作画，虽至今不废，而独盛于唐，则唐绢必有格外宜于书画的长处在，可想而知。

清初名士毛西河说："唐画当识绢，其绢如版，松玉色，不辨丝缕，初视之，疑金粟山纸。"不辨丝缕则浑然一体，所以如版；而能制成不辨丝缕，像厚纸一样的绢，另有特殊的技巧。作《清河书画舫》的张丑说："唐绢率热汤细捣，练如银版，其不能伪之以此且。"生绢练熟，就水边力捣，称为"捣帛"或"捣练"，如岑参《秋夜闻笛》诗："天门街西闻捣帛。"杜本《秋兴》诗："月冷谁家频捣练。"所谓"热汤细捣"，即以生绢入滚水浸透，置砧上寸寸细捣，经纬密接，乃能浑然如版。

有这样一个尚待求证的传说：张大千客居巴西时，在台湾、香港、东京都有专为他物色古画的"坐探"。有一次"坐探"在香港发现一个绢本画轴，朽腐到了几乎着手便成齑粉的地步，"坐探"电报巴西，张大千立即启程东来，一见定为唐绢，将此画轴万分小心地带到东京，觅装池名匠，花了五千美金整理修补。那是一幅无款的山水，而张大千鉴定其出于唐玄宗的手笔。他写了一篇极长的题跋，从画的本身去一一分析，引述前人有关的著录作为证据，支持他的鉴定，深具说服力量，因为至少为唐绢是一个不争的事实。

前人著作中，有谈历代纸的文章，亦有谈历代绢的文章。唐绢至佳，降及五代，品质大为减低，不但阔四尺余的所谓“独梭绢”不复再见，而且质粗如布。宋朝画院所用的绢，称为“院绢”，细而薄。元朝大致如宋，匀净不如，但嘉兴魏塘的密家绢，名气极大。魏塘即今嘉善县，密迩松江，为江浙交界之处。密家绢匀静厚密，赵松雪、盛子昭、王若水多用此绢作画。

但纸上的知识是一回事，入眼鉴别年代真伪又是一回事。古绢虽历世久近不同，但原来丝所具有的韧性，必随时日而消逝。绢浸的糨糊，完全成为灰分，以指微挖，绢素堆起，即成齑粉。碎裂的纹路，横直皆随轴势，作鱼口形，但即使破裂，丝不起毛，画面光滑鲜明。更有一说是，别有一股古香。而古香与陈腐之气的区别何在，就只有神而明之，难以言传了。

至于就书画本身去鉴别，最难的是两种情形。一种是独往独来，无规拟之迹。如明朝成化年间，有个画家叫白麟，学宋朝四大家中的苏、黄、米三家，无不神似，造此三家的伪迹，不取著录的作品，恣意而为。苏东坡的《醉翁亭记》草书就是他的手笔，倘非有人亲见，绝不会怀疑出于他的伪造，因为谁也不能证明苏东坡从未以草书写过《醉翁亭记》。只要字写得像东坡，而且像东坡一样好，则虽出伪造，亦如真迹。张大千伪造石涛、八大山人时，心目中便存有这样的一个想法。

另一种是，名家在当时原有代笔之人。朱竹垞[1]之母唐孺人，是董思白的外甥女，善画。董思白谓人：“不出十年，可以乱吾真矣！”（见朱竹垞《论画绝句》自注）又说：“董文敏疲于应酬，每借赵文度及僧珂雪代笔，视为书款。”至亲晚辈，所言如此，必然不虚。然则鉴别董画时，发觉代笔不逊真笔，又当如何说法？

1　即朱彝尊，清代著名词人，号竹垞。

不过元明以下的名迹，细辨题款或者著录，鉴定真伪，总还不难。北宋以上的画家，在画面上不题款，或仅细字书名于树干石根之间是常事。这样，一幅不见于著录的无款古画，要鉴定它为“荆关董巨”[1]，而又能令人折服，就不仅要靠真本事，而且多少还要靠运气。

大风堂的镇库之宝——董源的《江堤晚景图》，就是一个例子。五代董源，一作董元，钟陵人，善画山水，青绿如李思训，水墨拟王维。南唐中主[2]时，官至北苑使，世称董北苑，与后梁荆浩、关仝，以及从董学画的高僧巨然，并为五代画家巨擘。大风堂曾收藏过董源的《潇湘图卷》，为元文宗御府旧藏，前后有董思白、王觉斯的题跋，屡见著录。可惜此卷已入异邦。

张大千初见《江堤晚景》是在抗战前的琉璃厂，而最初只以为是赵孟頫之子赵雍的仿作，即令如此，亦为奇珍。胜利后他重回北平，据说花了五十根条子、二十幅名画，自一个姓韩的将军手中易得此画。重新装裱洗涤后，发现了一个不大不小的问题——在一处树干中题了小小的“赵干”二字。

赵干是南唐江宁人，后主时为画院学士，他的山水长于布景。传世之画，只有一个《江行初雪图卷》，曾为宋徽宗的外孙金章宗所收藏，御笔亲题，“明昌”七玺全备，为稀世之珍。如果这幅《江堤晚景》真的是赵干的作品，价值又远在赵雍仿作之上。

但是，“赵干”题名必非亲笔，因为书法相当拙劣。而赵干的字，如安岐所著《墨缘汇观》中记载：“卷前款书‘江行初雪，画院学生赵干状’，字大如钱，笔法苍古。”而此树干中的“赵干”两小字，去“苍古”远甚。同时由《江行初雪》之例，可知赵干题款的格式，大字另书，非在树石间细字书名，则此“赵干”二字，必非亲笔，而且也不似赵雍所书。一个合理的推

1 指五代十国时期的四位绘画大师荆浩、关仝、董源、巨然。

2 指李璟。

断是，有妄人不识来历，故意如五代人常例，作此狡猾，冒充赵干的作品。

这“赵干”二字，成为这幅古画的一个污点，不过要消除这个污点，在张大千看来却只是举手之劳，将它涂掉就行了。

然则赵雍又如何变成董源了呢？据说，张大千对《江堤晚景》观玩既久，认为不应是元画，换句话说，不应该是赵雍的作品，可能出于巨然之手。以后由于他的门生——也是他的女婿——为他找到一封赵孟頫进京后写给“江浙行省都事”鲜于枢书函真迹的复印件，张大千方知为董源所作。

据台北“故宫博物院”副院长江兆申记述，张大千曾亲口这样告诉他：“买进的时候，原认为是赵雍。但重裱之后，经过洗涤，树干上露出赵干的款来，像是后人加的。最后，我的女婿从北平给我找到故宫复印的赵孟頫书札，书札中说：‘都下绝不见古器物。书画却时得见之，多绝品，至有不可名状者。近见双幅董元，着色大青大绿，真神品也。若以人拟之，是一个无管放泼底李思训也。上际山、下际幅，皆细描浪纹，中作小江船，何可当也。’信中所描述的，与这张画完全相同，所以最后定为董源。”张大千这话是为行家所道，必无虚饰。江兆申鉴赏《江堤晚景》不止一回，对张大千所说“信中所描述的，与这张画完全相同”并无异议，那就等于证明了“这张画中所见，与信中所描述的完全相同”。五代之画，手卷居多，所谓“双幅”，著录中称为“双軿大挂幅”，长约五尺许，阔约三尺许，即现在俗称的“中堂”，在五代的画中，并不多见。形式相同，画面亦相同，有双重的证据，自可断为董源。但是否董源有此一幅《江堤晚景》，而另有学董源神似者加以临仿，如张大千之于石涛之例，那恐怕是永远无法解答的一个疑问了。

《江堤晚景》中有赵干二字，是张大千在重裱“洗涤”以后所发现。画可洗涤，是件很不简单的事。张大千的门生巢章甫，在1948年为老师五十生辰所撰的寿文中，有这样一段话：“先生于古书画，宝之如球图，爱之如骨肉，故于装潢，尤为考究。致名匠周龙苍、刘少侯两氏于家，训练指导，残缺者，务为补足；黯黑者，设法冲洗。然后天幅，选择良材，必使神明复现，顿还旧观，比之起沉疴、疗宿疾。故佳书画之归吾师，当自庆幸得所，而如服续命之汤也。至昔年曾仿元章故事，设小海岳庵于沪上，则亦为访求名迹计耳。”既称“名匠”，又言“训练指导”，则张大千所传授者，正是“设法冲洗”之类的秘诀。

然则张大千的诀窍，又是哪里来的呢？这就要靠书了。张大千以米元章[1]为法，如巢章甫所说：“昔年曾仿元章故事，设小海岳庵于沪上，则亦为访求名迹耳。”这“小海岳庵”之名，即由米元章自署“海岳外史”而来。

米元章写过《书史》《画史》《砚史》。《书史》中便曾谈到裱褙，他说：唐朝人裱王右军[2]的帖，都先拿纸碰得软熟如棉，方始用来裱帖，要这样才不损古纸。唐朝的纸大多为硬纸，有一种用黄檗染过，是可以辟蠹的纸，即名之谓“硬黄笺”。用这种硬纸来裱帖，刚柔不称，非折裂古纸不可。

米元章又有一种洗书之法。他说他每得古书，总是以好纸两张，一置书上，一置书下，“自傍滤净皂角汁和水，霈然浇入纸底，于盖纸上用手软按拂，垢腻皆随水出。如是续以清水浇五七遍，纸墨不动，尘垢皆去。”

接下来谈如何裱书：“复去盖纸，以干好纸渗之，两三张背纸已脱，乃合于半润好纸上，揭去背纸，加糊纸焉。”这些话，在不懂装裱的人看来，不知所云。作为有心人的张大千却不会轻易放过，他细细参详，找名匠一起讨论试验，洗书之法便化成洗画之法了。

“中央日报”驻日特派员黄天才，曾谈过张大千训练日本的一个装池名匠目黑三次的经过。一九四九年以后，张大千所收藏的古画，因为台湾、香

1 北宋著名书法家米芾，字元章。

2 东晋著名书法家王羲之，因曾任右军将军，世称“王右军”。

港的裱匠技术水平不够，只好到日本去物色装裱好手，很幸运地遇到了目黑三次。

其实，幸运的应该是目黑三次。他是日本北海道新潟县人，十四岁投师学习装裱书画。基本技术精熟以后，再求进步，想入于艺，入于道，就必然要进入困境了。受困之久暂，要看机遇。原有慧根，得高人指点，就可豁然贯通，顿时脱困，否则就可能摸索一辈子。

目黑三次所设裱画店，名叫“黄鹤堂”，在东京麻布区的一条僻巷中，日式木造房屋，檐下挂一块不注意不会发现的小小木牌，上书“黄鹤堂”三小字。就这样一处看来毫不起眼的地方，曾经装裱过大风堂许多名贵的藏品。黄天才说：张大千每一次都会做不厌其详的交待，这幅画或字的年代、背景、内容，“希望在修补整顿时能注意保持及‘恢复’藏品的内涵精神及艺术生命，尤其要中规中矩，保持传统风貌。甚至在裱揭技术上，张大千也会提示若干要诀。”当然，这些要诀，有来自书本上的，亦有来自北平、苏州、上海的名匠的实作技巧，在张大千亲身经验后，可以转授的。而“目黑总是当场笔记下来，作为操作时的参考，并细心钻研”，所以“每一次作业，总有一番领悟及心得”。

张大千对目黑的要求非常高，已至几近挑剔的程度，然而这也是对目黑最严格的训练。装裱的格式固然定得详详细细，所用的材料也要他亲自挑选，甚至作业用的设备工具亦需他认可。目黑现在是国际公认的中国书画的首席装裱专家，然而却是张大千培养出来的。一九七〇年夏天，张大千参加台北“故宫博物院”所召开的中国古画讨论会，还应目黑之请，带他到台北来看了许多古人的珍迹。

张大千服膺“工欲善其事，必先利其器”这句话，但绝非胶柱鼓瑟，只骛虚名。文房四宝的好坏，他自有法眼，其中最讲究的是纸与墨，“纸生墨漏，亦画家之一厄”，石涛所叹，在张大千是不存在的。

张大千喜用旧纸，除了张子元买侧理纸的那种作用之外，他另有喜用旧纸的理由。他说并不是纸放旧了就好画，实在是古人做事，不肯偷工减料，纸的本质坚洁，作画既不渗亦不板滞。当然这是指熟纸而言。

今纸何以不如古纸，他曾举例说明：如熟纸，从前是花人工用木槌捶熟，而现在用胶矾水拖过，既不受墨，而且涩纸；又如安徽宣城所出的宣纸，以前是用檀树皮制的纸浆，书画两宜，现在往往用稻草代替，外表虽一样雪白，纸质却不厚而松，挥洒岂能如意?

谈到墨，其中学问亦大得很。近世都知徽州出墨，而在唐朝所贵的是“易水墨”，为当时一个姓祖的墨官所造。南唐李超、李廷珪父子，原籍就是易州，以后逃难至徽州，传造墨之法，为徽墨的始祖。

到宋朝又重“兖墨”，自兖州至登州的崂山，总称为东山。东山产松，烧出来的松烟，色泽肥腻，质性沉重，制成的墨即谓之“兖墨”。在苏东坡的时代，兖州陈氏与易水奚氏为海内制墨名家。元墨传世不多，以朱万初所制为最有名。到了明朝，方是徽墨的天下，自宣德至崇祯，名家辈出，以嘉靖、万历两朝为最盛。藏墨亦成为风气，不过一般藏家只知方于鲁、程君房，却不知明墨以严世蕃的谋士罗小华所制为第一。

藏墨亦像藏砚，重在玩赏，名砚偶尔还有人供日常使用，名墨则绝对舍不得磨来写字作画。即令断成碎块，亦还可供药用，因为内有冰片，用来治小孩内热流鼻血，效用最佳。

明墨已成古董，拿“古董”来作画的，怕只有一个张大千。他的高十二尺、宽二十四尺的六巨幅墨荷通景，为《读者文摘》出价十四万美金所购得，用的就是一丸明墨，价值台币六千。

张大千解释何以要用旧墨的道理，他说：“墨和纸一样，也要越陈越好。

因为古人制墨，烟捣得极细，下胶多寡，仔细斟酌过。现在的墨，不但不能胜过前人，反而粗制滥造，胶是又重又浊，烟是又粗又杂，怎么能用来画画？”

依张大千的评鉴，清朝内府墨，要光绪十五年前所制，才是好墨；乾隆墨更妙，因为它是用前朝所制，年久碎裂的墨，加胶重制，又黑又亮，用这样的墨作画，光彩夺目，真有墨分五色之妙。

他的话有根据。乾隆墨的精品，为一个满洲达官贵庆所造，此人字云西，翰林出身，官至礼部尚书，善于鉴墨。高宗每年新春在重华宫召集文学侍从之臣“茶宴”，总有书画文玩的赏赐，贵庆得古墨独多，因而起了个“赐墨楼”的别号。他曾奉诏制墨，取金元以来碎裂的古墨，重造成挺，造墨之地在万寿山长春园，印有“大清乾隆年长春园精造”字样，当时称为“长春园墨”，声价不在方松鲁、程君房之下。

制墨之道，首先要捣得细。明朝隆庆年间有名的御墨“石绿饼”，捣烟是“大臼深凹三万杵”，而张大千认为还不够，他说古人有所谓“轻胶五万杵”，这五个字才道尽了制墨的奥妙。

当然，好墨还要会用，这才是书画家最应看重之事。拿墨的用法去请教张大千，他要看你是外行还是内行。如果是外行，他告诉你，墨有两种，一种是油烟，一种是松烟。绘图用油烟墨，因为有光彩；松烟只黑不光，在作画上唯一的用处是渲染人物的鬓发。至于罐装的墨汁，使用方便，却不宜于书画，因为罐装墨汁，一沾水就会渗散，根本无法装潢。总之，用墨之道，在于一个“勤”字。“非人磨墨墨磨人”，是无可奈何之事，因而润格要加墨费，是付予磨墨侍者的报酬。但也有书画家喜欢自己磨墨，郑孝胥就是如此，他的别署是“夜起庵”，像待漏的朝臣那样，凌晨丑寅之间，即已起身，不点灯而磨墨，磨到天亮，得墨一大盂，用来临池。

遇到内行，张大千常引昔人之言："得笔法易，得墨法难；得墨法易，得水法难。"水墨并称，水法亦即墨法。张大千晚年力求画风的突破，因有"泼墨""破墨""泼彩"各种名目，而功夫全在由濡染而分层次的水法。不过用墨的方法，一个"勤"字对内行外行都有用，他说："最简单也是最重要的，砚池要时时洗涤，不可留宿墨。宿墨胶散，色泽暗败，又多渣滓，画画写字，都不相宜。"

提到毛笔，张大千亦有一肚子的掌故可跟人谈。史书上一直告诉后人，毛笔是蒙恬所发明，他是战国齐人，而为秦朝大将，曾统兵三十万，北逐戎狄，收河南、筑长城，威震匈奴，所发明的毛笔，称为"苍毫"，形制是"以柘木为管，以鹿毛为柱，以羊毛为被"。但是，民国初年，在长沙一座战国古墓中发现一支毛笔，是上好的兔毫，制法与后世不同，笔毫用丝线缠住，外涂以漆，而非插入竹管，证明在秦朝以前便有毛笔。

《说文》指出笔在春秋战国时期，各国的名称不同："楚谓之聿，吴谓之不律，燕谓之弗，秦谓之笔。"而所谓"秦笔"，笔杆是用小木条四条围合而成，因为北方无竹，不得已用此简陋的办法。由此可以得一推断：毛笔是早已有了的，但大量推广，则在发明隶书之时。许慎的《说文解字序》云："秦烧灭经书，涤除旧典大发隶卒，兴役戍，官狱职务繁，初有隶书，以趣约易。"蒙恬造长城，征发天下隶卒，册籍浩繁，有了简便的隶书，还需要简便的书写工具，于是削木作管，缚毫为笔。这种秦笔，随着长城的扩展而流行，以致误会为蒙恬所造。

毛笔的制造技巧，到了晋朝已发展到非常完美的地步，钟王[1]书法，就是一个绝好的说明。不过笔工能名传后世，则始于金，元遗山[2]有赠笔工刘

1 指三国时魏书法家钟繇和东晋书法家王羲之。

2 金元之际著名文学家元好问，字裕之，号遗山。

远的诗。到了元朝，燕京有个张进中，用鼬鼠毫所制的笔，被誉为“精锐宜书”，禁中非张进中笔不用。他也结交了好些达官名士，赵孟頫就是他的好朋友。

张大千在战前，喜用上海杨振华的笔。据大风堂的晚辈李顺华说：杨振华制笔，尖圆锐齐，面面俱到，他最推崇张大千的画，制笔亦常征询张大千的意见。张大千每有订制，必是大中小五百支，因为工笔花卉、设色仕女都非用新笔不可。

制笔通常用羊毫、紫毫、狼毫、鸡毫、兔毫，杨振华曾用过马毫，张大千则特制过牛毫。这牛毫须在牛耳内采集，而且只有英国某地所产的黄牛耳内才有这种毫毛。英国最名贵水彩画笔即用此牛毫所制，但讳言为牛，称之为貂毫，每支售价在三四镑间。

这牛毫来之不易，据说要二千五百头牛，才能采集到一磅。张大千托了人情，花了重价，好不容易才弄到一磅，带到东京，委托全日本制笔最有名的玉川堂及喜屋两家笔店，洗挑精选，只制成五十支画笔，工资却花了美金七百有余。

制成试用，牛耳毫果然有它的长处——吸水饱满而仍有筋骨，行内称之为“有腰劲”，最宜于作字。画则写意最佳，可惜制法还欠精到，毛扎得不够紧，有时有难以着力之恨。

这五十支笔来之不易，当然要赐以嘉名。张大千起的名字叫作“艺坛主盟”。他说：“既然用的是牛耳毛，用此笔如同执牛耳。”这是“主盟”二字的现成典故。张大千自道：“语意双关，又道出了毫端的来源。我对这笔的名字很得意，取得很好。”

事实上张大千得意的是，他获得了一样很别致而能令受者陶醉，让对方留下深刻印象、感谢不忘的礼物。很浅显的道理，题上“艺坛主盟”四字，他就不能留为自己用了，否则岂不要为人大骂狂妄不通，甚至声讨，至少也要提出质问：“谁许你‘主盟’来的？”

获赠“艺坛主盟”牛毫笔者，当然都是张大千所看重的人，有毕加索；有“儒将”黄达云；有他早年的知交、以鉴赏知名的谢稚柳，共是两支。

纸、墨、笔以外，装饰画面的印，在张大千亦极讲究。他本人亦善治印，在一九六六年六十八岁时，还刻过两方印，一朱一白，印文皆为“大千世界”。不过治印到底不是他头等本事，据李顺华说：由构思、写字到选名、动刀，自春夏之际，直到九月间方始告成。他的印亦如画，施朱布白，章法奇横古媚，莫可名状。

据张大千自己约略估计，平生所用之印，不下三千枚之多。当代铁笔名家，几乎无不为他治过印，而以陈巨来、方介堪为多。陈与方皆为赵叔孺的高足，陈巨来尤为其师所看重，赵叔孺许之为“篆书淳雅，刻印浑厚，圆朱文为近代第一”。

在印坛的浙派中，赵叔孺与吴昌硕称一时瑜亮，但风格大不相同。吴昌硕以豪放雄浑见称于世，赵叔孺则崇尚整饬，韵致俊秀，圆朱文尤所擅长。因此，他如此称许陈巨来，无异明告世人，陈巨来能传他的衣钵。

张大千与陈巨来相识甚早，是由吴大澂的孙子吴湖帆介绍。张大千很欣赏陈巨来，所以托他刻的印最多。据亦精篆刻的当代大画家王壮为说：“巨来的印，以古体圆朱文为第一，汉白文第二，大篆小篆第三。圆朱文或细朱文便是普通所谓的铁线篆，大致说来，可分两种：一种做邓完白、吴让之小篆之体，比较流动婉转，可以称之为近体；另一种则较为端庄清雅，我称之为古圆朱，是巨来最擅长的一体，绝对已经超过古人。”张大千有一方“张爰”二字的圆朱文联珠印，予人的印象颇为深刻，便出于陈巨来之手。南唐顾闳中所绘的《韩熙载夜宴图》为大风堂珍藏时，张大千题了一个别署“昵宴楼”，或作“昵晏楼”，又作“昵燕楼”，陈巨来为之治印三方，其中“昵晏楼”用汉白文，真可用笔酣墨饱四字来形容。赵之谦刻印讲究要有笔墨，陈巨来做到了。

方介堪为张大千刻的印亦不少。王壮为评他的篆刻是：“鸟虫篆第一，不只在他的印中第一，在所有的刻家中也是第一；朱文小篆第二；白文印第三。”张大千用得最多的一对印“张爰之印”白文及“大千居士”朱文，即出方介堪之手。另有一枚仿汉白文扁方印“球图宝骨肉情”，则在张大千收得珍贵的名迹时，方始钤用。

北方的王福庵、顾立夫师弟，以及张月忱，亦常为张大千治印。张大千的收藏印中，最大的两方“大风堂”“至宝是宝”皆为朱文，即张月忱的作品。顾立夫所刻的细朱文方印“南北东西只有相随无别离”，则是在大风堂顶尖的藏品中才有此印。

一九四九年以后，张大千远适异域，旧时所用之印，泰半无存，而新刻的又不下数百方之多。李顺华编过一册《大千居士己丑以后所用印》，王壮为藏有一册，截至一九六七年止，即著录了一百六十四枚。王壮为也给张大千刻过十几方，常用的“自诩名山足此生”，开始作泼墨、泼墨山水时钤用的“辟混沌手”，七十纪寿的“八德园长年”，以及目疾加深，作画但凭心手相应而颇自矜许的“得心应手”，都是张大千特求王壮为所制。此外，“曾祖父级”的老教授台静农，于一九七四年亦为张大千刻过一方大印——汉篆朱文“环荜庵”，颇为张大千所推崇，他在拓片上曾有这样的题词：“此静农今夏新为予治。其气宇宏大，直当吴让之、邓完白，抗衡赵㧑叔[1]，非不从汉人官私印信寝馈中来，而自称创作者。”

1 清代篆刻家张之谦，字㧑叔。

张大千所用的印，可分为六大类，各有各的用法，了解了它的原则，将来对鉴别张大千作品的真伪，颇有帮助。

首先要介绍张大千自己所定的原则，他认为：“印章以方形佳，以其为正宗，其次则圆形亦可用。若腰圆、不规则形式的印章，不免小家子气，皆不可用。工笔画宜用圆朱、满白、周秦玺钵，写意则可用两汉官印信体制。名号印以外，亦可用闲章，切忌俗气，最好采古人成语，并须其画面配合。”

他的六大类印章是：

一、名号印：如“张爰”“季爰”“张季”“张爰之印”“张爰私印”“大千”“大千居士”等。最常用的是方介堪所刻的“张爰之印”与“大千居士”这一对，因其是用“龙骨”所刻，体质极坚，不怕碰撞，所以每携之于行箧。“大千居士”别号印，不止一方，有时单独使用。但遇到极正式的书画，譬如为人题堂额，则用“大千”而不用“大千居士”。

二、别号印：如“八德园长年”“下里巴人”之类，用于自作书画，大多为小品，或写意之作，或赠稔友时使用。藏品绝少用此类别号章。

三、斋馆印：此又可分两种，一种是确有其地，经常使用，或表明所作书画或收藏的地点，如“大风堂”“八德园”“摩诘山园”“环荜庵”“可以居”等。另一类是收得古人名迹，特起一斋馆以自娱或作纪念者，如“昵宴楼”之类。

四、收藏印：张大千平生收藏的剧迹，尚无人做过著录，张大千是个超级书画商，所以他的收藏印中，极少藏字。一方是“大风堂珍藏印”，一方是“藏之大千”，后者之意，实为“藏之大千世界”。至于古人“宜子孙”这类，打算留作传家宝的收藏印，在大风堂是付之阙如的。

因此，张大千的收藏印，只是表明藏品曾经一度为他收藏，并评定其主观价值之用。特别应该介绍的是如下数方收藏印：

（一）“南北东西只有相随无别离”，细朱方印，顾立夫所刻，只钤于至精至珍的藏品中。如顾闳中《夜宴图》、董源《潇湘图》、黄山谷[1]书《张大同手卷》，皆钤有此印，并有一段掌故可谈。张大千的老友台静农说：“早年大千将这三件至宝带来台北，台北鉴藏家一时为之震撼。时大千有日本之行，有一老辈想暂时借去，好好赏玩。而大千表示这三件上面都钤有‘东西南北只有相随无别离’的印，有似京戏里的杨香武要盗九龙杯，对方却‘杯不离手，手不离杯’。毕竟短时间去日本，带来带去，海关出入，有些不便。由（张）目寒建议，暂时存在我家。我于字画古玩，既无可买，亦无可赏，不引人注意。”这“三件至宝”，以后还是出手了。由此可知，张大千特钤此印，目的是作为对巧取豪夺者的挡箭牌。

（二）“别时容易”，取李后主[2]“别时容易见时难”诗意，为让售时所钤。有此印即可知此书画由大风堂直接出让。

（三）“大风堂渐江髡残雪个苦瓜墨缘”，小篆朱文长条印，方介堪所刻。此为收藏明四僧剧迹专用印。

（四）“球图宝骨肉情”，白文扁方印。球者美玉，天球典出《尚书·顾命》，郑康成注：“天球，雍州所贡之玉，色如天者。皆璞，未见琢治。”河图的传说是，伏羲时有龙马出黄河，背生旋毛，前后左右中，各有二旋，差数为五，如一六、二七等。伏羲据以画八卦，为中国有文字之始。又说干说支中的天干，相传亦由河图衍化以来。

“球图”并称而加一“宝”字，采自陆游诗意：“天球与河图，千古所共秘。”龙马的旋毛，会启发伏羲画八卦的灵感，其事甚玄。天球既为青色的璞，中有美玉与否，亦唯巨眼能识。由此可知，张大千收藏古画而钤此印，

1　北宋书法家黄庭坚，号山谷道人。

2　此处原文为“玉谿”，指唐代诗人李商隐，应为作者误。

为自炫其精鉴——人人能识的精金美玉，不必以天球河图相喻。但说穿了，也是一种生意眼，珍如球图，情同骨肉，要他割爱，自然要出善价。此印常与“别时容易”印并用。

（五）“敌国之富”，圆朱方印。据王壮为说：“所谓‘敌国之富’，是表明这张书画，甚至为过去皇室之所未有，可以和皇家收藏比富。”然则凡钤此印者，必无历朝内府收藏印。张大千“敌国之富”一印，抵得过“明昌七玺”，亦可以自豪了。

除了以上“名号”“别号”“斋馆”“收藏”四大类以外，就是所谓“闲章”了。张大千在他的作品上加闲章，绝非兴到为之，而是经过考虑，能发生作用的。因此，我将他的闲章区分为两类，列为第五、第六。

五、纪念印：此又分为对人、对己两种。就对己而言，譬如他因糖尿病引起眼疾，右目近乎失明，曾先后请王壮为刻过三方印。第一方是“独具只眼”，但用这句成语有语病，似乎只眼犹胜双目，所以第二方改用“一目了然”，表示一只眼也够用了。第三方则境界更高——“得心应手”，换句话说，是自以为闭着眼亦可作画，狂妄无理之语，偏饶妩媚。至于对人的纪念印，往往用在为祝寿所赠的画上，如“以介眉寿”；又贺岁赠画，如为花卉，常钤“春长好”一印。

六、点缀印：首先我要指出，张大千自认为重要的作品，很少钤用闲章，尤其是山水。他的想法有二。第一，有些画在他眼中分量极重，不可误认为闲情偶寄于丹青，如《慈湖图》，只在“张爰恭制”题款下钤名印，别无闲章。但在“六十五年”之下，“三月”之上，特钤“丙辰”一印，表示确是此时所绘，而非后来补款，这是一种负责的表示。其次是纯就艺术着眼，怕闲章破坏了画面。治印讲究“分朱布白”，画亦重视空白，尤其是山水，所谓“尺幅千里”，有时全靠空白留得好，看起来才有浩渺无穷之感。张大千的有些山水，宁愿题长款于山石云翳之中，不愿题于显示天空、大江、平原的空白处，就为了不画处有画，能引人扩展想象。如果思路随着空白的延伸，渐入苍冥，而忽然看到一枚朱红的图章，想象立刻就会被破坏。

因此，张大千的画，除非必要，不用闲章。那么什么是必要的呢？就画言画，闲章能补画面的不足，那就是必要的。在这种情况之下，可以说闲章即是画的一部分。

譬如，张大千为至交祝寿贺岁，常喜画红梅相送。尽管铁骨虬枝，繁花密蕊，所花的功夫不细，但截取一枝，单摆浮搁，看起来不免单调。而以梅的品格而言，又不宜杂以凡卉，且补景有补景的条件，一剪之梅，无可陪衬，那就只有在题款及闲章上动脑筋了。类似画幅，必有长题，且往往题诗，然后相度地位，加上“春长好”“摩耶精舍”，以及纪年印，等等。朱墨灿然，看起来很热闹，那截取一枝之梅，绝不会令人有无根之感。

像这些为了点缀画面的闲章，有好些只专用于某一类作品，如画马用“是何意态”细朱方印，句出老杜[1]赠曹霸的诗句“是何意态雄且杰”。一九六八年请王壮为刻“辟混沌手”巨印，专用于他的青绿泼彩。王壮为的观感是：“这时他的大泼墨、大泼彩的画作，已经到了巅峰的境界，确实令人兴起开辟鸿蒙的想象。这印他用得很多，在浓墨大青中加上这样一块丹砂，确有提神抢眼的作用。‘辟混沌手’四字是石涛的话。”由此可见，基本上还是为了点缀画面。

在这一类闲章中，最有意味的是“摩登戒体”。此印共两方，常用的是方介堪所刻的朱文小篆长方印。民国三十三年甲申八月，张大千曾画过一幅

1 指唐代诗人杜甫。

时装仕女，“兰襟约雪无羞态，玉笋翘云有亵衣”，情态可想。他自题的两首七律，第二首云：“偶逢佳士亦写真，却恐豪端有纤尘。眼中恨少奇男子，腕下偏多美妇人。鬒发抛家云乱卷，修眉倾国玉横陈。从君去作非非想，此是摩登七戒身。”黑发谓之鬒发，“抛家云乱卷”用吴梅村题董小宛遗像八绝“乱梳云髻下高楼”诗意，伊人身份可想。

“七戒”及“戒身”皆有典，但与“七戒身”无关。张大千做过和尚，多读内典，此“七戒”当出于佛经，自非诸葛亮在蜀所作的“八务、七戒、六恐、五惧”的官箴。而“戒身”即“戒体”，典出《楞严经》：“阿难因乞食次，经历淫室，遭大幻术，摩登伽女以婆毘迦罗先梵天咒摄入，淫躬抚摩，将毁戒体。”由此可知，“戒体”有显晦两义，显者指摩登伽女可毁人戒行的肉体；晦者自况，张大千的体质是纪晓岚、杨子惠一类，秉赋特强，凡有风流韵事，自以为皆如释迦十大弟子之一的阿难尊者为摩登伽女幻术所摄，致毁戒体。此亦“摩耶梦”之一。

以上谈张大千对他的六大类印章的用法，自觉可作为鉴别张大千作品真伪的一个重要参考。张大千将题款及印章作为画的一部分来处理，是个他很执着的原则，因此，一幅张大千的画，如果题款或所用印章看起来破坏了画面，其真伪就很成问题了。特别是山水空白的保留，更为他所重视——这是他饱览古人名迹，以及得自石涛的心法。在傅申那篇《大千与石涛》的分析中，关于“大千伪石涛举例”中，以真迹与伪作并列，指出其相异之处为：

（一）《秦淮天印》题曰“秦淮水落石头出，天印山高明月留”，钤印一“瞎尊者”朱文。原稿出于大风堂所藏石涛《登眺图》，原图无题诗，只有一方“原济”白文印。

（二）《三径高士》题曰“三径久荒高士菊，不材老树一枝安”，钤印一“膏肓子济”白文。原稿出大风堂所藏《长松觅句图》，无诗无款，钤白文印一“老涛”。

（三）《城头鼓角》隶书题云“城头鼓角悲风起，塞上风烟壮士休”，钤“大涤子”朱文印。此图以石涛原作《江城》及《冻雨图》拼凑而成，原作皆无题款。

（四）《湖头艇子》题云“湖头艇子回青嶂，山下人家尽夕阳”，钤“大涤子”朱文腰圆印。原作无诗，钤一“原济”白文印。

石涛的好些山水之不题款，除了画面上的空白作用以外，另有不便或者说不宜题款的原因。如《秦淮天印图》，原作为后人题名《登眺图》，江边巨峰兀兀，有着僧服者负手凝望隔江林木深处，如知此图背景为金陵，作者身份为“胜国王孙”——石涛为明朝靖江王之后，则可想象其目光所注，必为明太祖孝陵。清初遗老，常和谒先朝陵寝，以寄亡国哀思。从此一观点去看这幅画，令人观玩不尽。在石涛是暗藏心事，不便题款；而在后人看，是不宜题款，如张大千仿作，题上“秦淮水落石头出，天印山高明月留”，反觉意味淡薄了。

然则张大千又何以伪作石涛题款？说穿了是要增加“真”的成分。张大千学石涛的书法亦可乱真，他曾伪作石涛致八大山人一函，为日人永原织治所收藏。此函对石涛及八大山人的年龄问题曾引起极大的争议，毛病出在张大千改动了原函的词句。原函真迹藏大风堂，与张大千的伪作不同之处如下：

真迹：“闻先生花甲七十四五，登山如飞，真神仙中人。济将六十，诸事不堪。”

伪作：“闻先生年逾七十而登山如飞，真神仙中人。济才六十四五，诸事不堪。”

这“四五”二字的移易，使小于八大山人至少十五岁的石涛，只晚生于八大山人六七年。

傅申曾举证四点，确定永原织治藏本为伪作，而徐复观不能同意。甚至张大千亲口告诉徐复观，永原本是他伪造的，徐复观犹自不信。张大千伪造古画，所以能大行其道，可能就因为像徐复观这种自以为是的评论家太多之故。

综上论述，我相信张大千是中国自有画家以来，最重视一幅画之需要装饰以及如何去装饰一幅画的人。他所讲究的是：

一、工欲善其事，必先利其器。要好纸、好墨、好笔。

二、将画面上的题款、印章，视之为画的一部分。关于题款，他跟朋友谈他的心得是："董玄宰说过，题画诗不必与画尽合，但期补画之空白，适当为佳，此真是行家语。我个人的看法，题字最忌高高矮矮，前后必须平头，若有高低参错，便走入江湖一路，如世传的扬州八怪李复堂、郑板桥之流，我认为千万不可学。"至于印章，他认为"以方形最好，最正宗，圆形犹可，若腰圆、天然型都不可用"。同时还要讲究印泥，"朱砂最好，朱膘次之。印泥也是越陈越好，颜色看来沉凝古艳"。

至于装裱之讲究，更不在话下。凡此学问，都从鉴别古人真迹中得来。以学以致用来说，张大千鉴别古人书画，光从纸张、墨色、图章、印泥、款式、裱工等等来分析，便可判断真假。倘非真迹，则是画真款假、画假款真的半假，还是全假，亦复了如指掌。

张大千在《大风堂名迹第一集》的序中说："世尝目吾画为五百年所无，抑知吾之精鉴，足使墨林推诚，清标却步，仪周敛手，虚斋降心。五百年间，又宁有第二人哉！"

"墨林"为项墨林，名元汴，字子京，浙江嘉兴人，斋名"天籁阁"，为明末大收藏家，以精鉴知名；"清标"为梁清标，字蕉林，河北真定人，官至工部尚书，清初鉴赏家，推为第一；“仪周”名安岐，朝鲜人，康熙朝权相明珠之仆，是个大盐商，收藏极富，著有《墨缘汇观》一书；“虚斋”即民国十几年上海的收藏家庞莱臣，他是南浔人。南浔虽只为浙江湖州所属的一个镇，但富甲海内，所产之丝名为“七里丝”，为当时中国对外贸易最主要的商品。斯业富商，号称“四狮八象”，庞莱臣为“四狮”之一。张大千因交庞莱臣，得以饱览古人真迹。所谓“墨林推诚，清标却步，仪周敛手”，为想当然耳，唯独“虚斋降心”，必非虚语。

张大千之精于鉴赏，自道仍得力于他的艺事，其言如此：

“夫鉴赏非易事也。其人于斯事之未深入也，则不知古人甘苦所在，无由识其深；其人之已深，则好尚有所偏至，又无由鉴其全。此其所以难也。盖必习之以周，览之也博，濡之也久。其度弘，其心公，其识精，其气平，其解超，不惑乎前人之说，独探乎斯事之微，犀烛镜悬，庶几其无所遁隐，非易事也。”

由这段他写在《故宫名画读后记》中的话，可以看出来，他强调鉴赏的态度最要紧，“好尚有所偏至”则心有所蔽，故“无由鉴其全”。而“度弘、心公、气平”之语，则为有感而发。近代鉴赏家及艺术评论家，或者为了生意眼，或者为了门户之见，或者作为打击的手段，或者死不认错，或者只为了负气，有意扬甲贬乙、指鹿为马、颠倒黑白，种种无理取闹之事，层出不穷，将高雅艺坛搞得乌烟瘴气。这些人实在都应该好好读一读张大千的这段话。

六

红粉知己

五四以后，上海兴起一班“名媛”。她们是现代中国的第一代新女性，大多生在十九世纪结束、二十世纪开始的公元一九〇〇年以后。光绪二十六年庚子年，义和团之乱导致了八国联军的空前外患。辛丑议和以后，肯定了洋人的价值与地位，“扶清灭洋”的口号固随义和团的瓦解而消失，“夷人”与“洋鬼子”的称呼，亦罕闻于通都大邑。所以这班随着二十世纪降临的中国第一代新女性所受的教养，与她们的上一代有着极其明显的差别：第一是不再受缠足之苦；第二是见了至亲以外的男子不必再回避；第三是跟她们的兄弟一样得有“出就外傅”，亦就是“进学堂”接受新式教育的机会。十里洋场的上海，风气更为开通，年轻女子得以打破一切隔阂，公然参与社会活动。报道她们的新闻时，赐以佳名，谓之“名媛”。

上海的“名媛”，分为两种。一种比较洋派，大多毕业于“中西女塾”之类的贵族学校，着洋装，讲洋文。盛大的宴会中，常见她们携着年轻男子或洋人婆娑起舞，因而被称之为“交际花”，如唐瑛、陆小曼等都是。

另一种比较守旧，必有良好的家世，受过良好的教育，擅诗词，能书画，有旧时才女的意味。文场艺坛，出而与须眉周旋，落落大方，是所谓“林下风范”者，始足以当“名媛”之称。其中之一的李秋君，即是谢家孝著《张大千的世界》中所称“百岁千秋金石情”的女主角。

谈李秋君，先要谈“小港李家”。小港是浙江宁波府属镇海县的一个镇，小港李家庞大事业及财富的创造者，名叫李也亭，是李秋君的曾祖父。李也亭于清朝道光二年十五岁时，到上海来“学生意”，投入南市南码头曹德大糟坊做学徒。但他的发迹，却是由于转业沙船帮。

沙船是专行驶于海洋的大帆船，北至辽东，南至闽南，贩卖大宗南北土产。这一行生意是大买卖，要大本钱，也要冒极大的风险。航行南北洋遭遇海难，是常有之事，不幸如此，不独血本无归，往往倾家荡产，但重整旗鼓，一两次顺利航行所获致的厚利，亦可恢复基业。这一行中起落极大，必须要有广泛的关系、有力的后台，绝非外行人所能插足，因此上海的沙船帮只有极少几家，其中巨擘姓郁，李也亭便是在郁家沙船上做小伙计而起家的。

原来曹德大糟坊前面的大码头，一向是郁家沙船停泊之处，李也亭常到船上送酒，船上专管航行的“老大”，以及负责货物买卖、职称名为“耆民”的管事，看他做事确实勤快，都很喜欢他。其时江苏巡抚陶澍奉旨筹办南漕海运，雇用大批沙船。船上也要添人，便劝李也亭改行——沙船帮的规矩，水手伙计的工资极其微薄，但自己可以带货——“耆民”会划出一部分货舱来容纳。李也亭觉得这比在糟坊中做酒、卖酒有出息得多，因而欣然接受，设法凑了些资本，带南货北上。这是道光六年春天的事，李也亭十九岁。

这一次的漕米由海道运到天津，非常顺利。而因运漕的缘故，商船变作官船，沿途关卡的盘查有种种方便，因此回程带货，多平时犯禁的货物。天津长芦出盐，带私盐可获巨利，这一回的沙船上人，无不大发利市，李也亭亦颇有所获。他为人聪明谦虚，对沙船上营运的诀窍很快就入门了。人缘加上运气，使得他无往不利，不到十年工夫，已能自立门户，独资开设沙船号，招牌名为“久大”。

久大沙船号最盛时拥有十几条沙船，一条沙船要值好几万银子。以后又买进一个沿黄浦滩的码头，就叫“久大码头”。这时的李也亭，已是百万富翁了。

李也亭的发财，得力于一个钱庄“跑街”赵朴斋。沙船出海，带的货物很多，需要大笔资金周转，都靠钱庄放款，而钱庄放款给沙船帮，常常是秘密交易。因为沙船出事，放款落空，对外不能声张，否则影响信用，存户挤兑，变成雪上加霜，非立刻倒闭不可。至于欠款的沙船，只要卷土重来，一赚了钱，自然会连本带利，归还旧欠。在这样的情况下，非多年经营、信用卓著的沙船号，不能获得钱庄的支持。李也亭以沙船帮的后进，居然亦有钱庄放款给他，完全是赵朴斋个人信任他的缘故。

因此，赵朴斋想自己经营钱庄时，李也亭义不容辞地要投资。起初因为沙船的风险极大，恐怕牵累钱庄，所以李也亭的投资亦是秘密的，对外都由赵朴斋出面主持。

不过这是早期的话，若干年以后，久大沙船号管理着三家钱庄，已非秘密。这三家钱庄，两家在北市，字号是“慎余”“崇余”；一家在南市，字号“立余”。

李也亭六十一岁去世，时为同治七年。他在生前曾将三家钱庄的所有权，做了一个分配。李也亭本人在上海经商，家眷却仍住原籍，一直由他的长兄弼安照料。李弼安的长子听涛则是李也亭的一个得力帮手，在久大多年，最后升任经理。李也亭为了酬谢长兄及胞侄，将崇余钱庄，拨归长房——称为乾房；本支则称坤房，经营慎余；在南市的立余钱庄，则为乾坤两房共有。

当李也亭将殁时，沙船号由于轮船的兴起，渐形没落。及至同治十二年，李鸿章开办招商局，沙船号遭遇了强劲的对手。到得李家第三代成长，终于摆脱了祖业，专向钱庄及地产方面发展。就坤房来说，第三代兄弟七人，都为李也亭的独子梅堂所出。梅堂第四子名薇庄，亦有子七人，用“祖”字排行：老大祖韩；老二祖夔；老三是个女儿，就是李秋君，名祖云，别署瓯湘馆主。她跟张大千同岁，只比他小四个月。

据谢家孝在《张大千的世界》中记，张大千曾这样对他说：“宁波李家名门望族，世居上海，我在上海的日子，多半在李府做客。李府与我家世交，李府的上一辈二伯父李薇庄，也是老革命，与先烈陈英士先生是好朋友，民国成立后，曾任上海市民政厅长。李府的三小姐李秋君，是沪上才女，家学渊源，诗词书画皆能。若问我谁是我的知音，我会毫不犹豫地答复说——李秋君。”

李薇庄行四，张大千何以呼之为“二伯父”，原因不明，但说李薇庄在“民国成立后，曾任上海市民政厅长”，是记忆有误。上海光复，以陈英士、李平书之功为最。李平书名钟钰，上海人，举人出身，最初在广东当知县，熟悉洋务，有廉能之名，颇得总督张之洞的赏识。

光绪二十八年两江总督刘坤一病殁，张之洞奉旨由鄂督兼署江督，委李平书为江南制造局提调，其后李平书复由上海道袁树勋委派为上海城厢内外总工程局领袖总董。此局后改为自治公所，李平书仍任总董，一直至宣统末年。他对上海地方建设贡献极多，孚一方众望。辛亥九月十三日，上海革命党人攻克制造局，光复上海，陈英士被推为都督，李平书为民政长。

误会李平书出于小港李家的原因，可能是由于李薇庄的长兄云书及五弟征五的关系。李征五为同盟会的老同志，在上海协助陈英士策划革命。坤房所有的慎余钱庄，即因李征五参加革命，经理恐受连累，建议于宣统三年歇业。李云书则曾组织“天一垦牧公司”及“三大公司”，清末在关外锦州及黑龙江呼玛县大举开垦，为当时在上海极有地位的绅士。云书、平书，在名字中同有一“书”字，又以李征五确与陈英士共事，曾指挥光复军及任用张宗昌而知名的缘故，张大千认为李平书与李云书、李征五必为兄弟，亦是情理中事。

李家由于经营沙船发迹，家世背景上，天生有种结纳四海英豪的开放作风。张大千能在李家做客，世交的关系不大，主要是李薇庄、李祖韩父子爱才的缘故。李祖韩人颇风雅，当时与陈小蝶是由江小鹣的“天马会”改组的“中国画会”的中坚分子。此外老一辈爱好艺文的遗老名流，如吴昌硕、王一亭，以及张大千的老师曾农髯等，结有一个“秋英社”，乐于提挈后进。张大千与郑曼青的作品，都为秋英社友评过，最初推断他们的艺术前途是“郑曼青不得了，张大千一塌糊涂”。现在来看，自是近乎“谬论”，但当时必然成为天性争强好胜的张大千的一股鞭策力量。至于何以有“一塌糊涂”四字的“考语”，则以张大千初学石涛，而当时只知山水有“四王”，石涛尚未大红大紫之故。

张大千的画，最初为人赏识的是水仙，他的外号就叫“张水仙”。此无他，张大千幼承母姊之故，工笔花卉，最重线条——这是真功夫。以作画而言，小篆就是看线条；画则所谓“吴带当风，曹衣出水”，线条好，人物一定好。叶恭绰早年即认为张大千应该专攻人物，必可独步千古。张大千之有敦煌之行，即出于叶恭绰的建议与鼓励，目的就是要他去看看吴道子以前的画家如何画人物。

李秋君之欣赏张大千是否由水仙上结的缘，当然已成了个谜。但无疑地，李秋君与张大千之投缘，不仅是赏识他的画，更重要的是性情上的契合。

张大千常说他跟李家是通家世交，但却未解释他既住在李家，而李家何以不知道他已在原籍娶妻生子的问题，以致突然出现了一个异常尴尬的场面，而且产生了非常奇特的后果。据张大千自己说：“李家二伯父薇庄先生，有一天把李祖韩大哥、秋君小姐及我叫到身边私谈，二伯父郑重其事地对我说，‘我家秋君，就许配给你了……’一听此言，我是既感激，又惶恐，更难过，我连忙跪拜下去，对二伯父叩头说，‘我对不起你们府上，有负雅爱，我在原籍不但结了婚，而且已经有了两个孩子！我不能委屈小姐！’他们的失望，我当时的难过，自不必说了，但秋君从未表示丝毫怨尤，更令我想不到的，秋君就此一生未嫁！”

这真是“还君明珠双泪垂”的恨事。只为张大千从无任何口风或迹象显示“使君有妇”，所以李秋君在与张大千谈画论艺中滋生情愫，心目中早已拿他当未来的夫婿看待。李秋君有五个弟弟，更有堂房的幼弟小妹，那时的大家庭，遇到张大千与李秋君这样的感情状态，立刻就会成为全家的中心话题，私下谈论，当面戏谑。大概李秋君亦早就“坦承不讳”，以张家未来的“八少奶奶”自居了。哪知晴天一个霹雳，举目竟有山河之异，试问李秋君如何下场？

诚如张大千所说：“李府名门望族，自无把千金闺女与人做妾的道理。”然则李秋君应该持何态度，亦就是何以自处？她不能表示失望，倘有此表示，便会有人觉得她可怜，而他人有此反应，对她来说便是屈辱。同时，必然还有人会劝她，将张大千抛开，为自己的终身另作打算——这更是一种屈辱，仿佛不相信她对张大千是一片贞情。为了维持她的自尊心，唯一的自处之道是，付之泰然。此心此身，早付大千，因为一种无可克服的障碍而不能结合，犹如居孀，则但有守节而已，不过到底不是丧失，无需悲戚。

她这种心态是如何产生的呢？这就要谈到民国初年，影响闺阁极深的一部小说，这部小说叫作《玉梨魂》，作者徐枕亚。我看过《玉梨魂》及徐枕亚的另一部小说《雪鸿泪史》，事隔多年，恐记忆有误，且引用陈定山《春申旧闻》中《状元女婿与鸳鸯蝴蝶派》一文的介绍：

“那是民国初年上海流行的一种文言小说。他引用秋水轩尺牍、平山冷燕的笔法，集合了种种香艳的四六文句来组织他的故事，内容是说一个寡妇，爱上了教他儿子读书的教书匠。时林琴南用古文来译英国小说，一般读者都感觉艰深，对包天笑、黄摩西用白话来译小说，又觉得太洋化，对于徐枕亚的四六文言，乃大起好感。”

《玉梨魂》之能风靡一时，除了文字的所谓“哀感顽艳”以外，主要的还是内容上的迎合潮流。寡妇钟情于有妇之夫，只要此念一动，在道学家即认为“大逆不道”，徐枕亚否定此一观念。但《玉梨魂》中的男女主角，不及于乱，此又合乎“发乎情，止乎礼”的孔孟之教。

这样的理念，有人讥之为小脚放大的“改组派”，而实际上为开明的保守思想之雏形，一直能为重视传统的知识分子所接受。而就爱情故事来说，这种柏拉图式的精神恋爱，其情弥苦，最能赚人热泪。此一普遍为闺阁寄予深切同情的《玉梨魂》中的女主角，无疑地便是李秋君心目中的圭臬。

除了没有名分以及燕婉之好以外，李秋君处处以张大千的嫡室自居，且亦恪尽其内助之道。李秋君“守”的是一种变相的“望门寡”——中国的传统，凡守“望门寡”者，会无条件地获得亲属的尊重与优遇。李秋君的父母兄长，便是以这种眼光来看待她的。

且看张大千自己在他的“世界”中的回忆：“李府大家庭的规矩，财产划分，在外赚了钱，也要提出一份，缴为公用。我是住在李府上的常客，我在他们家就是三小姐的客人，三小姐拿私房钱多缴一份，三小姐的车子车夫是给我使用，而我的穿着，都是三小姐经手缝制。照顾饮食，做我爱吃的菜，那更不必说了。李家兄弟为我请客加菜，都要特别声明，否则就插不上手，轮不到他们的份。”为何“插不上手”？疏不间亲之故。张大千犹如以女婿的身份住在岳家，而非短期做客，故有此类同居各爨的情况出现。

又说："我在上海时，大风堂的画室等于设在李府上，向大风堂拜门的弟子，李秋君三小姐可以代我决定收不收。如我不在上海，秋君可以代表我接帖，受门生的叩头大礼。拜了她，就算数！"李秋君以"师娘"自居，自然可受门生的大礼。

又说："我与秋君既有如此深交，彼此虽说是倾心的知己，但外间难免有蜚言传说成绯闻，尤其是上海的小报，最会捕风捉影，绘声绘色。记得有一次，我刚由四川到上海不久，我同李祖韩大哥去澡堂泡澡，就在澡堂里修脚时，无意间看到一份小报上面赫然有'李秋君软困张大千'的标题。那篇文章说我到了上海，就被李秋君软禁在家里，秋君要独占大千，禁我社交活动等等莫名其妙的渲染与形容。当时我看了极为不安，我很不好意思地把报纸递给李大哥说，'小报如此乱写，我待会怎么好意思见三小姐？'大哥说，'这些莫名其妙的胡扯，管它的！'"此为李家充分谅解并尊重李秋君的意愿，因而李祖韩有此反应。

其实，又何止于小报的记载，即令是张大千与李家兄妹极熟的朋友，亦难免误解。如陈定山在《春申旧闻》中记"瓯湘余韵"说："上海商业世家，子孙鼎盛，无逾镇海小港李氏。李氏昆仲五人，云书为长，次为薇庄，早殁。子辈尤为秀发，祖韩、祖夔、祖模、祖范皆负盛名于时。而祖韩及其女弟秋君，尤好书画，喜近文士，祖韩与余创中国画苑，秋君亦与余妹小翠创中国女子书画会以相抗衡。祖韩虽好书画，但以地产事业为中心，故不专近。而秋君则为吴杏芬老人高足，得宛米山房汪仲山为之润色，山水卓然成家，颇近吴秋农、陆廉夫。画仕女则兼采张大千意法，以写生法作古装美人，神采生动，几夺大千之席，故大千亦为之磬折不已。"李秋君画仕女，功夫到家，传说张大千居留在上海时期的作品最靠不住，即意指为李秋君代笔。但张大千否认此说，只承认合作的画不少，甚至李祖韩亦曾为张大千之作补景。

陈定山又说，张大千“每至沪上，辄客李氏瓯湘馆。瓯湘馆者，秋君之画阁，调朱设粉，缥缃满架，大千以一髯而奇傲其中，固亦南面王不易也”。“瓯湘”不知何所取义，但恽南田书斋名“瓯香馆”，李秋君绝无不知之理。易香为湘，是她自觉艺事已高于恽冰，直追南田呢，还是为了纪念张大千也曾有过像恽南田那样，在灵隐寺当过和尚的一段经历，是个无可究诘的谜。

陈定山又说：“秋君才高目广，择婿苛，年已数逾摽梅，犹虚待字。初赏杭州唐云，以为才子。唐云长大白皙，自视甚高，谓为唐寅复生，画法新罗，字宗清湘……云画亦兼窃大千之绪余。一日，为秋君获其原稿，始知天壤间，唐云外尚有张大千。而大千适丧偶，馆于秋君家，患消渴病，药炉茶灶间，秋君必亲拂拭之。医戒病家食糖及诸油腻，秋君为之亦看护维勤，食必共案，某宜食，某宜禁食，细心当值。而大千赋性如小儿，见油腻则食指大动，辄于枕边偷食之。秋君搜得之，必尽弃盆碗，而交谪如勃豀然。人皆谣言，一个是仕女班头，一个是文章魁首，论嫁娶必矣！”

以陈定山与张李双方如此相熟的朋友，竟不知他们早曾论过嫁娶，这就可以想象得到，张大千本人及李家都绝口不谈此事，甚至视为忌讳。当然，这有故意冲淡痕迹，希望李秋君能有另一头好姻缘的期望在内。以李家的门第、李秋君的教养，虽说才丰而貌微啬，也还不乏名士自荐、亲友作伐。张大千更是耿耿于怀，心心念念只望李秋君获得一个美满归宿，才能解除他精神上的沉重负担。

可是，李秋君早已在心里筑了一道“围墙”，自我圈禁在里面，别人闯不进去，她自己亦无法破“墙”而出。不过“围墙”之中的天地虽窄，却是充分自由的，而且是神圣不可侵犯的。李秋君对她的这个赖以安身立命的爱情“乌托邦”，似乎不但满意，而且引以为傲。

因为李秋君自觉心安理得，所以遇到连张大千都觉得尴尬的场面，她反而泰然处之。

有一回张大千贪嘴吃坏了肚子，深夜上吐下泻，李秋君一面延医，一面亲自照料，收拾狼藉不堪的病榻，恰如一个最贤惠的妻子之所为。及至医生诊治以后，安慰李秋君说：“张太太，不要紧，请放心好了。”李秋君既不否认，亦无愠色，默认自己是“张太太”。

张大千却大为不安。等医生走了，他怪医生孟浪，又怪李秋君为何不表明身份。李秋君说得很透彻：“如果不是太太，怎么能这样子照料病人？倘或我说我不是你的太太，医生心里会怎么想？”这是向张大千做了最彻底的表示。从此以后，张大千也就不在乎外间的流言蜚语了。

经过八年离乱，胜利以后重逢，李秋君仍是云英未嫁之身，证明了她对张大千的那段情，确是坚如金石，经得起考验的。至于他们之间的关系，当然也比较明朗了，双方的朋友，亦不必再像以前那样有所忌讳，因而有民国三十七年“合庆百岁”这段艺坛佳话。那年张大千、李秋君都是五十岁，合而为百，张大千挑在八月间李秋君生日那天，大大热闹了一番。所有的贺礼中，张大千最欣赏印人陈巨来所赠的一方图章，印文“百岁千秋”。千为大千，秋为秋君，巧妙而浑成，张大千用来作为与李秋君合作书画专用之印。他们相约各绘五十幅，互相题款，另外合作五十幅，凑成整数。如果不是下一年发生战乱，这个愿望应该早就达成了。

除此之外，至少还有三件事，显示了李秋君以张大千的配偶自居，而张大千亦重之如敌体。第一是，李秋君曾要求张大千将他的长女心瑞及当时的幼女心沛“寄名膝下”，并由李秋君照李家“祖”字辈以下“名”字辈的排行，改名为“名玖”“名玫”。名为义女，实际上有嗣继之意，此为中国大家庭习见之事。

第二是，生既不能同衾，死亦不能同穴，但九泉之下，犹需结邻。张大千自道他曾跟李秋君合购墓地，互写墓碑。张大千为李秋君所写，比较简单，只是“女画家李秋君之墓”八字。李秋君为张大千所写的就复杂了，据他自己说：“我们相约死后邻穴而葬，秋君也顾及名分，并不逾规。她还说我有三位太太，不知谁先过世，因此她写了我的三种墓碑，半开玩笑说，不知是哪位太太的运气好，会与我同穴而葬。”由此看来，似乎李秋君只许一个张太太从夫于地下。这是什么讲究，谁也不知道。

张大千有三个太太，据杨文在《大千小事》一文中记，最先进门的是“二夫人”黄凝素。张大千有了两个孩子以后，方始迎娶“大夫人”曾庆蓉——便是张大千在杭州做和尚，为张善子寻获，“押解”回川，勒逼成亲的那一回。因为出于父母之命，所以后来居上。曾庆蓉无出，黄凝素所生的子女，都叫她“胖妈妈”，称自己的生母便是“瘦妈妈”。大风堂弟子，亦援例呼之为“胖师母”“瘦师母”。

张大千遗嘱中提到的“姬人”杨宛君，名分早定，张家儿女但呼之为“姨”。杨宛君本是北平城南游艺园的鼓姬，张大千当年在北平时，客中寂寞，去逛城南游艺园时，为杨宛君的“一种纯真清新之美吸引”，纳之为小星。张大千早年在北平、天津所交的朋友大都见过杨宛君，据说“宛君如小鸟依人，不但大鼓说得好，而且自拉自唱整出的国剧。聪明灵慧，甚得宠爱”。

但据唐鲁孙说，张大千看中杨宛君，另有缘故。张大千当年画仕女，一双手画得不算顶好，每每失之过肥，难有纤纤玉笋之致，而杨宛君却生得一双好手，张大千为了资以写生，才量珠聘来。

第三件事，有关张大千现在台湾的太太徐雯波。据张大千自己说：“我现在这位太太，真是秋君视同学生一样教导出来的。我太太敬重她。她常对我太太说，这样要注意我，那样要留心我。秋君说，‘大千是国宝呀，只有你是名正言顺地可以保护他、照顾他的，将来在外面，我就是想得到也做不到啊！你才是一辈子在他身边的，还得你多小心，别让他出毛病。’”

很显然，在李秋君心目中，徐雯波是她的替身。或者说，李秋君希望徐雯波做她的替身，侍奉巾栉，形影不离。徐雯波虽是张大千长女心瑞的同学，出身很好，但那时毕竟“妾身未明”，就因为李秋君视之为替身，方为张大千确定了名分。于此可知，张大千对徐雯波的情分特厚，一部分应该划归李秋君名下。在李秋君这方面来说，相思万里，只有听说徐雯波善待夫子，张大千厚待徐雯波，才是她最大的安慰。

李秋君于一九七一年八月病殁于上海，张大千至下一年夏天始知其事。当时他有一封信致李秋君的幼弟，在张大千面前称之为“阿七”的李祖莱，第一段云：

“自四月初一贱辰前，身体即感不适，屡欲作书奉告，辄以困顿辍笔。三小姐捐帏，八嫂、萝侄秘不令知。一日，偶谈及此番港上展出，弟与弟媳如何措施，感其盛况，不减二十年前大哥、三小姐处置，惜大哥已归池壤不及见，而三小姐陷在上海，亦不得闻此消息，良以为憾！八嫂忽喟然曰：‘三小姐亦不复可见矣！’兄怪问之。八嫂与萝侄，始以见告，惊痛之余，精神恍惚，若有所失。”

一九七一年，香港大会堂举行“张大千近作展”，会场布置，李祖莱夫妇颇为出力。所谓“盛况不减二十年前”，指民国三十六年，张大千在上海举行包括敦煌壁画彩印品的画展而言。张大千举行画展，向不至会场，展出种种事务，皆委由亲友料理，在上海展出，例由李祖韩、秋君兄妹主持一切。李祖韩看得多、经得多，熟悉书画市场的行情及藏家的好尚，几成此道专家。哪些画应该置于显著的地位，什么人会看中某一张画，哪些画的题材正在流行，会有多少人“复定”，大致皆为所料。张大千对李祖韩，依李秋君的称呼，叫他“大哥”，李祖韩则称张大千为“老八”，完全是昆季间的称谓。但张大千及其家人，对李秋君则皆以“三小姐”相称。

“弟与弟媳”称李祖莱夫妇，“八嫂”谓徐雯波，“萝侄”谓其子保萝，谱名心一。张善孖有女而无子，以保萝为嗣，所以张大千称之为“萝侄”。

又有一段云：

“偶思七十子之徒，于夫子之殁，心丧三年。古无与友朋服丧者，兄将心丧报吾秋君也！呜呼痛矣！”

《礼记》：“事师无犯无隐，左右就养无方，服勤至死，心丧三年。”春秋时，师丧弟子无服，所以有“心丧”之说。朱子注：“事师者心丧三年，其哀如父母而无服，情之至而义有不得尽者也。”父母之丧三年，事师如父母，所以心丧亦需三年。张大千之于李秋君，确有“情之至而义不得尽”之憾，因而心丧以报。夫服妻丧为期服，则张大千必是心丧一年。

七

影响张大千艺事的朋友

张大千爱朋友，是他好热闹的性情使然。真正能让他心悦诚服，并且能在艺术上影响他的并不多。其中之一是叶恭绰[1]。

民国十七年教育部筹划举行全国第一次美术展览，张大千应聘担任审查委员，与叶恭绰共事，因而订交。叶恭绰比张大千年长十九岁，张以“丈人行尊之”，谊在师友之间。张大千对叶恭绰的“风义”，亦确有令人心折之处。张大千在《叶遐庵先生书画选集序》中，谈到祖传《王右军曹娥碑》珠还合浦的故事，可见一斑。

这个故事，要从民国十几年间上海所流行的“打诗谜”谈起。诗谜又称“诗龙”，取画龙点睛之意，方法是用古诗一句——大多为七言——中缺一字，另刊五字，任人猜射、博彩，射中一赔三。如“王侯第宅○新主”，下列“皆、半、都、多、移”五字，原句为“王侯第宅皆新主”，及至揭晓，则为平仄不调的“半”或“都”，射者当然要请教：杜甫的《秋兴》何以有了变化？主事者便须“对证古本”，这个古本当然出于伪造，名之为“梅花古本”。所以打诗谜，说穿了跟摇摊[2]一样。不过，也确有杜撰胜于原作，也

1 近代书画家、收藏家，又名誉虎，号遐庵。

2 庄字用骰子四颗藏在容器里，摇动后摆定，赌者猜点数下注。

就是改古人的诗改得好的，能使负者心服。

打诗谜最先只出现在半淞园之类的园林中，以佐游兴，后来新世界、大世界等等大众娱乐场所，亦设有诗谜摊，全盛时期有一百余摊之多。诗谜称为“条子”，今年八十岁的诗人卢大方当时外号“条子小卢”，他就是张大千打诗谜的朋友。

诗谜博彩，先是用香烟，犹存雅道。以后进出都以现金，而且还有脱离娱乐场所独立经营的，名为“诗社”，其输赢巨万，终为公共租界、法租界的巡捕房所禁止。于是打诗谜转入缙绅之家，与麻将、扑克等量齐观，入局者轮庄，每人出谜十条，请专人制谜，酬劳极丰。当然也有专门设局，与抽头聚赌，毫无分别的场面。

当时有个闻人江梦花，在孟德兰路[1]设有这样一个场子。江梦花号紫尘，行四，梨园行提起“江四爷”无不买账。因为他是此道的内行，上海凡有大堂会，都得央请“江四爷”来“提调”。江紫尘在前清是个捐班的小官，当过两江总督的“文巡捕”，此即所谓“材官”，也就是后来的“副官”，总督出入相随，因而认识了许多在上海当寓公的遗老，做了他们的一名高等“清客”。

陈定山《春申旧闻》记“陈夔龙过生日”云：“陈夔龙做生日每年一度，必由江四爷子诚来提调。子诚是万平、一平的老太爷，他和我是中表兄弟，住在金神父路[2]一条马路上，时常见面。他不但戏通，鉴赏书画也是一位通品，做过唐景崧辕下的文巡捕。他爱戏，生、旦全通，百代公司灌有江梦花的《战蒲关》就是他。姜妙香唱青衣时，向他请益很多。但要他来一段长坂坡‘四面八方兵和将’，又真声裂金石，俞杨却步，所以逢场作戏，内

1 今江阴路。

2 今瑞金二路。

外行哪一个不敬服他？他人又喜欢结交四海，真做到‘座上客常满，樽中酒不空’，凡是他所品题的名伎，莫不是绝色；他所雇用的厨子，莫不是个易牙[1]。”江紫尘两子，皆不愧“名父”的名声，江万平是上海的名会计师；江一平为虞洽卿的女婿，是名律师，后为“立法委员”。但万平、一平昆仲，当北伐以前，方在求学时期，还谈不到甘旨供养。江紫尘能维持那种高水平的生活，别自有“术”，此术对张大千以后的生活态度，颇有影响。

江紫尘当时的生财之道之一，便是经手买卖书画古董。自同光至民国初年，碑帖很吃香，索价亦无准则，所以号称“黑老虎”。张大千祖传的《王右军曹娥碑》，应该就是一只有名的“黑老虎”。

张大千在《叶遐庵先生书画选集序》中自述：“予少略不检束，颇好博戏，江紫尘丈于上海孟德兰路兰里，创诗钟博戏之社，当时老辈如散原、太夷、吷庵皆常在局中。予虽腹俭，亦无日不往、无日不负也。”这所谓“诗钟博戏”之日，即打诗谜。“散原”为陈三立，“太夷”为郑孝胥，“吷庵”为夏敬观。陈、郑为同光以来诗坛领袖，分主赣、闽两派，夏敬观亦“一百零八将”之一。江紫尘设局，只是抽头，而诗坛诸老制谜，当然不会用“梅花古本”，他们全仗腹笥宽广，多读前人冷僻诗集，张大千自非所敌，因而每博必负。

张大千又说：“先曾祖旧藏《王右军曹娥碑》，唐人前后题名，前为崔护、崔实、冯审、韦皋四人，后为杨汉公、王仲纶、薛包三人。而王书久佚，项子京、成亲王先后所藏，并有详跋，江丈索观，携共赏焉。当夜入局大负，金尽大负，向江丈贷二百金，才数局，又负尽。数贷数负，瞬逾千金矣。江丈笑曰：‘此卷其归我乎？再益二百金可耳。’以是，径归江丈，而予

1 春秋时期著名厨师。

以轻弃先人遗物，中心悔恨，从此绝迹赌肆。”

前后题名七唐人中，后世知名者三人：崔护即“人面桃花”故事中的主角；韦皋在德宗贞元年间，以平南蛮功，封南康郡王；杨汉公曾任荆南节度使。唯薛包为后汉汝南人，安帝建光年间，征辟为侍中，称疾不就，其人尚在曹娥之前，时代不符。此题名的唐人薛包，自是同名的另一人。

但所谓《王右军曹娥碑》，似乎有些问题。曹娥投江，事在后汉顺帝汉安二年，上虞县长度尚命弟子邯郸淳为之作碑。蔡邕读其文，为之题“黄绢幼妇，外孙齑臼”八字，为“绝妙好辞”的隐语[1]，曹操与杨修解此谜的故事，是个很熟的典故。然则后汉已有之碑，何以为东晋的王羲之所书？是否原碑已毁，后来由王羲之补书，或出于他人托名伪造？未见项子京、成亲王题跋，未敢妄断，不过既有唐人题款，则此碑即使非右军所书，至少也是唐拓。

近世碑帖权威叶鞠裳[2]云：“今世拓本，元明已难能可贵，若得宋拓，叹观止矣。唐拓则天壤。间唯有临川李氏《庙堂》一本，其中亦羼入宋刻，非完本也。余在京师，见李子嘉太守所藏褚书《房梁公碑》踰一千字的，真唐拓，可与庙堂竞爽，海内恐无第三本。”果然如此，则有崔护题款的《曹娥碑》便是第三本。独怪以缘督庐眼界之广，腹笥之宽，无以不一述此碑？唯江紫尘既曾在富金石收藏的端方麾下，于此道当然亦是内行，肯以一千二百金易此帖，其为珍物，断无可疑。且此帖为张氏家传，以博戏失先人遗泽，张大千为之“从此绝迹赌肆”，其痛悔之情，亦不难想见。

1　黄绢是染色的丝，色丝为“绝”；幼妇，少女之意，为“妙”；外孙是女儿生的孩子，为“好”；齑臼是放置辛辣物的容器，受辛之意，古字同“辞”。四字合在一起便成“绝妙好辞”。

2　即晚清金石学家、文献学家、收藏家叶昌炽，字兰裳，又字鞠裳，晚号缘督庐主人，后文即用缘督庐代指叶昌炽。

张大千又说："阅十年，先太夫人病居皖南郎溪，家兄文修之农圃。予与仲兄，仍居吴门，每周轮次往侍汤药。太夫人病势日笃，忽呼予至榻前，垂询祖传之《曹娥碑》，唐人前后题名，何久不见之，殊欲展阅。予惶恐极，不敢以实告，诡称仍在苏寓。太夫人谓次周必须携来，小慰病情。予亟唯唯。此卷闻江丈早已售出，辗转不知落于何所。中心如焚，将何以复老母之命？"文修行四，为一儒医，辗转流寓皖南宣城东北的郎溪县；张善子生平三娶，第二次续弦的夫人，母家姓杨，松江人，所以张善子一度住松江；而张大千则奉母住在密迩松江的浙江嘉善。"九一八"以后，张善子偕大千移居苏州，其母夫人则就养郎溪第四子文修处，民国二十五年病故。她索阅《曹娥碑》时，病情已笃，势将不起，如不能遂其所欲，即为赍恨以殁，张大千将终身负疚，自是惶恐万状。

张大千又说："迨归网师园，先生[1]与王秋斋即来省问。予当以母病笃告，又以此最痛心事，并将此卷经过，历历述之。倘此卷尚可求获，将不惜重金赎之，即送郎溪，使老母得慰。先生即自持其鼻云：'这个么，在区区那里。'予喜极而泣，即挽秋斋于屋隅而求之曰：'誉虎先生非能鬻文物者，予有三点乞与商求之：一、如能割让，请以原值偿；二、如不忍割爱，则以敝藏书画，恣其检选，不计件数以易之；三、如两俱不可，则乞暂借二周，经呈老母病榻一观，而后归璧。'秋斋即以予意转告先生；先生曰：'乌是何言也！予一生爱好古人名迹，从不巧取豪夺，玩物而不丧其志。此为大千先德遗物，而太夫人又在病笃之中，欲一快睹，予愿以原璧返大千，即以为赠，更勿论值与以物易也。此卷不存履道园，弃之上海，明日往取，三日内即有以报命。'予与仲兄闻之感激泪下，趋前叩首谢。太夫人弥留之夕，幸得呈

1 指叶恭绰。

阅。予罪孽深矣。先生风概，不特今人所无，古之古人亦所未闻也。”

这确是一段佳话，充分说明了叶恭绰对张大千的欣赏与爱护。在抗战以前，有好些名流喜欢隐居在与南京、上海相近，而又不甚沾染政治与商业气味的苏州，如章太炎、李根源等。叶恭绰亦是如此，张大千说：“先生与予同寓吴门网师园，共数晨夕者近四年。已而先生购得汪氏废圃，葺为履道园，仍无日不相过从。”网师园据说是南宋史弥远所兴建，清朝康熙年间归瞿氏所有，因而又称“瞿园”。洪杨[1]以后，为李鸿裔所得。李鸿裔字眉生，曾入曾国藩幕府，薛福成《叙曾文正公幕府宾僚》，将他列之于“渊雅”一类，后来他官至江苏臬司。谢家孝在《张大千的世界》中说“同治年间，网师园又属于曾文正公的得意门生李眉生所有，一度成为江苏的藩台府”，似乎有误。至于张善子兄弟住网师园时，主人为与张作霖颇有渊源的张锡銮，其子师黄是张大千的朋友，他知张氏兄弟喜居园林，因以出借。但他们只住前半部，后半部为叶恭绰所借住。

由于朝夕过从，叶恭绰对张大千的造诣了解颇深。他力劝张大千专攻人物，叶恭绰对画中人物一门的看法是：“人物画一脉，自吴道玄、李公麟后，已成绝响。仇实父[2]失之软媚、陈老莲[3]失之诡谲，有清三百年，更无一人焉。”明朝的仇实父、陈老莲，在叶看来，尚不够格；清朝的禹之鼎，改七芗[4]更是不屑齿及，而独寄望于张大千，力劝他“弃山水花卉，专精人物，振此颓风”，真可说是有心人了。

张大千早年原以人物见长，赠人之作，辄为人物。童轩孙所著《文化城故

1 指太平天国运动。

2 明代画家仇英，字实父。

3 明代画家陈洪绶，字章侯，号老莲。

4 清代画家改琦，号七芗。

事》中，有一篇《昔日旧京画坛景象》，记他民国十六年初识张大千后不久，在天津相遇的情形：“是日大千很慷慨地展纸濡毫，画了一幅画相赠。他虽是丹青有价，却和白石翁为人的作风不同，仍有豪迈之情，对于揩油朋友，不惜缣楮[1]，挥其彩笔来应酬。后来我在几处朋友家里，看到有大千的赠画，却和我所有的一样，真是上海人说话‘一个拷贝’，都是画一个背手而立的高士，在梧桐树下徘徊，我叫它为《桐荫高士图》，以后只要看到这种大同小异的‘拷贝’，断定此君必是得自揩油。”张大千对自己所画的人物，觉得一定可以胜人，希望获得这样一种口碑——“张大千的人物画得好！”因而才动辄以《桐荫高士图》作为赠品，这对一个职业画家来说，是不无“广告”作用的。

张大千最好的一个“广告”，亦是人物，就是他三十岁的“自画像”，此画曾广征题咏。南北知有这么一个三十岁便留了一把大胡子的人物画家，这幅“自写小像”，发生了很大作用。画面是一株枝叶茂密的松树下，一个笼袖的侧面像，人物神态静穆，确为佳构。六十岁时，他又画过一幅侧面像，两相比较，谁都可以看得出来，三十年的功夫没有白费。

张大千有一篇《谈画》的遗作，首列“人物”，他说：“画人物最重要的是精神。形态是指整个身体，精神是内心的表露，在中国传统人物的画法上，要将感情在脸上含蓄地现出，才令人看了生出内心的共鸣，这个当然是很不容易，然而下过死功夫，自然是会成功的。杜工部[2]说‘语不惊人死不休’，学画也要这样苦练才对。”这“下死功夫”正是夫子自道，而他自觉人物画已可“惊人”的意思，说得也很明白。

至于画人物的技巧与步骤，他说：“画时无论任何部分，须先用淡墨勾成轮廓，若工笔则须先用柳炭勾之。由面部起，先画鼻头，次画人中，再次

1　作书画用的绢和纸，也可代称书画。

2　即唐代诗人杜甫，因其曾任工部员外郎，故世称杜工部。

画口唇，再次画两眼，再次画面型的轮廓，再次画两耳、画鬓发等。待全体完成以后，始画须眉，须眉宜疏淡，不宜浓密。所有淡墨线条上，最后加一道焦墨。运笔要有转折虚实，才可表现出阴阳凹凸。有时淡墨线条不十分准确，待焦墨线条改正。若是工笔着色，一样的用淡墨打底，然后用淡赭石烘托面部，再用深赭石在淡墨上勾线。”

不过，张大千谈画人物，“不惜金针度与人”的一段，要看薛慧山所辑的《张大千画语录》。他说：“人物最难于点睛。顾恺之尝说：‘四体妍媸，无关于神明；传神写照，正在阿堵之中。’画时，先描出眼眶，再勾出瞳仁的轮廓，用淡墨渲染二三次，再用浓墨重勾一遍。传神的关键，重在瞳仁的位置，就是视线的方向要对正面。尤其是画仕女，要怎样才能使画中人顾盼生姿，更要随你从哪一角度来看，她总是像脉脉含情望着你，你在左她也向着你，你在右她也向着你，正面更是不用说了。乃至将画倒过来、横过去，仍旧是向着你。画中人的眼神与看画人的眼神，彼此间息息相通，《洛神赋》所说的‘神光离合’就是这个意思了。”此解“神光离合”一语极妙。相传宋徽宗画鹰，以漆点睛，于此时一意会，漆有光，随人目所视，各种角度，都会发亮，鹰目有此“神光离合”的呼应，方显其睥睨疾视的雄姿。

张大千的仕女，后期受敦煌壁画的影响，类皆丰容盛鬋，反不如早期所作婀娜多姿。他画“半面美人”有所谓“六不得”，其言如此：“画仕女，背面侧面皆极不容易施工，侧面的轮廓，由额至下颌，凸不得、凹不得、蹋不得、缩不得、丰不得、削不得，这些皆须十分着意。背面那就要在腰背间，着意传出她袅娜的意态。”这“六不得”当是从阅历中来。有人说张大千好色，实在应该下一恕词——不好色阅人不多，阅人不多，又何能归纳出“六不得”？

就青年时期而论，张大千的画以人物为第一，应该不是武断的说法。这就难怪乎叶恭绰要寄予厚望了。但除敦煌之行，为受叶恭绰的鼓励以外，他并没有如叶恭绰所期待的“弃山水花鸟，专精人物”。原因很多，约略可分析为：

第一，才大，不甘为人物一门所囿，人物一门亦不能尽其所能与所长。这一层，相信到了后来，叶恭绰亦会觉得他的厚望是奢望。

第二，题材限制。且不说吴道玄、李公麟的时代，人物出于现实——即令是神佛鬼怪，为世人心目中常常出现的形象，即是精神中的现实。就算仇实父、陈老莲的时代，人物的题材亦很广泛，专精一门，不愁没有作画的对象，但现代的人物画，在国画中是太狭隘了。最主要的是服饰、生活环境与方式，衡之国画的传统形象，皆形凿枘，譬如他的得意之作之一的《文会图》，如将高逸鸿的那件红格子的花呢上装画上去，倒想想，会是什么味道？

第三，职业画家如果专精人物，身份地位，必不能高。吴道子虽以人物驰名于后世，但一生所作壁画三百余间，而壁画不都是人物。如天宝间，他受命与李思训为画嘉陵江风景于大同殿壁，即为一例。李公麟不能称职业画家，他是进士出身，曾官御史，家亦素封，是故“宦居京师十年，不游权贵之门”，此即“人到无求品自高”。

至于专精人物的职业画家，以唐初阎立本为首，虽然官拜右相，但唐太宗仍以画工视之。幸宜春苑见异鸟，召十八学士饮酒赋诗，只有阎立本俯伏池左，为君臣写照，自以为耻。其时左相姜恪有战功，时人因有“左相宣威沙漠，右相驰誉丹青”之诮。

降至明清，专精人物写生者，往往为画匠。替人画《行乐图》，还算是地位较高的，更次一等的是，受丧家所邀，为亡人写真，作为岁时庆拜的“喜容”。蒲松龄《聊斋志异》佚稿有一篇《吴门画工》，他曾梦见吕纯阳招致一女仙下降，称之为“董娘娘”，醒而写其容貌，亦不知“董娘娘”为何许人。顺治十六年孝敬宝后董鄂氏崩，世祖悼念深切，命人追写遗像，皆不当意。“吴门画工”忆及前事，取图进呈，宫眷无不认为酷肖，因受上赏。此“董娘娘”实为董小宛，而此“吴门画工”，即为画“喜容”的专家。雍正年间，有个做过内务府大臣的蒙古族人莽鹄立，亦有类似“吴门画工”的遭遇，他是承世宗之命，绘圣祖遗容称旨，而得大用。

清朝画人物画得最好的，不是禹之鼎，也不是改七芗、费晓楼[1]，而是乾隆朝的一个浙江人缪炳泰。他是一名秀才，由一等侯工部尚书福长安的举荐，入宫为高宗写御容。“如意馆”的供奉，应诏当此差使的，不下数十，高宗皆不满意，唯独欣赏缪炳泰。乾隆四十九年后，他以内阁中书的官衔，在内廷当差，凡有巡举，无不从行。高宗更定紫光阁设五十功臣像，以及平林爽文之乱复绘功臣像，皆出于缪炳泰之手。以高宗所见之广，内廷供奉之众，独赏缪炳泰，岂为虚致？但我相信，现在知有缪炳泰其人者，恐怕不多。缪炳泰未受知于高宗以前，曾远游滇黔粤吴，且久以善于写像驰名浙中，留下的作品绝不会少，却不为世所重。谈到清朝的画家，必称“四王吴恽”[2]，山水花鸟皆可名家，独有人物画家不入格。张大千岂肯做此傻事？

第四，西画传入中国以后，在国画方面受到冲击及影响最大的，就是人物一门。当时岭南派画家高剑父、高奇峰昆仲及陈树人等，提倡国画革新运动，但此三人都因留学日本的关系，作品中有浓厚的东洋风味，在张大千看，并无国画理论上所无法企及之处。及至徐悲鸿回国，彼此订交，张大千

1 清代画家费丹旭，号晓楼。

2 即六位清初画家王时敏、王鉴、王翚、王原祁、吴历、恽寿平的合称，也称为“清六家”。

看到徐悲鸿的人物素描以后，终于不能不承认，中国传统画法的人物，有其无法克服的缺点。最主要的是光与影，所谓“运笔要有转折虚实，才可以表现出阴阳凹凸”，毕竟是一句玄虚的话。即使能够勉强表现，层次也是有限的。画人物的“阴阳凹凸”，欲求能充分表现，非用西画的法则不可。

张大千是很服善的，心目中对于徐悲鸿的评价，与对高氏兄弟及陈树人等不同。徐悲鸿虽留学法国，专攻美术，但他有国画的底子，自幼得自家传。民国初年，哈同花园的大总管姬觉弥办“仓圣明智大学”，登报征求画家绘仓颉像，徐悲鸿应征中选，画成为姬觉弥激赏，资助他留学日本。他一年后回国，任北大画学研究会导师，民国八年为北洋政府以公费留学法国。

徐悲鸿在巴黎，先跟专画历史的著名画家弗拉孟学画，后来受知于写实派大师达仰，日夕追随，饱受熏陶。达仰很欣赏徐悲鸿的素描，训练他务实、务确、务大。他先后在巴黎九年，回国以后，先在中央大学任教，不久转任北平艺术学院院长。有趣的是，在国画方面他是革新派，在西画方面却是保守派。他对于当时欧洲新起的画派如野兽派、抽象派等，一概看不入眼，将野兽派的马蒂斯的译名改为“马踢死”，由此可以想见其为如何深恶痛绝。

不过，国画的革新与西画的保守，在徐悲鸿个人的理论上，却并不发生矛盾，这“夫子之道一以贯之者”，便是“写实”二字。他说：“范宽居太华，习见雄峻之山，所作多峭拔雄厚；董源居江南，则多写平远，不为叠嶂，写出真情实景，固使我们心焉向往。就稍后的黄公望、倪云林、王蒙、吴仲圭、沈石田辈的文人画，亦不背中得心源、外师造化的艺术真理，作品仍予我们以亲切之感。”因此，他菲薄董其昌以来四王的山水，认为重重叠叠、只讲间架是流于毫无生气的形式主义。这些理论与看法，是与张大千大致相近的。但山水毕竟写意的成分多于写实，唯有人物才能完全适用写实的原则。

当然，写实不止于形似，更要紧的是传神。如果说，徐悲鸿用不同工具所作的素描，亦可与张大千所画的人物相提并论的话，显然地，后逊于前。前几年看到徐悲鸿为陈散原所作的素描及为李印泉所作的设色造像，勾起我儿时所见陈李二老的回忆，如在眼前。张大千的六十自画像，是他的人物画中得意之作，但不能到徐悲鸿的境界。

话虽如此，纯粹以国画而论，张大千的人物，无论写意工笔，罕有抗手。有人认为张大千画人物，有一缺点——面貌相似，此亦不尽然。如为溥心畬、谢无量、李秋君分题的《九歌图》，屈原是屈原，云中君是云中君，河伯是河伯，身份不同，各如其面。台北“故宫博物院”所印《张大千先生纪念册》中如“焦荫逭暑”的高士、《归妹图》的钟馗，以及达摩像，亦各具一副面目，绝不相混。

郎静山识张大千甚早。民国初年郎静山在上海的住处与曾农髯相邻，即知张大千为曾门高弟，以后与张善子成了好朋友，因兄及弟，始与张大千缔交。

民国十九年，许世英为桑梓效力，发起建设黄山，张大千昆仲及郎静山均膺聘为委员，因而发起组织“黄社”。以绘画摄影为一座名山做大规模的宣传，为前所未有的韵事。张大千曾三登黄山绝顶，师法石涛以名山做画稿之法。黄山的丘壑对张大千所作山水的影响或可说益处极大，但如无郎静山同游，所获就不会太多。

如众所知，在摄影界早就具有国际地位的郎静山最大的成就，亦是最能表现中国风格的特色，是通过暗房作业而出现的“集锦”，将摄影与国画融合为一。因此，郎静山摄影时所取的画面，必然符合国画的要求；而在技巧上，并不强调光与色的对比，注重画面的生动柔和。这样的“集锦”，才能达到“朝晖夕阴，气象万千”的要求。于此可知，郎静山的原始作品，也就是尚未在暗房中经过拼凑剪裁的照片，才是张大千最有用的画稿。

至于“集锦”，当然也有张大千的意见在内。同样，郎静山如何拼凑剪裁，将单纯的素材，化成一幅“国画”，对张大千亦很有参考价值。

郎静山在《怀念大千先生》一文中，提到张善子带回华山、黄海的照片“与我讨论”，自是讨论画山水的构图，而非讨论照片的集锦。张大千仿制石涛，常有化简为繁或化繁为简的手法，移此幅之城楼，补另幅之云山，或者缩短两岸的距离，突出人物的形象等等，亦可说是一种“集锦”。

张家兄弟与郎静山的交情极厚，张大千则事郎静山如兄。郎文中说：“大千自一九四九年后，常奔走国际，与我常在巴西、巴黎、美国相遇。把晤言欢，屡蒙相助，我先与其兄善子为友，故大千视我如其兄，曾云力所能及，皆所不辞。其待人优厚，平易可亲，救人之急，慷慨解囊。”平易与慷慨，固为张大千的本性，但“曾将自己卧室，让余下榻，情同手足，而有过之”，那就很难得了。张大千有各式各样的朋友，或者说有各种用处的朋友，但能受到张大千由衷尊敬的朋友并不多，郎静山应是其中之一。

张大千笃于友情，他早年有个朋友，对于他的艺事之进步，颇有影响。此人名谢玉岑，跟郎静山一样，亦是先与张善子为友，由兄及弟，与张大千缔交后，情好更密。

谢玉岑有常州才子之名，工诗词，民国二十四年因肺疾而殁。当他在家居养疴时，张大千每隔一日，必往探病，他在《谢玉岑遗稿》序文中说：“方予识玉岑，俱当妙年，海上比居，瞻对言笑，惟苦日短。爱予画若性命，每过斋头，徘徊流连，吟咏终日。玉岑诗词，清逸绝尘，行云流水，不足尽态，悼亡后务为苦语，长调短阕，寒骨凄神，岂期未足四十，遽尔不永年乎！当其卧病兰陵，予居吴门，每间日一往，往必为之画，玉岑犹以为未足。数年来予南北东西，山行渐远，读古人作日多，使玉岑今日见予画，又不知以为如何？”文中谓“故人一去，倏忽六年”，又起头有“庚辰之秋……数月来萦绪万端”之语，则此文当作于辛巳春天，辛巳为民国三十年，与“倏忽六年”之语正合。时隔六年，张大千自视其画，已大不同于昔日，进境之猛，足慰亡友。但若非谢玉岑爱其画“若性命”，张大千为娱病中之友，力求画得多、画得好，就不会进步这样大。这种无形的鼓励，与李秋君的有形督促，皆大有造于大千的艺事。

令谢玉岑安慰于泉下的是，他跟张大千的交情，由他的胞弟谢稚柳延续了几十年，直到张大千下世，始终不渝。

谢稚柳比张大千小十一岁。当谢玉岑自知不起时，曾郑重地以爱弟相托，请张大千将谢稚柳列入门墙。张大千当时表示：“你我交情如同胞手足，你的弟兄就是我的弟兄。稚柳有兴趣学画，我一定尽我所知指点他，不必列名于大风堂。手足之情，不更胜于师弟之谊？”张大千不负所诺，对谢稚柳是另眼看待的。谢稚柳爱好陈老莲的人物，张大千就拿珍藏的十二幅陈老莲的册页交给谢稚柳去临摹，以后一直没有要回来。即此一端，可概其余。

张谢相处，最长的一段时间是敦煌时期。其时谢稚柳是“监察院”院长于右任的秘书，于张同以美髯之故，结成忘年之交，所以张大千在力促谢稚柳赴敦煌的同时，写信给于右任请商，希望能予谢稚柳以假期，终得如愿以偿。

谢稚柳是民国三十一年到敦煌的，盘桓一年有余，与张大千同时离去。他们一路同游榆林、西安后，入蜀分手，张去成都，谢回重庆。

在敦煌的一年多，对谢稚柳是非常重要的。现在大陆的谢稚柳拥有三个头衔：名画家、书画鉴定家、敦煌艺术专家。一九八〇年春，他应香港中文大学之邀，自上海到中大讲学，香港《新晚报》有介绍文说：“谢稚柳写画，是无师自通的，主要是看古画，看故宫的展品，看师友的藏品。古画临得多，后来成了画家；古书画看得广，后来又成了书画鉴定家。”不错，那是

“后来”。在早年，亦就是从他胞兄去世到他赴敦煌的那七八年中，他还没有机会接触到大量的古书画，而他在敦煌年余受张大千之教，对于国画的理论与实际，始大有进展，是不容否认之事。不过，谢稚柳之从未说明师承何人，或者不是有意抹杀，只是当张大千正在“红”的时候，不愿借他的声光而已。

当然，谢稚柳自己的努力才是他能获益于敦煌之行的关键。他写过两部有关敦煌莫高窟的书，一部纯为记叙，名为《石窟叙录》；一部名为《敦煌艺术叙录》，是研究敦煌壁画与印度佛教关系很权威的著作。在这部书中，当然亦有张大千的意见在内。

从一九四九年以后，张大千与谢稚柳天各一方，从未见面，可是他们的交情并没有变，直可说是“一死一生，乃见交情”。

在台湾的张大千，曾多次对谢稚柳寄意，如他认为是罕见珍品的“艺坛主盟”牛毫笔，就托人送了谢稚柳两支。此笔张大千送过毕加索，非寻常馈赠，意中是承认受者方有资格用这种笔，加上笔杆上所镌的字样，无异表示肯定了谢稚柳在大陆艺坛上主盟的地位。不过这两支笔，赠者在一九六四年托人送出，受者直到一九七四年才收到，整整隔了十年。谢稚柳还为此赋上七律一首，结句是：“休问巴山池上雨，白头去日苦方遒。”遒训五义：迫也，尽也，聚也，固也，劲也。不管做何解，无非都是去日无多，而苦头却还没有吃够的意思。

一九七八年，张大千托人带了一幅山水送他。那是在张大千手辟混沌，泼墨作画已能得心应手以后，赠画之意，有衰年犹开新境，足以告慰故人的深情在内。谢稚柳后来在香港由画及人，推崇张大千说：“泼彩，是张大千发明的。古有泼画，今有泼彩，张大千的泼彩，有很深的传统渊源。中国当代画家，张大千数第一。”

谢稚柳到香港讲学是在两年前，张大千自摩耶山庄又托人带了一幅画给他。据谢稚柳自己说，这幅画是《落花游鱼图》。画中是不是有劝谢稚柳掉尾远游之意，不得而知。不过谢稚柳有几句话，倒是深见交情，他说：“我也希望张大千回去，但我决不劝他回去，原因有二：第一，张大千自由散漫，爱花钱，在大陆没有这样的条件；第二，张大千自由主义倾向很强烈，要是让他当人大代表、政协委员、美协理事等职，经常要开会，他肯定吃不消。张大千这人，只适宜写画，不适宜开会。他不擅说话，更不擅做大报告。”不愧知人之言。而虽在香港，敢说得这样直率，谢稚柳亦自有其可敬之处。

张大千去世后，谢稚柳写了一篇悼念的文章，登在第一一五期的《大成杂志》上，题目是《巴山池上雨，相见已无期》，其中论张大千的艺事，是相当权威的。他说：“大千写石涛，可以乱真，但不仅是乱真石涛，而又发展了石涛。”与我的看法完全相同。

关于张大千的画风，照谢稚柳的见解，可分为三个时期。他说：“张大千尽管以师承石涛著称，事实上他所能的已何止石涛一家。渐江、石溪、八大、四王以外的各个画派，他无所不能，也无不可以乱真。这些画派的作品，在他历次的画展中，都能见得到。他的画笔可谓集众长于一手。丰富的生活，多方的借鉴，加上他自己的情性，形成了他独特的风貌。平素作品，一年之中，不敢说千幅，几百幅也总是有的，下笔迅疾，顷刻满纸。他的性情豪放，但对于艺术的探求，却是精细而深刻。这是他前期的情况。”

所谓“前期”，应该截至张大千住苏州网师园时，他移居北平及回蜀以后，又是一番境界。谢稚柳分析他画风演变的由来说：“大千的精力过人，因他的艺术创造力特别旺盛。不断研究历代绘画流派，收藏历代的名迹，不断改换自己作品的表现形貌，逐渐脱离了上述那些流派的藩篱。元代的赵孟頫、吴镇、王蒙、倪瓒等的画派，又使他的画转到别一天地。他不仅善写山水，人物、花鸟也都无所不能，不仅善于奔放的润笔，也善于工细的描绘。即使是工细的，也不是细碎柔弱的风调。一种豪迈的气度，始终流露在他的笔端，显示了他的艺术特性。”

所谓“脱离了上述那些流派的藩篱”，包括沈石田、文征明所发展出来的“吴门画派”在内，而“别一天地”则为由明入元，再上溯，当然就是两宋了。谢稚柳说：“当他五十左右时，他的画风又产生了剧变，而倾向于两宋。南宋的李唐、马远、梁楷、牧溪，继而是北宋的范宽、董源、巨然、郭熙，这一系列的画派，吸引着他三熏三沐，使他的画笔如此多样善变，这一特点显露在这一时期的作品中。”

谢稚柳的论述颇有意味，他将张大千画风的演变，分析出逆溯而上的过程，早期是由“明末四僧”而及于“吴门画派”，后来则规抚赵松雪、吴仲圭、王叔明、倪云林等等元朝各家，“五十左右”的“画风剧变”，则是返博归约。他所举的南宋四家，李唐以高古简朴著称；马远雄奇简练，善用墨法与水法；梁楷则以泼墨写人物；牧溪是南宋末年杭州的一个和尚，法名法常，继承了梁楷简笔泼墨写意的风格。法常的作品在国内极其罕见，知有法常其人者亦不多，但他在日本的名气很大。他对日本画风的形成，发生了极大的作用，有“画道大恩人”之称。牧溪的写生，信手渲染，几乎只见水墨、不见法，张大千亦有类似的作品。在送郭有守的二十四幅册页中，有一幅蔬果，亦可归于所谓“大千狂涂”一类，题款云：“偶同子杰菜市见此，索予图之。时希腊爱能小姐在座，大以为奇笔也。”

但此类题材及画法，为齐白石所专长，张大千只偶一为之。不过，他对他简笔人物则极其自矜。有一幅自画像，侧面微仰，只占横幅右下角三分之一的地位，张大千以梁楷的泼墨法，加上他独擅的线条，聊聊数笔，能令人作竟日观玩。此图题款及图章，完全不合张大千的常法，先从左面定白，约四分之一处，顶格题七绝一首："休夸减笔梁风子，带挂宫门一酒狂。我是四川石居士，瓦盆盛醋任教尝。"下笔时落一"宫"，因于"尝"字添注："门上夺宫字。"此时左面尚余一行的地位，而又要为"石居士"及"瓦盆盛醋"指明出处，故又题："石恪有三酸图，见山谷诗集。"最后缀一"爰"字。

这一来，盖图章的地位都被侵夺了，只好盖在中间。下面一方朱文"大风堂"，上面是一方白文钟鼎，八字分作四行："己亥己巳戊寅辛酉。"张大千生于光绪二十五年四月初一，印文便是他的"八字"。这方图章，有一个罕为人知的用处，凡是张大千最得意的作品，才能用这方"八字"图章，示有性命寄托之意。

图章之右，也就是画中人的眼前，又题一款。而且为迁就空白，迫不得已，反方向题记："梁风子未必有此。呵呵。大千先生狂态大作矣。"钤"大千居士"白文印。这是张大千越看越得意，补题的款。

由这幅画看，张大千自拟为早于梁楷的蜀僧石恪，颇有睥睨梁风子之概。又一幅罗汉像，是用梁风子的笔法，题云："不敢望贯休早年，梁楷其庶几乎？呵呵。"贯休即禅月大师，更早于石恪，乃前蜀高僧。

更有一幅，松下一高士背面侧欹，用笔简无可简，题云："此亦大风堂登录商标也。"另小字一行："古人那得有之。"钤"张爰"白文印。题款仿佛戏笔，而实自谓他的简笔人物，已驾贯休、石恪、梁楷而上之。如上所记的几幅画，是张大千兴酣落墨，神来之笔。刻意求之，未必可得。

张大千作简笔人物画及"狂涂"的山水蔬果，大多在一九六一年前后，此一时期的张大千，有两件事影响他的画风。

第一个因素是与毕加索的一重因缘。张毕之会，颇为人所艳称，张大千虽无意夸耀，但谈到这段往事，总不免有得意之色。其事经过，及由他对毕加索的评论中所反映出来的艺术观点，他曾为文记述，这篇文章题为《毕加索晚期创作展序言》，第一段谈他对“西方传统艺术”的了解：

“毕加索为泰西现代画大师，予少时已耳其名，而把晤论交，则在一九五六年丙申之夏。是年，予先后分展个人近作与敦煌壁画摹本于巴黎卢浮、东方两博物馆，事前遄赴罗马，观摩文艺复兴之杰达文西（达芬奇）、拉斐尔、米凯朗其罗（米开朗基罗）之壁画、雕塑，于西方传统艺术，实地研考，先做了解。深感艺术为人类共通语言，表现方式或殊，而讲求意境、功力、技巧则一。”

张大千应巴黎卢浮博物馆馆长萨尔在东京面邀，在卢浮展出近作时，有一个附带条件，必须亲临揭幕。张大千开画展，向不出现于展出场所，这一次特为破例。他知道将会有记者访问，提出有关东西方绘画艺术比较的问题，因而特赴意大利观摩。此为张大千第一次深入地接触“西方传统艺术”，当然会对他的画风发生影响。以下谈他对毕加索的了解：

“毕氏之作见于画肆者，与传统西画有异，而其思想内容，实亦基于西方。早期所倡立体主义，乃循塞尚之立论，从事理性创作，而吸取黑人雕刻之犷野，突破写实之约束，不过强化其表现而已。其后，立体主义已为欧西现代艺术之里程碑，其影响于后进而导致新风者，固无伦矣。而毕氏颇不以此自矜，日以新构想以试新创作，一变再变，乃至千万万变，曾无稍懈。”

对专家来说，张大千对毕加索及西方现代艺术的了解是不够的。但毕加索不以既有之成就为满足，不断求变、不断创新的进取精神，显然对张大千是一种激励。以下谈访晤毕加索的动机：

“予之访毕氏也，初乃钦其创作之潜力，亦示敬老尊贤之意。及至晤聚，观其满室图书，与夫博采艺术原始资料，始惊其学有本源，非率尔命笔也。”

张毕之会，出于张大千主动，其间还经过一番波折。他在法国的朋友都不赞成，尤以赵无极为甚。因为毕加索架子极大，倘或张大千登门造访，而毕加索飨以闭门羹，为记者所知见了报，这个脸丢不起。赵无极认为这时的张大千，等于东方艺术家的代表，如果他碰钉子，所有来自东方的艺术家都没有面子，所以极力反对。

张大千又求助于萨尔，他亦面有难色。于是张大千找了一个翻译，由他的太太陪同，专程赴坎城一个预定由毕加索主持的陶器展寻求机会。结果圆满得出人意料，毕加索邀请张大千夫妇，在第二天中午，到他位于法国观光胜地尼斯的豪华别墅中去做客。饭前论画，据张大千自叙：

“相与论及东西方艺术时，渠持所习中国画百数十叶出，皆花卉鸟虫，一望而知为拟齐白石先生风貌，笔力沉劲有拙趣，而墨色浓淡难分。予告以中国毛笔刚柔互济，含水量丰，善运之可墨分五色。继又略述中国画重写意不重形似之旨。渠颇诺予说，慨然叹曰：‘西方白人实无艺术。纵观寰宇，第一，唯中国人有艺术，次为日本，而其艺术亦源于中国；再次为非洲黑人。予多年来惑而不解者，何竟有偌许中国人乃至东方人远来自巴黎学习艺术？舍本逐末而不自知，诚憾事也。’毕氏豪迈率真，所言发诸肺腑，闻之令人感奋。自是而后，互贻近作，互通函札，并应其索，赠以毛笔一束，彼此堪称投契。”

毕加索送给张大千一幅画，是现成的作品，名为《西班牙牧神》。当场签名之外，据说还罕见地题了“上款”：“给张大千。”

“西班牙牧神”满面于思，因而传出一个很有趣的误会，说毕加索为张大千速写了一幅像。《西班牙牧神》有些石恪简笔人物画的趣味，髯发如蝌蚪，这种“挑笔”在中国画中，每用于画竹。而在论画时，毕加索又曾问起，中国画中的竹，如何画法？因此，张大千回赠以一幅《双竹图》，上款题的是：“毕加索老法家一笑。”这幅《双竹图》可说是特为毕加索提供的画竹范本，因为“右方一株竹，浓墨凸现，竹叶都是向上伸张的姿态；左方一竿则是淡墨衬影，竹叶都是向下垂布的姿态。双竹之间不仅显出了距离，也更分清了浓淡与层次”。这是张大千为新闻记者所做的说明。

张大千的这幅《双竹图》及他的牛耳毫笔，对毕加索是发生了影响的。六年以后，张大千再度游法时，看到毕加索所作的一幅中国画，画的是“草上刀螂”，已“完完全全是齐白石的路子”，而且，“更有中国画的神韵”。

张大千能影响毕加索，毕加索当然也能影响张大千。说他的简笔人物画中，偶尔可以发现《西班牙牧神》的笔触，这影响算不了什么，主要的是由毕加索的成就，触发了他对中国传统简笔画的重估与肯定。

另一个重要因素，便是他的眼疾。在访问毕加索一年以后的一九五七年夏天，张大千在八德园督工布置假山时，突然觉得两眼发黑——此为糖尿病导致眼球中的微血管破裂。他专程赴美就医，诊断的结果是：只有根治糖尿病，病根除去，眼膜上的淤血才能逐渐消散。没有任何治标的方法可使他的视力在短期内恢复正常。

由美国转到日本求治，医生的话都是一样的。张大千此时的心情异常灰恶，他怕他的艺术生命已经走到尽头了。视力不能恢复正常，作画即不能维持应有的水平，遑论进境。这年十二月，他写了一首五律：“吾今真老矣，腰痛两眸昏。药物从人乞，方书强自翻。径思焚笔砚，长此息丘园。异域甘流落，乡心未忍言。”诗后自注：“目疾半年后作。”休息半年之久，而仍有如此悲观的语气，可见病况无甚进步。张大千跟他的本家张之洞一样，有“屠钱”之癖，笔砚既焚，钱自何来？结句有流落异域之惧，自道为“甘”，其实不甘。

不甘的明证是，仍要作画。“病目遣兴”之作，是一幅写意的人物，又有一幅，满纸烟云，中有一幽灵似的人物，自题谓之“瞑写”。所幸的是，“瞑写”之画，不过数幅。

病目以后的张大千，工笔画当然是绝缘了。人物不从正面着笔，有时反增韵味。有一幅背面的梅花仕女，纤腰云鬓，逗人无限遐思，与他那幅有名的“摩登戒体”摆在一起看，后者直可谓之伧俗。

目力的受损，逼得张大千不能不偏重于写意。“泼墨”虽在中国画中自古有之，但为张大千所注意，是在病目以后。又有人说，张大千为“破墨”而非泼墨，一时解释泼墨与破墨以及介绍张大千新画风的文章，层见迭出。其实张大千是“穷则变”，而要到由泼墨进而为泼彩，视石青如墨，运用自如，才算“变则通”。

台北“故宫博物院”印行的《张大千先生纪念册》，其中“纪念文选录”有周冠华一文，谈到：“早年名画家徐悲鸿十分推崇张大千先生的画，每向人说：‘张大千，五百年来第一人也。’当时大千先生曾诚惶诚恐地有所说明。”

说明些什么呢？说明“谓吾为五百年来第一人，过情之誉，实不克当”。张大千举了许多“并世平交”而所“仰”的画家，以见在某一方面胜过他的人还很多。首举吴湖帆，说是“山水竹石，清逸绝尘，吾仰吴湖帆”。

“大风堂之宝”、现已捐赠台北“故宫博物院”的《五代董源江堤晚景》，除张大千本人题识以外，只有四个人加跋：叶恭绰题五绝一首；庞虚斋题观款；谢稚柳题长跋，以所见赵子昂手札，证明此为董源之作；最后是吴湖帆所题七律一首：“晚景江陵世已尊，沤波绝调不离群。今知北苑乃宗祖，莫道南宫启法门。龙宿郊民销黯淡，潇湘帝子表晨昏。鹊华衣钵洞庭脉，建业文房细共论。”时为“丙戌仲冬小雪日”，是民国三十五年之事。

诗后有跋：“大千八兄自蜀来，携北苑《风雨起蛰图》及此《江堤晚景图》二巨幅见示，悬‘梅景书屋’中若干日。坐卧其下，欣快万状，知北苑之气象浩瀚会松雪之风神，绝世自有渊源也。兄之压箱富丽，真令人艳羡不置，漫系短章，幸以知己视我，一粲正之。”署款“吴湖帆”，钤印二：“倩庵”“万里江山供燕人”。

由此可见，张大千很推重吴湖帆。而且以其交情之密，常共谈艺，则他对张大千的艺事，必有影响，不言可知。

吴湖帆本名万，苏州人，他的祖父就是吴大澂。光绪甲午中日战争，吴大澂以湖南巡抚请缨杀敌，此人功名心热，向来喜欢纸上谈兵，以洋枪打靶，“准头”好，因而自命文武兼资。他早年派赴关外勘察国界时，曾得“度辽将军”玉印一方，以为是极好口彩，带湘勇四营到达关外后，致电军机处，说：“克期战胜，惊蛰前可以肃清海（城）盖（平）。”结果大败而归，倘非翁同龢回护，几乎性命不保。

在未败之前，吴大澂天天打靶饮酒作诗，一派儒将风流。吴湖帆即在此时出生，他本是吴大澄的侄孙，吴大澂无子，因嗣立吴湖帆为孙。

吴大澂未中进士以前，是他的同乡前辈潘祖荫的清客。由于有此世交，吴湖帆娶的便是潘祖荫的孙女静淑。

潘静淑的嫁妆中，有两样很风雅的东西，一样是董香光[1]所临的《淳化阁帖》十卷；一样是一方玉印，文曰“宝董室”，是潘静淑的外祖父沈树镛的遗物。沈树镛是浦东南汇人，字韵初，号韵斋，咸丰年间的举人，官至内阁中书。他收藏金石书画甚多，曾助赵之谦辑《续寰宇访碑录》，斋名有三，

1　即明代书画家董其昌，号香光居士。

"宝董室"为其中之一。

吴湖帆的字与画，皆从董香光入室。他自从妻家获此玉印后，袭用了"宝董室"的斋名，但题名的用意不同。沈树镛所宝之董，当然是董北苑的真迹，如果只是董其昌的字画，在当时犹不足以宝贵到可题斋名来自炫其珍藏；吴湖帆所宝之董，则是董香光的艺事。但此为他早年的别署，中年以后改用"梅景书屋"的斋名。

吴湖帆的字比画好，此为艺林的公评。他的字先临董香光，后来改学薛曜。唐朝书家，薛氏兄弟为第一流，薛曜书名虽不及他的从弟薛稷，路子却差不多。如杜甫所谓"书贵瘦硬方通神"，宋徽宗学薛稷而变其法度，创造所谓"瘦金体"，可以想见薛家书法的骨力。董香光的字很难学，学得不好就写成汪精卫的那种字，既软且松，而学薛曜适足以救学董之失。吴湖帆的字，笔力遒劲，结构严谨，而又不失赵松雪一派的妩媚。据吴湖帆的外甥，又为门生的朱梅邨说，吴湖帆的书法，后来又得力于一部"海内孤本"的碑帖——六朝萧敷所写的《敬太妃双志》，他在获得米襄阳[1]所书的《多景楼诗卷》后，又曾兼习米字。

吴湖帆学画，过程与张大千颇为相似，主要的是观摩历代名迹，心摹手追，朝夕不懈。临写既工，则师法造化，取景于大自然之中。因为如此，张大千跟他便有许多心得，可以交换。不过，他的作风跟张大千绝不相似者有两点：一是他题画经常用"仿""拟""参照"等等字样，指出师承来历，张大千则学古人而善，便径作古人；二是他不许门生摹仿他的作品，他因材施教，看人的路子近于何人，便指点其顺着原来的路子，发挥个人所长。这样教门生，在理论上说是很通的，其实另有作用——门生临摹他的作品，如

1 指北宋书画家米芾，米芾祖籍太原，后迁居襄阳，故又称米襄阳。

果字与画都可以乱真了，便有“假吴湖帆”出现，自然挡了师门的财路。苏州人打话：“勿是生意经！”

张大千则正好相反。他的学习理论是：“要学画，首先应从勾摹古人名迹入手，由临抚的功夫中，方能熟悉勾勒线条，进而了解规矩法度。”与人谈画时，每每强调“临摹是必经的一个阶段”。因此，大风堂门人都以临摹师作为常课，这样，就出现了“假张大千”的问题。如去年一度为国内外所瞩目的真假《文会图》[1]，我在《摩耶精舍的喜丧》一文中，阐释张大千的心境说：“关于早年摹造假画一事，言谈间看似洒脱，其实耿耿于怀，不知身后如何为人资作口实，恣意嘲弄。及至《文会图》一重公案出，是非欲辩不可，艺文界亦不无微言。是则一时之名，亦虞受损，遑论千古？心情抑郁可知。”此文发表在“联副”[2]后不久，张大千生前的秘书小姐冯幼衡，写了一篇《千秋万岁名，寂寞身后事》刊于“中央日报”副刊，专为驳我，她紧接在所引如上拙作以后说：“这一段话与我所知的事实，也有很大的出入。”又说，“关于《文会图》之事，大千先生真正担心的是仿作的作者的声名，因为他一向怕伤害别人。他自己对这些真真假假经过几十年的历练，早就能淡然处之了。”这一段话，我用冯小姐自己的话来说：“与我所知的事实，也有很大的出入。”

首先我要告诉冯小姐，张大千“对这些真真假假”，并不能“淡然处之”，尤其是关于他自己的真真假假。谓予不信，则有文为证。战前在北平就与张大千相熟的名记者，也是他的同乡后辈的乐恕人，所写的悼念文《语语成谶大千千古》，副题是“记大千先生近年来的‘自悲感’”。其中谈到

1　1982年张大千召开记者会，表示同年一幅署他名字的拍卖品《文会图》与他本人作画有差异。此事一度成为焦点。

2　指台湾《联合报》副刊。

他今年在张家过春节，甚至年初一的晚餐桌上就听到张大千带着苦笑说了一句：“明年不晓得我还在不在？”乐文中说：“大千先生为何在近年来，时常有这许多不吉祥的话语呢？”因为“烦恼、忧虑、生气、过劳……”又说：“我暂时不便写出来。”这些“烦恼、忧虑、生气”，多半与他的画的真真假假有关，这是“能淡然处之”的心境吗？

若说“关于《文会图》之事，大千先生真正担心的是仿作的作者的声名，因他一向怕伤害别人”，此更大谬不然。仿作者就是他的门生，而且仿作不止一张，共有三张之多。张大千真正“担心”的是，还有两张也会“曝光”出事，不是担心仿作者的声名。仿作者不被逐出大风堂，已是宽大为怀，哪里谈得到担心不肖弟子的“声名”？至于“怕伤害”到人，倒是实话，这就是张大千像王熙凤那样，为了“做人”，用“烦恼、忧虑、生气、过劳”所换来的“术”之一种。有正本红楼梦“回末总评”云：“以凤姐之聪明，以凤姐之才力，以凤姐之权术，以凤姐之贵宠，以凤姐之日夜焦劳，百般弥缝，犹不免骑虎难下。”这段话恰好为乐恕人所不便写出来的事实，做了最好的映照。至于张大千“怕伤害”到的那个人，我亦暂时不写，观其后效。

除画以外，对于画面的处理，张大千与吴湖帆的作风相同。朱梅村说，吴湖帆认为“画幅上的题字位置十分重要，有的画，画得还可以，可是一题字就毁了这画了。主要问题在于没有把题款和盖印，看成是画面的一个组成部分来考虑，孤立地看问题”。张大千亦复如此。他们都反对郑板桥的那种题画方式。由于他们都精于鉴赏，古人的名迹看得多，后人的题跋也就看得多，因而他们不但讲究题款，而且知道如何讲究行款。平时研究谈论，相互影响，乃能各臻善境。

但题画如果肚子里拿不出货色，光是讲究行款，亦不会为人所重。在这一点上，吴湖帆对张大千有良好的影响，吴湖帆认为做一个画家，“要把精力花三分之一在书法，三分之一在诗，三分之一在画，如专门一心作画，没有其他的修养，总有缺陷之感”。这是为了追求画家最高的境界“诗书画三绝”而产生的学习理论。吴湖帆长张大千五岁，他们订交以后，自然跟张大千也说过这样的话。但论到诗功，张大千较之吴湖帆是略逊一筹的。

张大千早年还有一个朋友，对他的艺事有间接而重要的影响。此人名叫于非庵，本来是北平的一个小学教员，以后习画，成了名家，专攻宋元设色花鸟，写得一手极好的“瘦金体”。张大千在北平时，常跟他合作，而且是日夕游宴的密友。

张大千跟他交密的原因之一是，此人是北平一个典型的“玩家”。养鸽子、养蛐蛐、养金鱼、养各种小动物，他都能谈得头头是道，而且他还能写专栏文章，经常在北平《晨报》谈各种“杂艺”。张大千的兴趣广泛，正需要于非庵这样一个清客型的朋友。但也有人说，于非庵亦只是稗贩耳食之言，他说他养什么、养什么，多半是子虚乌有之事。

但不管怎么样，张大千总可以从他那里找到满足兴趣的门径，然后进而求教各类专家。张大千自我学习的过程中，有一项很重要的工作，就是写生。写生必先观察，而观察要深入到细微之处，那就非自己莳花养鸟不可。所以说，于非庵的这些知识，对张大千的艺事，有间接而重要的影响。

八

难兄难弟

难兄指张善子，难弟却不是指张大千，而是张家的老幺张君绶。

张善子比张大千大十七岁，排行第二，其实居长。用“长兄如父”这句成语，最足以说明张大千对张善子的感觉——敬爱之情，自不必言，但多少有些“惮之如严父”的成分在内。有时张大千受不得拘束，就会找个很自然的理由，避开“长兄”。张大千一生好游名山，独独未到匡庐[1]，据说他有一次游庐山的机会，但因张善子与诸遗老正在庐山，特意回避。

如果此说属实，其事当在民国十八年至十九年，曾农髯去世以前。那时陈散原方在庐山构筑松门别墅，山居经年而访客不绝，其中亦颇多书画家。《散原精舍诗别集》有《徐悲鸿画师来游牯岭，戏赠一诗》及《题陆丹林时贤书画集》等诗题。徐悲鸿于民国十六年回国后，先任中央大学艺术系教授，十八年转任北平艺术学院院长，当时因为参加第一届全国美术展览会展出品的审查事宜而南下。张大千亦是审查委员之一，与徐悲鸿同在南京。张大千曾在侍坐师门时，见过陈散原，而且对散原长子陈师曾的艺事一向倾服。如果张大千能有与徐悲鸿结伴一识庐山真面目的机会，应该是绝不会放

1 即江西庐山，相传殷周之际有匡俗兄弟七人结庐于此，故名。

弃的。

张善子对张大千的一生，自然有非常重要的影响，但这影响，有关艺事方面者少，属于性情方面者多。那么，张善子是怎么样一个人呢？他的是非感很强烈，有魄力，有自信，喜欢冒险，而且常有不足之感，希望自我超越。还有，名心甚盛。张大千曾谈到张善子在民国五年，开黄克强、蔡松坡追悼会时，所送的挽联，上联失记，下联是：“吾亦无名下士，半生奔走，世上焉知我是谁？”由这牢落不平之气中，不难想象张善子亟望成名的心态。

因此，张善子常喜欢做些惊世骇俗的举动，譬如饲虎。若说为了专门画虎就得养一只老虎在家，观察它的各种姿态，那么，专门画龙，又怎么办？而且将老虎驯养成狸猫那样，又从何而识大王之雄风，懔山君之威名？说一句稍嫌刻薄的话，此不过炫人耳目，成其画虎专家之名而已。

其实，“三代以下唯恐不好名”，无足为非。而且，作为一个职业画家，“沽名”亦是必要的。除此以外，张善子实在是个很可敬的人，尤其是他在抗战时期所表现的爱国情操，真值得几十年后由何敬帅为他的“百岁诞辰纪念展览会”揭幕。

张善子画的虎，因人因时，观点不同而有各种象征的意义，而以对日抗战，代表全民奋起的“怒吼”之虎为最善。张善子笔下的老虎，到此才算修成正果。

谈张善子画虎，都要谈他的《十二金钗图》。近数年我读过好几篇此一类的文章，结果产生一个疑问：张善子到底画过几套《十二金钗图》？

细参之下，发现他至少画过三套。这要从曾农髯所作的一篇《张善孖小传》谈起。张氏三兄弟列入曾氏门墙的次序是由幼而长，老十张君绶最早，其次为老八张大千，复次为老二张善子。但他即令殿后，亦绝不会超过民国十五年。曾农髯的这篇《张善孖小传》，虽未具年月，但玩味文气，应作于张善子拜门以前。原文第一段是："张泽字善孖，一字善耔，蜀之内江人。好画虎，髯因称之曰'虎痴'，门人季爰之兄也。髯居上海之三岁，季爰居门下，一日，持善孖所为《十二金钗图》乞题，髯曰：'向不喜为闺阁绮丽之辞。'季曰：'虎耳！'大惊展示，果十二虎。"

这里可以很明显地看出来，说"门人季爰之兄"，即表示张善子并非门人；说"季爰居门下"，即表示善子未居门下。而且，如已拜门，则门生求老师题画，为常有之事，亦不必假手胞弟。

此外有一点，亦可看出曾农髯作此文的年份甚早，故犹用"善孖"之名——张善孖改为善子，已在声名远播南天之后。因为广东话中的"孖"字另有读音，所以改义同于孳的孖为子。不过作此文亦不能早于民国十二年，视文末有"君绶前以愤时蹈海"之语可知，张君绶蹈海是在民国十一年。

这是张善子所画的，也就是曾农髯所题的第一套《十二金钗图》。第二套题的是："虎痴写《十二金钗图》，老髯曰：'今日金钗之流，其害非关一人之性命也。'盖甚于虎矣。噫！"款署"庚午四月，七十髯叟题"。庚午为民国十九年，其年秋，曾农髯下世，陈散原曾有挽诗，题作《哭曾农髯》。散原精舍诗用编年体，下一题为《中秋夕山居看月》，可知曾农髯殁于中秋前不久。

第三套情况就复杂了，时间有甲戌（民国二十三年）、乙亥（民国二十四年），地点有苏州网师园、北平颐和园。杨隆生所作《张善子先生百年诞辰纪念及其题画诗》一文中说："民国二十三年，张善子张大千昆仲，在北平颐和园听鹂馆，以虎为题，集《西厢记》中十二名句，画了十二幅虎，当时轰动全国。可惜这十二幅名画，已经失散，现在仅知道香港收藏家定斋主人，拥有数幅。"杨隆生并刊出他所知的六幅如下：

侧面上山之虎，题曰："怎当他临去秋波那一转。"

虎伏山坡，题曰："羞答答不肯把头抬。"

出谷下山之虎，题曰："蹑着脚步儿行。"

松林中睁大眼之虎，题曰："蓦然见五百年风流孽冤。"

登山白虎，题曰："可喜庞儿浅淡妆，穿一套缟素衣裳。"

面壁之虎，题曰："咍！怎不回过脸儿来？"

面壁之虎，当是最后一幅——由第二次题款可知。第一次题款，在西厢曲文下注明："大千补景，善子画虎，时甲戌秋，于颐和园之听鹂馆。"第二次款题于左方，大字是一首七绝："独对良辰景物侵，茱萸遍插少年心。悬知玉女峰头月，照汝骑驴过华阴。"此诗"华"字失粘；小字记明缘起："乙亥九日，忆大千华山，适十二金钗图装成，附题于此。虎痴。"附题必在结束之处，故知面壁之虎为最后一幅。

如上题记，可知第三套十二金钗图，由张氏兄弟在北平颐和园合作，时为民国二十三年秋天。第二年重阳日，在苏州装裱完成，其时张大千正重游华山。

但张大千的朋友容天圻所记又不同，他说："笔者尝见善子与大千在吴门合作的画虎十二幅，由善子画虎，大千补景，善子自题曰：'无憀南郭，索读西厢，慨世局之沧桑，学曼倩之善谑，公牛哀七日而变封，使君一旦成形，人兽何分？庄谐杂引，本如来三十二变相，图僧孺十二金钗，藉实甫之艳词，为山君之脚注，抑有识者谓我非乎？乙亥秋，蜀中张善子写并题。'"杨隆生文中亦有这段记载，并具体说明，此"自题"是题在"怎当他临去秋波那一转"上。

这里问题就来了，"写并题"与"忆大千华山"的补题不同，明明是说"写"于"乙亥秋"，则非前一年画于北平的第三套，而应该是第四套。

至于题记做何解，自惭腹俭，不知所云。如"公牛哀七日而变封"，公牛复姓，为齐公子牛之后，公牛哀亦有其人，但何谓“七日而变封”，则尚待考。[1]颇疑耳食之言，传闻有误，如“索读西厢”之“索”，或为“素”字之误，“素读西厢”误作“索读西厢”就难索解了。

不过“乙亥秋”“写并题”则绝无错误，而且“临去秋波那一转”以题词含义而言，亦很可能是最后一幅。总之，这一幅十二金钗图，并非前一年在颐和园听鹂馆中所画的十二幅之一，可以断言。后者已经“装成”，而前者刚刚“画成”，说不定还要等张大千倦游归来，替他补了景才算完成。

因此，关于张善子的十二金钗图的情况，可以做如下的推测：

一、十二金钗图由于题材新颖，以及“虎痴”养虎所打出去的“知名度”，问津者必不乏人。在曾农髯生前，已经卖出去两套，价钱当然不会便宜。而买主很可能是在南洋发了大财的侨商，如胡文虎之流。

二、民国二十三年秋，在北平画成第三套，携回网师园，由专用的裱工装池。张善子则又画成了第四套，如仍为兄弟合作，则此第四套，当是有虎无山。

三、元朝的杂剧，大都为一本或两本，唯独王实甫的《西厢记》则有五本之多。相传王实甫原只打算写四本：“张君瑞巧做东床婿，法本师主持南禅地，老夫人开宴北堂春，崔莺莺待月西厢记”，合而为东南西北。哪知作曲至“碧云天，黄叶地，西风紧，北雁南飞”，才尽思竭，踣地暴死（想来下面是要凑个“东”字）。以下由关汉卿所续，不知如何收场，因而又加一本。这五本《西厢记》中，丽词艳语，不知凡几。张善子的十二金钗图，可

1　按：这句话因断句有误才导致不可解，应作“公牛哀七日而变，封使君一旦成形，人兽何分？”。“公牛哀”典出《淮南子·俶真训》，讲的是一个叫公牛哀的人患有“转病”，七天后变成了老虎，他的哥哥来看望他的时候，这只公牛哀所化的老虎将其咬死。“封使君”则典出《太平御览》，讲一个名叫封邵的太守变成了老虎，捕食百姓，百姓呼喊“封使君”，老虎就离开了。“封使君”后成为虎的代称。

能不止用了十二句，每一套都有或多或少的变化。

四、在民国二十三四年时，张大千的声誉正盛，据乐恕人说，他于民国二十五年在北平采访张大千画展盛况时，印象最深刻的一件事是，一幅画标价五百元，而犹有复订者。是则十二金钗图合张氏昆仲两人的声名，定价至少也要五千元一套，在当时这不是小数目，可能无法整套卖出，因而化整为零分售。这或者就是现在只存数幅，而未见有整套流传于画市的原因。早年出售的两套，如所猜测的，由南洋富商购藏，则或已毁于太平洋战争之中，亦未可知。

比拟百兽之王的虎为十二金钗，此虎自然是雌老虎，张善子最初的创意，当是想画虎的各种姿态，而以崔莺莺的各种表情做譬喻。但第一套画成，请曾农髯品题时，正当内战方酣，皖直奉三系军阀，此来彼去，蹂躏地方无宁日，因而曾农髯在题记中说："善孖其善以画讽世者欤？去岁来沪，携其平日所画虎，大者丈余，小或数尺，或写群虎争食，喻当头贤者；或写犬而蒙以虎皮，喻贤者中之又贤者。嗟乎张生，何讽世之深耶？"这是由"苛政猛于虎"这句话衍化出来的愤世之言，骂军阀骂得很深刻。

接下来是张善子自己的话。曾农髯说："然予观古来画虎者，每多类犬，写生家又但能传其皮相，不能虎之天性，君操何术至此？善孖曰：'予因画虎，遂豢虎有年矣。虎性贪，利得肉，予每以肥豚大方饲之，待其饱，然后弛其铁绳，纵之大壑，须臾风生，若怒若醉，长啸奔舞，山谷异势。及其饥，复置肥豚柙中，虎且摇尾而前，若敬主人者。'"这是寓言，不必有其事。张善子亦是骂军阀，不过所骂的是他家乡的军阀——四川军阀——多有这种"饥来趋附，饱则远扬"的作风。

第二套十二金钗图，曾农髯题曰："今日金钗之流，其害非关一人之性命也。盖甚于虎矣。"此玩味语气，似乎是骂上海的交际花。

抗战爆发，全民抗日，以张善子的性格，自是最兴奋不过的一件事。他以丈匹素帛，合为巨幅，照他站在画前摄影的比例来看，足足有两个人高；宽则加倍有余，除壁画以外，从未见过这么大的画。

画上是十八头猛虎，奔趋向前，据说十八头猛虎代表传统上的十八行省。画上左上角是斗大的字，题曰："怒吼吧中国。"款署："蜀人虎痴张善子写于大风堂。"右下角又用较小的字题曰："雄大王风，一致怒吼，威撼河山，势吞小丑。"钤"大风堂"白文腰圆大印一。这幅画在大后方展出时，对于民心士气的激励，确实产生了很大的作用。

张善子在那时期所作的画，多是有益世道人心之作。在郎溪时，他画过《四维八德图》。早在民国二十二年时，画过一幅工笔的文天祥立像，上方以小楷记叙了文天祥的生平，顶端有蒋公亲笔所题"正气凛然"四大字。

张善子殁于民国二十九年深秋。他在下世前的一段岁月活得生气勃勃，值得后人纪念的，亦就是这两三年。他由皖南而汉口，由汉口而宜昌，由宜昌而重庆，民国二十七年冬季，遵母氏遗命，在重庆皈依天主教，受洗礼；民国二十八年一月随于斌主教远赴欧美，从事争取支持我长期抗战的国民外交工作。

此行历时几将一年又九个月，张善子无论对国家、对个人都获致了很好的成就，据《大成杂志》发行人沈苇窗在张善子百岁诞辰纪念文中说："（张善子）首抵法国，以随带画幅展出，法国总统赖勃伦[1]亦亲临观赏。二十八年四月，抵纽约，与于斌主教分赴各大学演讲，阐明东方艺术，发挥我国抗战的神圣使命，听者动容。同时举行画展，为我国难同胞赈济募款达美金二十余万元，悉数汇返国内，倾动朝野。"

1　指法兰西第三共和国最后一位总统阿尔贝·勒布伦。

七月间英、美发起“中国周”扩大援华，美国国务院宣布：美日两国一九一一年所订商务通航条约[1]，将于一九四〇年一月二十六日失效。张善子为感谢其贤明措施，“特地绘虎以赠罗斯福总统及赫尔国务卿。至今善子先生所绘之虎，仍完好地保存在白宫内。罗斯福夫人屡次邀请善子先生赴白宫参加茶会。纽约福坦莫大学特以荣誉法学博士学位，赠善子先生，纽约美术专门学校也请善子先生担任名誉教授，可谓实至名归”。

张大千亦曾几次跟朋友谈到张善子此行所获的荣誉，说：“他在纽约还有一件大出风头的事。由纽约美术学院，选出三位标准的西洋美人，看长袍大褂、美髯飘飘的中国画家作画。这张照片，报章争相刊载。”又说，“我二家兄信奉天主教，在他访美期间，曾接受美国纽约福坦莫大学名誉法学博士。我当年不了解，何以会被颁赠法学博士？他从来不懂法律。后来才知道，这是大学为了表示特别尊崇的意思，教皇就是福坦莫的法学博士，如以名誉法学博士颁赠，就是最大的荣幸。”

张善子于民国二十九年到台，道经香港时，举行画展。香港《大公报》特于九月二十九日为他出特刊，并印出了许多他在国外为国宣劳的照片。叶恭绰赠诗两首云：“越海横担道义归，欧风美雨墨痕围。山君貌出形如许，神笔宁劳上将挥。”“顾影休惭画不成，高谈犹许气纵横。负嵎出柙却休问，同祝人间老复丁。”

这两首七绝，诗意晦涩，不甚可晓。用典恐有别解，如“神笔”“上将”，莫知所喻。“复丁”似出于清朝一部专为旗人服官晓习汉文公牍用语的教科书《六部成语》，“复丁”为“复回丁口”的简略，属于户部一门，其注释为：“遭乱荒逃散之丁口，事定复回原处者也。”则此“复丁”，或指

1 指《日美通商航海条约》。

张善子，或泛指战乱流离、复回故乡的难民，皆可通。

由于思乡念切，张善子不等香港的画展结束，便即飞回重庆。他曾电约在成都的张大千，至渝相会。其时张大千的敦煌之行已安排就绪，当时预计在敦煌的工作不会太久，所以张大千复电说三个月就回来。张大千没有去重庆，而按预定计划，首途至广元。

广元在成都东北，已过剑阁，出朝天关，而入陕西汉中府境界。县北十里，嘉陵江东岸，石崖蜿蜒，其形如门，是栈道遗址。沿崖凿石为佛，名为“千佛岩”。当地一个银行经理招待张大千细看千佛岩的石刻，哪知住不到两天，接到重庆来的电报，说张善子已病殁于歌乐山宽仁医院。他是因为积劳而患痢疾，引起糖尿病的并发症，大后方物资缺乏，医药尤苦不足，连盐水针都没有，以致年未满花甲的张善子竟至无救。

这是张大千的平生恨事之一。他奔丧重庆，料理完了胞兄的后事，回青城山暂住。于役敦煌，延至第二年三月间方始成行。

有人说，张善子之死，对张大千来说，未尝不是促使他在敦煌面壁下苦功的精神动力之一，因为唯有勤奋工作，才可冲淡悲思。张大千笃于手足之情，当年爱弟之死，同样亦是逼着他拼命读书作画，以为感情逃避的一种自我鞭策的力量。

张家的老幺君绶在曾农髯门下，是最得宠爱、被视之如子的一个学生。曾农髯写字都在楼上，门下非得他的准许，不准随侍旁观，只有张君绶是例外，“登堂入室”，毫无限制。但民国十一年，张君绶以十九岁的青年，竟在自天津到上海的旅途中蹈海而死。同时赴水的还有一个比他大二十岁的有夫之妇，名叫狄文宇，她的丈夫是当时的名记者戈公振。狄文宇与张君绶之间的关系，非常微妙，因此，同时跳船自尽，是不是相约殉情的一双同命鸳鸯，成了一个难解的谜。

张大千说张君绶与狄文宇都是伤心人别有怀抱，但不认为他们是殉情。至于张君绶的感情生活不如意，张大千是非常同情的。

张君绶的伤心之事，正就是为了那时很流行的一句话——“吃人的旧礼教。”张君绶从小就定了亲，是他母亲做的主，对象是他家塾中蒋老师的女儿。那蒋小姐从小随父住在张家，以后张君绶随兄赴沪求学，蒋老师辞馆回资阳老家，蒋小姐则由张老太太做主，送到自流井一家学校念书。蒋小姐寒暑假不回资阳而回内江，这情形跟童养媳无异，只等两小成年，择吉圆房了。

但是，张君绶从来就没有喜欢过这个青梅竹马的师妹，因为她有天花残疾，而且自幼丧母失教，凡是闺阁中应该学习的技艺，什么都不会。有一次张老太太收到一样很时髦也很贵重的礼物，是一对外国货的绣花枕头，张老太太便给了蒋小姐，意思是嫁妆之一，到洞房花烛时才用。哪知蒋小姐不能体会其中的深意，当时就拿来用了，而且不知爱惜，新枕头套上很快地沾染了头油污渍。张老太太发现了，颇为不悦。川南的习俗，女子未嫁之前都要绣好些枕头，备出阁之后，分赠亲友之用，所以张老太太便数落这个准儿媳，自己不会绣，只会糟蹋东西。

又有一次，张老太太请一个亲戚女眷为她梳头，恰巧为张善子所见，他便问母亲：何以不叫未婚儿媳服劳，要麻烦客人？张老太太说：“她是洋学生，哪里会梳头？”张善子便即表示：不会也要教她学。

蒋小姐当时是在里屋，将这些话听得清清楚楚。两件事加在一起，她认为“婆婆”与“大伯”都嫌疑她，未婚夫亦从未有过好感，越想越不是味道，一时想不开，留下遗书，寻了短见。

蒋小姐如果死了，也许张君绶可以不死。张大千说：“她选择的自杀方式，（是）跳我们后院的水池，但那水池只有一尺多深的水，哪里淹得死人。只有惊扰。当然被救起来了，遗书满纸怨言。这件事大伤君绶的心，他生气地认为如此未婚妻，又丑又不贤，还要闹脾气寻死！从此他连话都不与她交谈。”

这是一个伤心人。另外一个伤心人就是狄文宇。张大千说她比张君绶“大十几二十岁”，这话不甚确实。根据高拜石《戈公振为情憔悴》一文中所记来推算，她比张君绶只大八岁。张君绶在与狄文宇认识以前，既不愿与蒋小姐结婚，又不敢公然违背母命，一度学张大千的样，想遁入空门以求解脱。张大千费了好几个月的工夫，才把他从普陀找了回来。当然，这件事是瞒着张老太太的。

这应该是民国十年上半年的事。前一年的春夏之交，张大千在杭州为张善子所获，“押解”回川时，张君绶亦随两兄同行。张大千娶元配时，张善子同日续弦，迎娶内江糖商黄家的小姐为他的第二任太太。这一来，就该轮到张君绶完婚了，只要办了这一场喜事，张老太太便如西汉向子平[1]那样，心愿皆了，所以张君绶所受的压力，可想而知。这年暑假，虽因蒋小姐自杀遇救事件，他暂时可以不谈“圆房”，但压力仍在。年底随兄返里，张君绶甚至不回家而住庙，并曾向他“八哥”表示想出家。所以他年后复回上海，忽然失踪，张大千心知须向名山古刹去寻爱弟的踪迹。

这以后便要谈狄文宇了，而又需略微先介绍戈公振。他本名绍发，字春霆，江苏东台人。东台虽为斥卤之地，但清初出过大诗人吴嘉纪，所以文风不弱。戈公振家虽寒素，却能力学；二十二岁便在家乡一家报馆操笔政。两年后他由东台到上海，为有正书局及时报的老板狄平子所赏识。清末民初的名报人甚多，但实务以外兼讲报学的，却只有戈公振一个人。

1 指西汉的向长在安排完儿女的婚事后，断绝了与家庭的来往，嘱咐“当如我死也”的事迹。

戈公振生于光绪十六年，据高拜石记述："他在二十岁时，早就在乡间娶了一个小女子为妻。这女人长得相当美，聪明活泼，只是太早结婚，十四岁便为人妇，因而识字无多。公振任职时报时，把她从家乡里接了出来，同居在上海。（她）那时还没有孩子，报馆工作又多在晚间上班，公振怕她寂寞，便怂恿她进夜校读书，从补习小学课程起，而正式中学毕业，居然竿头日进，越读越有兴趣，北京某大学校在沪招生，也给她考上了。公振平日把她当作小妹妹一般，怜爱之极，见她要北上升学，便把平日缩衣节食所积，送她前往进修。"这个"小女子"，毫无疑义地便是狄文宇。她十四岁嫁二十岁的戈公振，则出生于光绪二十二年，张君绶生在光绪三十年，我说狄文宇只比他大八岁，就是这样推算而来的。

所谓"北京某大学校"，就是鼎鼎大名的"北大"。张大千说，朋友都称狄文宇为狄大姊，"北大的学生，也是报界中人戈公振的太太，夫妻感情不好，时常吵闹，又爱哭。这位狄大姐哭闹起来，什么人都劝不好，唯独听君绶的劝。"

何以戈公振"夫妻感情不好"？张君绶如何得识"狄大姐"，以及何以"唯独她听君绶的劝"？张大千语焉不详，自是为亲者讳，仍需从高拜石的记载中，去寻求答案。

高拜石写道："时在民国十年秋末，那时北方学界正在'变'的时候，文章诗歌要变，婚姻家庭要变，成了一股旋风，男女社交更不用说了。这小女人单身在这旋风中，不甘守旧之讥，自命前进，不久竟然和一个小白脸的同学，由恋爱而在公寓里同居起来，公振按时汇去的钱，也正好供给了他们双宿双飞的生活费用。到第二年暑假时，她回来了，公振热情地欢迎她，而她则神情落寞，不像久别重逢的夫妇。晚间，拒绝和丈夫同衾，并坦白告诉他，决心要和他离婚，并自承她已另外觅得了爱侣。公振在惊愕中，用眼泪来向她恳谈，自言他是世界上最爱她的人，愿意原谅她过去的一切，又担心她离开之后可能会受骗、会堕落。但任凭如何劝说，一片肫诚，却打不动她已决的心。”

狄文宇与张君绶的相恋，是毫无疑问的，但与荡妇浪子的瓦合有别。其时正当五四以后，年轻一代的思想空前混乱，各式各样的主义，经由新文艺活动，毫无选择地被介绍到中国。诸如福禄贝尔的自然主义、王尔德的唯美主义、马立涅脱的未来主义、梅特林的象征主义、易卜生的新浪漫主义、法朗士的新古典主义、歌德的新人文主义、辛约勒脱的新象征主义等，这一股汹涌澎湃的新思潮的激荡，推动青年们去冲破旧的樊篱，而首当其冲的是旧婚姻制度。年轻一代所追求的是放纵的自由，因而很容易陷溺于奔放的爱河之中。

当时有两个很有名的新文艺团体，一个是“文学研究会”，一个是“创造社”。后者的影响、力量更大。创造社两大将，郭沫若译《少年维特之烦恼》，郁达夫著《沉沦》，不知道在多少青年的内心中，激起了无法自制的波澜。郁达夫在《沉沦》自序中说，他是“描写病的青年的心理，也可以说是青年忧郁病的解剖。里边也带叙述时代人的苦闷，便是性的要求与灵肉的冲突”，又说“我们要求的就是爱情，若有一个美人，能理解我的苦楚，她要我死，我也肯的。若有一个妇人，无论她是美是丑，能真心真意地爱我，我也愿意为她死的”。张君绶就是这样一个“病的青年”。

张君绶与狄文宇是否是同学，尚待考证，但他们的相恋，似乎开始于上海。不过民国十一年上半年，在北平同居，可由张大千的话证实。他说：“有一次在上海，两夫妇又吵，戈太太就闹着要回北京，当时都是年底了，戈公振就劝太太过了年再去。怎么劝都不成，甚至带了孩子跪下求她都不答应。这位太太过去已经寻死过三次，脾气真是大，戈公振拿她没办法，最后还是君绶来劝她。君绶说他也要去北京，但要过了年，正月初二动身，狄大姊才应承过了年同他一道去。”

这不是私奔，由高拜石所引，戈公振随后寄给狄文宇的一封信，可以证明他已同意离婚，而且也知道她与张君绶的关系。这封信中说：“据汝所说汝等之结合基于爱情，吾敬为汝祝。惟后事茫茫，未可逆料，倘有需吾之处，请随时见告。且汝之重来归吾，尤吾所日夜盼祷者也。”戈公振也真算得多情而痴心了。

张君绶与狄文宇之相约蹈海，就因为他们无法结合之故，张大千对这一层，有意隐讳，但也透露了若干真相。他说：“到了北京，戈太太还是哭，她是存心不想活的了，究竟是什么事痛不欲生，外人也不知道。”很明白的，狄文宇下堂求去，所愿已遂，但张君绶却无法娶她。以张君绶的胞兄、师长、朋友对他的评价来看，张君绶绝非始乱终弃的张君瑞[1]，他之不能与狄文宇名正言顺地结合，当然是家庭反对之故。张大千说：“这两个都是伤心人别有怀抱，厌倦人生的想法倒是一样的，在船行途中大概愈谈愈窄，竟然就约同跳海了。”所谓“愈谈愈窄”，意在言外，即指他们的姻缘路是一条死胡同。

张君绶与狄文宇殉情的经过，据张大千追叙是如此：“船从天津到达烟台后，船上人叫门不开，破门而入，只见舱房的两个行李卷放得整整齐齐，每个行李卷上都留有信。我弟弟写了两封，一封给船长，一封给朋友，遗书说：‘我同狄大姐同时自杀，但是我们各有各的事，各有各的烦恼，如果被人疑惑我们做了什么不对的事，也没有关系了。自求解脱，只希望人们把我忘记。至于我的遗物十几个箱子，请交给我的八哥大千。’”

1 即《莺莺传》里的张生。

这里有一个很明显的迹象，张君绶与狄文宇在船上亦是双宿双飞。一间舱房，两卷行李，便是证据。他们死得很从容，见得其志早决。张君绶的遗书中，亦无半句哀怨之语，视死真有“浩然如远游之还乡”之概，实在难得。

至于“但是我们各有各的事，各有各的烦恼，如果被人疑惑我们做了什么不对的事，也没有什么关系了”，这段话要分成两回来看，前面的一句，是为了两家的面子，故意否认；后面一句是变相地说明他们的“同时自杀”，并非偶然。这样的一种说法，可能是从雍正御制《大义觉迷录》中学来的。

此一雍正七年九月颁布天下，及于僻壤，并令学宫各贮一册，以备士子观览，而在乾隆即位以后，复又收回销毁的《大义觉迷录》，主要的内容是清世宗自辩其为天下所指摘的“谋父”“逼母”“弑兄”“屠弟”四大罪款。而他于“屠弟”一款下自言：“只此一事，天下后世自有公论，朕不辩亦不受也。”孟心史[1]谓：“夫不辩是否即受，论者可自得之。”

张君绶的“如果被疑惑，亦没有关系”的说法，命意亦复如此，事实上是承认了，但表面上不能不否认而已。

张君绶与狄文宇的故事，悱恻动人，若与徐志摩、陆小曼相较，境界悬殊。陆小曼初嫁学军事的留学生王赓，结婚时徐志摩为傧相，他未几开始追求“新娘”。于是陆王仳离而徐志摩停妻再娶，且由梁任公为之证婚。

婚后，徐志摩移家上海，陆小曼染上了嗜好，而在鸦片烟榻上与推拿名医翁瑞午谈恋爱，徐志摩亦公然追求一个话剧明星。就这样一盘混账，而徐志摩与陆小曼却被视作新才子佳人的典型，试问何处去说是非？

不过话说回来，张君绶之死，至少在他最亲近的人是非常同情与痛惜

1 晚清著名史学家孟森，字莼孙，号心史。

的。其时张大千不在上海，遗物便送到曾农髯家。张大千赶回上海，开箱检视，内有遗书一封，自称不孝，不能遵从母命与一个不喜欢的女人结婚，所以决心自杀。遗物中有一幅画，曾农髯掩面登楼，写了一张字条交听差转示张大千："余不忍见君绶遗物。"

那幅画是山水，仔细辨认，画中景致正是烟台，奇峰壁立，崖下一座庙宇，便是老君庙。曾农髯在画幅之右题五言诗一首："一纸已足传，二十年成一世。白头老亲在，知君心未死。"诗下有跋："君绶有慧根，从予学书篆草，已臻神妙。父母以季子，爱怜更甚诸兄，友善季爰，尤形影不离，其蹈海何谓耶？然幼时喜依寺僧，及来沪，复逃之普陀，季爰数月访得之。岂真大觉耶？"题字中有错漏更改了两处，可以想见此老下笔之难。

画幅之左，为张大千所称作大师兄的胡小石所题，是一首七绝："揩眼峻嶒何处山，死生隔纸已漫漫。秋灯温梦虫相语，认汝天风海水寒。"下款为"壬戌中元后三日题君绶遗墨"。壬戌是民国十一年。

此画最初题识者，只曾农髯、胡小石师弟。胡诗指出死之时"秋灯温梦虫相语"，死之地"认汝天风海水寒"，亦不言死因。民国十八年己巳，复有多人加题，亦复如此，只惜其死，不言其他。其中只黄宾虹所题，是对张君绶的艺事的评价："文衡山令嗣彭、嘉，均享天年，惟台早逝。余曩曾睹其画，超超不减诸兄，今观君绶笔，可信其不朽矣。"将张君绶譬诸文征明早死之子文台，是很适当的比拟。

九

由颐和园到青城山

自民国十三年“首都革命”溥仪出宫以后，慈禧太后移用海军经费所建造的颐和园，由小朝廷的“内务府”移交北京市政府接管。当时园内住着好些过气的名流，如袁世凯的长子袁克定等人，此辈在政治上已难发生作用，但是社会地位及“老交情”犹在，一时无法请他们乔迁，索性订定一个租赁的办法，让他们合法居住。但此办法是不大公开的，要熟悉门径才能享受这一份晚清亲贵所未享受过的居住权。抗战以前，张大千是园中的房客，所住之处名为“听鹂馆”。听鹂馆在排云殿之西，乾隆年间为听戏之处，慈禧重修，保留原来的名称及格局。后来重修德和园的大戏台，听鹂馆的戏台就闲置不用了。

其时溥心畬亦住在颐和园，与张大千常相过从，合作山水人物。“南张北溥”的名声，即大盛于那几年。

七七抗战爆发时，张大千正由四川扫墓祭母后到上海，听从叶恭绰的劝告，赶回北平，打算接眷南下，哪知一到北平，误信了汤尔和的话，几乎陷在北平。

汤尔和是杭州人，清朝末年留日学医，参加了革命，民国十一年以教育部次长代理部务，至王宠惠组阁时真除[1]，以后又担任过顾维钧内阁的财政总长。他从日俄战争期间开始，就是亲日派，张大千却不甚清楚，只以为他对日本方面的消息很灵通，想从他口中获知北平的处境。汤尔和开口就说："北平安如泰山，绝无问题。"

那时张大千的家眷已迁入城内，只以时当酷暑，张大千想在颐和园避过一个夏天，秋凉动身。就这畏热躲懒的苟安之一念，为他惹来极大的麻烦。

不过汤尔和倒也不是有意欺骗张大千，或者故意作乐观之论，实在是当时华北军政最高负责人、冀察政务委员会委员长宋哲元的态度，会使人产生错觉之故。

当"七七事变"发生时，宋哲元正回山东乐陵原籍。他七月十一日才由乐陵抵达天津，第二天发表谈话，认为卢沟桥事变是局部冲突，希望能作合法合理的解决。这与日本军部所宣传的"地方化""就地解决""不扩大"三原则态度一致。同时，宋哲元对外虽表示不接受日本任何条件，事实上已达成一项停战协议——七月九日下午，原在天津的日本驻屯军参谋长桥本群到达北平，会同日本大使馆专驻北平的武官今井武夫，向二十九军四要角之一的北平市长秦德纯提出四项条件。第二天谈判移往天津进行，中国方面由二十九军另一要角天津市长张自忠与桥本、今井谈妥三项条件：第一，二十九军派高级军官道歉；第二，处分在事变中负责任之军官；第三，保证不再发生类似事件。

七月十一日，宋哲元抵达天津后，认为这三项条件是可以接受的。当时完成了调印手续，这个协定便生效了。汤尔和是冀察政务委员会委员之一，对这件事知道得很清楚，所以敢向张大千做此保证。

1 指由暂时代理改为实授官职。

但是，他听说张大千预备迁回颐和园，却似有不甚赞同的神色——原来汤尔和与一批久住北平、做过晚清及北洋政府的官僚，私下已有了一个打算，万一双方交涉破裂，战端重起，他们将以保护文化古都勿受战火摧残为名，要求二十九军撤退。他们相信宋哲元将会接受，南京政府也会谅解，但北平城外就很难说了，所以他有些为张大千担心。

张大千哪里晓得他还有这样一番心思。而且看连日报纸，揣测宋哲元对各方面的谈话，都表示这是个地方性的冲突。此外又有两件事，更足以为宋哲元的谈话做有力的佐证。这两件事，一件是宋哲元七月十五日通电全国，感谢捐款劳军，电文中说：“遇此类小冲突，即劳海外同胞相助，各方盛意虽甚殷勤，捐款则概不接受。”

另一件事是，南京政府决定派孙连仲等四个师增援华北，而宋哲元的意思，不必派军北上，显示冲突不至于扩大。张大千总以为这一次的事变，也像过去的“张北事件”“丰台事件”[1]那样，很快就会平息，所以放心大胆迁回颐和园去避暑。两天后的星期六，张大千照例进城，听了程砚秋的戏，住到星期一回颐和园。出城前，他又去拜访汤尔和，打听最新的消息。

汤尔和仍旧保证，绝无问题，但听说张大千要回颐和园，表示最好不要出城。张大千心想：颐和园是北平的一部分，北平没有问题，颐和园当然也不要紧。因而没有听他的话。

这时是七月二十六一清早，而局势的大变化正就在这天。原来宋哲元先只当是小规模的冲突，可以用处理地方事件的模式来解决，及至七月十九日回到北平，他由络绎涌到的情报中研判，始逐渐发现真相。桥本与今井提出停战协议的交涉，所以能很快地达成协议，根本就是一条缓兵之计——因为

1 日方分别在1935年和1936年制造的冲突事件，两个事件均以中国军队被迫退让而平息。

当时日本华北驻屯车司令官田代皖一郎病殁，日本派原任教育总监香月清司中将接替。他于七月十二日始到达天津，一方面需要了解全盘情况，另一方面又要办田代的丧事，为了获得几天平静的时间，才同意了在宋哲元认为可以接受的停战三条件。

七月十六日宋哲元借参加田代葬礼之便，与香月清司第一次见了面。在日本方面解释，这就是执行停战协议的第一条：二十九军派高级军官道歉。宋哲元亦不否认，但说是相互道歉。而且此项停战协议在七月二十一日呈报南京政府后，次日即获得批准。看起来仿佛真的没有问题了，哪知七月二十三日的一个情报，改变了宋哲元的想法。

这个情报是：日本已派遣八个师团约十六万人，在驶华途中，并已有部分到达。随后又有另一个情报：日本的第一支运输船队，已悄悄在塘沽卸下十万吨的军用品。

当张大千在开明戏院欣赏程砚秋的《荒山泪》时，宋哲元正与南京政府所派的参谋次长熊斌及国民党的代表刘健群彻夜密谈。宋哲元终于对南京政府的决策有了全盘的了解，决定完全依照蒋介石的命令行事。

七月二十五日夜间，爆发了“廊坊事件”。廊坊是平津之间的一个小站而地位重要，日军借口修理军用电线占领了廊坊车站。交涉没有结果，发生军事冲突，日军有空中支持，驻军被迫退至黄村。这是张大千回到颐和园以后的事。

因为如此，颐和园的气氛与张大千星期六进城时大不相同了。传说日军要炮轰颐和园，又说要用毒气瓦斯，保安队向住在颐和园的七十几家人家，挨户通知如何将大蒜捣碎，用毛巾浸水防毒。同时，由于广安门发生射击事件，颐和园去北平的交通也被隔断了。

这一来，住在颐和园的人才知道大祸快临头了。颐和园的目标太大，鉴于英法联军火烧圆明园的往事，他们都认为绝难幸免，七十几家人家，纷纷逃散，最后只剩得两家。一家是有名的军事学家、云南的杨杰，一家就是张大千。

其时东京参谋本部已对香月清司正式下达作战命令，同时遣派三个师团，包括驻广岛有名的第五师团在内，增援华北。七月二十八日黎明，由原属关东军的铃木混成旅团及日本陆军最精锐的酒井机械化旅团，加上飞机三十架，向驻守南苑、西苑、北苑的二十九军发动猛烈攻击。二十九军不料日军会突然发动大规模攻势，猝不及防，损失惨重。南苑的战况尤为惨烈，二十九军副军长佟麟阁、一百三十二师师长赵登禹均在此役阵亡。

当炮火震天时，杨李两家四个大人，六个小孩，躲在听鹂馆的戏台下面——听鹂馆戏台两层，上层名为“凤翔云应”，下层名为“来云依日”。但“来云依日”之下，还有一层隐于地下。有些整本大套的所谓“大戏”，如“地涌金莲”“罗汉渡海”等等，角色多为神佛仙道，或从天降，或自地出，所以地下的那一层亦很宽敞。但作为避难所而言，除了躲避轰炸或炮击以外，并无用处；反而因为地下开有五口大井，发生了聚音的作用，由炮声所带来的惊恐，更甚于平地。

这天晚上，张大千听得头上马蹄奔腾，彻夜不停。原来宋哲元打算坚守到底，中央及全国民众亦都如此希望，可是地方人士不愿文化古城化为灰烬。这天下午，宋哲元、秦德纯、张自忠等人在铁狮子胡同“进德社”召开紧急会议，终于决定由张自忠以代理冀察政务委员会委员长及北平市长的名义，留守北平，维持治安。当夜九时，宋哲元偕高级将领多人，经由西直门、三家店，绕道长辛店，秘密离平，移驻保定。除了刘汝珍的步兵旅以外，二十九军其他部队亦皆撤退。一夜不停的马蹄声，就是由此而来的。

第二天，日本人露面了。张大千派他的会说几句日本话的长子张心亮设法躲过日本兵，骑脚踏车去打电话，向城里的一个开洋行的德国朋友海斯乐波求援。几经周折，总算在约摸一星期以后，由海斯乐波用挂着红十字会标志的汽车将他们全家送到了城里。

其时北平、天津都已成立了“维持会”，天津的维持会会长是北洋政府时代曾为曹锟主持贿选的高凌霨，北平则是早年做过“九门提督”的洪宪余孽江朝宗。但在江朝宗之上，有个实际上管理北平市政的日本人，名叫喜多骏一。

此人是个陆军少将，原任参谋本部中国课课长，“七七事变”以前担任日本驻华武官，最近才调到北平，名义是特务机关长。他的任务除了当江朝宗的“上司”以外，主要的是协助恶名昭彰的日本特务首脑土肥原贤二，组织伪“政府”。这个伪政府定名为“华北临时政府”，首脑人选属意两个人，一个是段系要角，有名的亲日派曹汝霖；另一个是当过北洋政府财政总长，一度由日方推荐，而任冀察政务委员会委员兼经济委员会主席的王克敏。

曹汝霖虽是北洋官僚，但他亲日而实未卖国，从蒋介石迎段祺瑞南下后，段系人员除了像缺乏国家观念的梁鸿志之流以外，都受到南京政府的谅解与尊重。蒋介石在两年以前，且曾特邀曹汝霖上庐山，征询对日外交政策的意见，他深知蒋介石坚决抗日的意志，蒋介石亦深信他在任何情况下不会出卖国家民族。此时是他接受考验、表明心迹的紧要关头。他倒是把握得定，土肥原来也好，喜多来也好，他都用“唐花”自喻——一出了温室，便会枯萎，表示健康状况不许可他出任烦剧而坚决拒绝。

结果是一向狂嫖烂赌、生活糜烂而债台高筑的王克敏下水了。“华北临时政府”成立于十二月十四日，下设“立法”“行政”“司法”三院，汤尔和是“立法院委员长”兼“教育总长”。北平特务机关改组，称为联络部，喜多骏一仍旧担任部长。

当时日本特设华北军事总司令部，总司令是寺内寿一大将，他才是华北的“皇帝”。因此“华北临时政府”成立后，由喜多率领王克敏以下全体“首长”到天津来“觐见”寺内。

事毕回平，喜多出了个花样，却替张大千惹来很大的麻烦。当张大千由颐和园初回城内时，已经惹了一次麻烦——他告诉汤尔和，日军在城外抢劫、强奸、杀人，无恶不作，汤尔和便去质问日本宪兵，而日本宪兵要证据，将张大千找了去关了一个星期，由汤尔和设法将他弄了出来，但限制他离开北平。这一下张大千才知陷入牢笼，悔之已晚。

这时的张大千，唯一自处之道是闭门养晦。由于秩序已渐渐恢复，他决定仍旧以颐和园做他的“首阳山”，只身移居时，他关照他在城里的家属，任何请帖都不必转给他，以示谢绝应酬的决心。

据张大千自己说：“闭门养晦、谢绝应酬也不行。有一天一位朋友金潜庵打电话给我，他问我为什么不露面，我说‘闭门思过’。他说：‘我看你倒是在想闭门闯祸！’他警告我说：‘有人请了你两次都不到，你真的没看到帖子？’原来是日本占据北平的特务头子喜多将军请我，必然是宴无好宴，会无好会。可是金潜庵说，我再不给他面子，日本人会翻脸的，何必敬酒不吃吃罚酒。我问啥子事嘛。他说日本人想安排一台盛大的平剧，知道我与余叔岩、程砚秋是好朋友，要我出面商量排戏码、派角色。”

这是张大千的一班想沾他光的朋友逼他出来的一种手法。为了“庆祝华北临时政府”成立，喜多骏一决定民国二十七年元旦办一场堂会戏，排戏码、派角色，自有“小实报”的管翼贤之流的地头蛇去奔走，不一定要求张大千。像余叔岩，他们的交情确是很深，但能搬动余叔岩的也还有人，如当过袁世凯的庶务郭世五、袁世凯的女婿薛观澜等，都有左右余叔岩的能耐。还有张镇芳之子张伯驹，“七七事变”之前他正由南京回北平，他跟余叔岩的渊源，只看胜利以后，余叔岩肯陪他唱《失街亭》的王平，便知如何之深。要找这些人来劝余叔岩，比找张大千容易得多。

日本人对张大千的兴趣，其实仍旧是他的画与收藏，还有他的具有宣传价值的名气。张大千说："日本人对我说，知道我收藏的石涛、八大作品最多。又说知道我曾有意要把珍藏捐献给南京国民政府，然后一个大转弯，诌了许多不成理由的理由，明言要我把名画捐给北平伪组织。又诱惑我说：你最喜欢颐和园，我们决定把颐和园的养心殿作为你捐献名画的陈列馆，不仅展览你珍藏的石涛、八大，而且还要展览你张大千的作品，让人瞻仰，永传后世。我心想什么永传后世啊！我如上当，就要遗臭万年！"这段话，是根据谢家孝的记录，"养心殿"可能听闻有误，颐和园并无养心殿。

张大千假托收藏的绝大部分在上海，想借此机会脱离虎口。几经谈判，达成两点结论。

第一是日本人同意，由杨宛君到上海去取张大千收藏的书画；第二是张大千列名为以寺内寿一大将出面所组织的"中日艺术协会"发起人。张大千关照杨宛君，带着二太太所生的三个孩子到了上海，悄悄租屋住下，等他慢慢设法脱离虎口。

这时上海方面关于张大千的传说很多。由于日本人要张大千出任"北平艺专"的校长，怎么推也无法推得了，结果是他担任了"主任教授"的名义，还去上了一堂课，因而都认为他是"落水"了。

也有些幸灾乐祸的小报，根据张大千曾为日本宪兵拘押一星期这一点，加油添酱地说他已经被枪毙了。张大千的朋友，印人方介堪将报上所登的这些传说都剪了下来，寄到北平求证。张大千灵机一动，去找一个日本方面专门负责跟文化人联络的原田隆一，说："上海人都相信你们把张大千杀掉了。我应该回上海公开露面，张大千并没有死。"

原田隆一在华多年，说得一口很地道的“京片子”，对于中国的人情世故，亦颇练达，知道张大千使的是金蝉脱壳之计，一口拒绝。张大千要到上海去开画展，原田表示，只要将作品送到上海，即可展出。张大千以他人会认为画是他生前所作，必须本人在展出场所出现，才能证明他未死。原田仍旧不肯松口。

哪知上海居然出现了“张大千遗作展”，而且照张大千历来的成例，每展必定一百幅。这件怪事的内幕，张大千很快就知道了——他有个入门弟子叫胡俨，号若思，借机敛财，造了一百张张大千的伪画，以“遗作”名义展出，由于格外显得珍贵，一展出就被抢购一空。此事后来引起大风堂门下公愤，一致声讨，不认他为同门，但张大千却是意想不到地获得了一个绝好的机会。

“已经有人替我开‘遗作展’，我如果再不露面，请问有什么更好的办法，能够证明日本人未杀张大千？”

原田当然不能让他们日本人背这个黑锅，当下同意发给张大千一张期限一个月的来回通行证，回北平时，要把他收藏的石涛、八大珍品带回来。

张大千的珍藏，共有二十四箱之多，一度曾预备送入当铺，权当寄存，当铺不肯担此风险。仍旧是靠他那个名叫海斯乐波的德国朋友，代为秘密收藏，而且他在张大千到达上海的一个多月之中，利用同为轴心国家的关系，安全运到上海。

由天津乘海轮到上海的张大千自然住在卡德路李家，深居简出。他在极秘密的情况下，筹划经香港回四川。

光是一家五口回四川很容易，问题是他有二十四只画箱。由上海乘法国邮轮到香港后如何入川，颇费周章。幸而有交通界的老前辈叶恭绰帮助，中航一天一班经汉口转重庆的民航机，只要有机会都替他运出一箱到两箱。这样到了八月下半月，情况有变化了。

原来国民政府已经决定由武汉迁移重庆，在七月底作了正式宣布，同时改组四川省政府，并派张群为委员长、重庆行营主任。他于八月五日宣誓就职，在武汉的各机关亦纷纷开始行动，大都由水路溯江西上。到了八月十一日，日本派出七十二架飞机轰炸武汉，民众死伤约五百人。第二天又有六十多架，专炸武昌，湖北省政府四周的建筑物皆被炸毁。这一来，迁移的工作便须加速进行。中航香港分公司奉到的命令是，客货至汉口一律卸清，腾出空位专载公家机关的人员及物品至重庆。

于是中航香港分公司戴经理向张大千说："不能再一箱一箱地运了。我建议让你太太带了剩下的箱子一班飞机走，到了汉口，太太们比较好说话，她可以坚持她坐的是民航机，付了钱的行李，一定要下在重庆，不能下在汉口。"张大千同意了，买好机票，带着杨宛君到机场去办手续，不想事情发生了变化。

在中航的机场办事处，他们遇到一位黄先生，是中航北平分公司的负责人，一谈起来，那黄先生告诉他说，中航班机不飞汉口，改在广西梧州降落。一向花钱散漫的杨宛君，不知道怎么忽然要打小算盘了。她认为飞机票跟到梧州的船票，票价是八与一之比，何不就坐船到梧州？在那里再转重庆，这一来起码可以省下两百多元的港币。

张大千反对这个办法，两人在机场吵了起来，正在吵得不可开交时，来了一个熟人——李秋君的弟弟李祖同。他说他正安排他朋友的眷属回四川，机票不如转让给他。有人调解，张大千也就算了，将机票让了给李祖同，另购到梧州的船票。

不想这一番意外的波折，使得张大千免了一场大难。他说："记不清是八月一号或是三号，中国航空公司那班飞机'桂林号'，飞出九龙，就在澳门石歧上空被日本人打下来了。你看，这真是没办法的事，我太太小孩，以至于那几箱字画，都免于此劫。”张大千真是将日期记错了，“桂林号”为日本军机所击落，机师及乘客全部罹难，是在民国二十七年八月二十四日。张大千由水路回川，先到梧州，应徐悲鸿之约，经柳州到桂林。他饱览了阳朔山水，先到重庆住了几天，然后回成都，游了峨眉，随即举家迁居青城山上清宫。为什么远绝尘世，入山唯恐不深？在他送谢稚柳的一把扇子上，有消息可参。

在重庆相晤时，他为谢稚柳写了一把扇子，是他临离北平所作的自画像和一首小令，调寄《浣溪沙》：

十载笼头一破冠，峨峨不畏笑寒酸，画图留与后来看。

久客渐知谋食苦，还乡真觉见人难。为谁留滞在长安？

这首词的下半阕，写出了他的只能为知者道的苦衷。张大千本是听了叶恭绰之劝，北上去接眷的，只为信了汤尔和的一句话，又看宋哲元是一副不在乎的态度，误以为卢沟桥事变很快就会过去。加以时当酷暑，又贪恋颐和园的景致，他一念疏懒，没有想到后果的严重。“山中方七日，世上已千年”，昆明湖水犹未浣净征尘，等他发觉情况不妙时，北平城内已生沧桑之变。此后一连串身不由己之事，还算他把握得定，未曾真个落水。但当时民心士气，正极度昂扬之际，个人出处是个极其敏感的问题，原为接眷，却一去不回，“为谁留滞在长安？”其中的委屈，实在不易解释，尤其是有张善子正气凛然的形象在，相形之下，他更觉难堪，倒不如暂时归隐为妙。

青城山一住三年，这三年对张大千很重要。因为无异和尚坐关，潜修内视，为得道必经的阶段。作为一个艺术家，必须有所吸收，才能有所表现，而吸收以后，又必须经过消化，或者更恰当地说是酝酿，反复深思，不断探索，方能有所创造。张大千的记性、悟性都是第一等，但不论如何，时间是无可代替的，犹如酿成的酒藏陈一样，必得经过一定的时间过程，才会到达某一程度的醇化。在北平，在上海，在任何扰攘红尘中，人情应酬常占去了张大千好些时间，他亦乐此不疲。艺术上的吸收不足，复又缺乏足够的时间来消化，则其表现于作品者，渐渐地就会薄与俗。张大千之所以能由名家成为大家，山水之所以能由临摹、写生而具有自家的面目，与青城山的这三年，大有关系。

举个最明显的例子，张大千的诗，亦以在青城山这段期间，做得最好。如《青城小居口占》：

自诩名山足此生，携家犹得住青城。
小儿捕蝶知宜画，中妇调琴与辨声。
食粟不谋腰脚健，酿梨长令肺肝清。
朅来百事都堪慰，待挽天河洗甲兵。

这首七律，关于山居生活部分，皆为写实。“食粟”“酿梨”，仿佛有典，而实为白描。居山而言“腰脚健”自是本色语，但有别解。本草以粟可厚肠胃，补肾气，用作滋养药，“食粟不谋腰脚健”，谓虽有三妇而不求强壮药，乃寡欲之意。“酿梨”者，剜梨之半，加贝母，复合全梨，蒸而食之，为润肺之方，故言“酿梨长令肺肝清”，造语平淡而清新有味。

另外一首《题剑门》，又是一番意境：

北去南来问石牛，蜀王引领五丁休。
荡摇白日龙蛇怒，椎凿玄天神鬼愁。

自是山川据形胜，谁言关塞限戈矛？

诸君忍作新亭泣，一战犹堪扼此州。

“石牛”谓“石牛道”，又名“金牛道”，亦即“剑阁道”。上半首杂用“石牛便金”及秦惠王知蜀王好色，许嫁王女的故事，写剑阁之为雄关要隘。第五句言可守，第六句言可攻，结句有人谓似陆放翁，信然。这首诗用了好些典故，如“蜀王引领”出《华阳国志》，“荡摇”语出《左传》，可知青城三年，张大千读了好些书。

不过，此一时期张大千最主要的吸收，是涵泳于大自然之中，胸中罗列了无数“画稿”。论张大千之画者，以为他平生画风凡三变，四十以前是“以古为师”；六十以后是“以心为师”；四十至六十之间，“以自然为师”。民国二十七年，张大千四十岁，则“携家犹得住青城”，正是他“以自然为师”的开始。

张大千画过一幅泼彩、泼墨的大件，题名《四天下》。四川四大奇景，号称“瞿塘天下险，剑阁天下雄，峨眉天下秀，青城天下幽”，在张大千心目中，蜀中山水，寰宇所无。走笔至此，可以谈一个插曲，大风堂门人某在日本鬻画，张大千告诫他说：“你在日本什么都可以画，就是不准画富士山。”此君不守师门之戒，张大千为之勃然大怒，几乎逐出门墙。

“曾经沧海难为水”，看惯了峨眉、青城，再看富士山，会觉得可笑；画惯了峨眉、青城，而且是在已成名之后，居然会去画富士山，这种行为亦令人可笑。一个人让人觉得他可恶，还不要紧，认为他可笑，格就低了，无怪乎张大千动怒。

青城山在道书上列为“第五洞天”。《唐六典》云：“剑南道名山之一，连峰接岫，千里不绝，青城乃第一峰也。前号‘青城’，后曰‘大面’，其实一耳。”易君左曾与张大千在青城结邻，在他的《青城山上一大千》这篇文章中，亦曾谈到大面山。

当张大千携家隐居青城山时，自然也有他的好朋友如叶浅予等人去探望。但三五日的盘桓，无法窥知张大千此时生活的全貌，因此，易君左的这篇文章是很可贵的。迄今为止，关于张大千在青城三年的生活、心境之记录，尚未有更详于易文者。虽然易文亦仅得两千六百字，但参以其他著作及张大千在此一时期的作品，已能使人了解青城山的生活对张大千的艺事发生了什么样的影响。

易君左是因为四川省政府疏散，而又为张大千所吸引，上青城山住了半年，在上清宫与张家结邻而居。上清宫建于晋朝，所在之山名为高台山——青城山是总名，周围一百五十里，又分为成都山，是位于青城之前而较小的所谓“案山”；青城之西二十里为高台山；又西南十里为天仓山。凡三十六峰，前十八峰为阳，后十八峰为阴，“青城天下幽”者，就因为整个山脉的结构连崖隐轸，有其格外深邃奥曲之处。

易君左说：“青城山脉最高的山，一名大面山，山顶终年积雪，又为云雾纠缠不清。山容变幻离奇，美妙庄严，无论从何角度望去，都是再美丽不过了。张大千在第一峰头筑一小亭，亭旁植梅二百株，常邀我到这座小亭上闲坐清谈。这亭子正与大面山相对，仰望端庄凝碧，如展开一幅绝大的玉屏风。”说亭子“正与大面山相对”，足见此亭筑于高台山。而大面山实际就是青城山，一山两名，只为方向不同，景致各异之故。

所谓“前号青城”，即是从南面向北看，如易君左的描写：“它像一座纯用青色筑成的城堡，整个山容被高林密树的青光所笼罩，人行其间，须眉尽碧，一片绿海，山以青城而名，即本于此。”

所谓“后曰大面”，是从北望南看，易君左由高台山上的亭子望大面山，“如展开一幅绝大的屏风”，这正是山名“大面”的由来。陆放翁咏青城山诗“山如翠浪尽东倾”是由于西风独盛之故，但也写出了青城山的山势斜陡。青城山北面更甚，以致积雪所覆，竟像是一面垂直的玉屏风。

我们可以想象得到，张大千坐在高台山第一峰头，面对大面山的那座亭子中，心里所想的，除了画以外，更无他念。在这样一个可能终日不见行人的幽深之处，正所谓“朝晖夕阴，气象万千”，张大千目摹心追，胸中不知有多少未画出来的山。这些胸中之山，到了晚年，他毫不吝惜地将它们倾泻在“泼墨”“泼彩”中了。

这就是说，如果不是对青城山做过长时间的观察，摄取了因角度、时间的不同，而形成的繁复变化的多种深山容貌于胸中，他不敢想象泼墨、泼彩亦可成画。当然，在当时他还没有这种想法。这一层，我留在以后他有这种创意时再细谈。

张大千在青城山曾有过一件离家出走的逸事，易君左身经目击，制了一个回目来形容：“一气隐无踪，云山日落；千峰寻不见，灯火宵明。”他说：“一天下午，大千先生尚未回家，等到日暮，消息杳然。因为他在山上游览，照例是清晨或下午回来，断没有从下午到黄昏还不回家。张家三位太太非常焦急，来同我商量。我劝她们不要担心，可能应山僧之约、樵夫之请，前往闲话，也未可知。不料等到二更时分，全山已成死寂世界，还未回来。”

这一下，连易君左也着急了。“于是，合两家男女老少，连同上清宫的道士们，等到三更时分，大家同去探索这位大画家的下落，要把他抢救回来。可是青城山千峰万顶，悬岩削壁，幽壑深洞，丛林杂草，叫我们何处去寻，何处去找？经过几乎通夜的搜索，几十条火把照得满山通红，青色的树木都变成了紫色，依然不见踪影。且幸时节是初夏，清寒不重，人人抖擞精神，翻山越岭，涉涧跨溪，披云拂露，穿岩入洞，直到天已大亮。天啊！好不容易，才在山腰一座小峰的洞内，也就是在天师岩附近幽岩中，发现了这位大师闭目瞑坐，好似达摩面壁，眼观鼻，鼻观心，在那里修养呢。我们一大群人真是欢喜若狂，不由分说，立时由他的三位太太，把他拖出洞来。然后他张目一看，却镇定而悠闲地说：'做啥子这样大惊小怪呀？'"

易君左说，事后他也不好怎样向他追问，何以有此"惊险而富有传奇的一幕"。而据张大千自己说，这一次家庭风波是他的三个太太联合起来对付他。黄凝素则是"揭竿而起"的"急先锋"，有一次由动口而动手，黄凝素顺手拿起画桌上的铜尺做武器，拉拉扯扯之中，一下打到了张大千的手上。张大千大发雷霆，拂袖而去。大妇、中妇、小妇齐一步骤，既没有人出来转圜，也没有人向他劝阻，只以为他出去逛一逛，等气消一消，自会回家，哪知听其自然的结果，演变成了骑虎难下的僵局。

至于寻获以后的情形，却非如易君左所说的"立时由他的三位太太，把他拖出洞来"——张大千还很拿了一阵跷[1]。

1　拿跷：江苏南京一带方言，有意不干以挟持人的意思。

十

敦煌行

敦煌，古称三危，《尚书》记载，舜流放共工于此。“四夷”中的“西戎”，相传即是共工的子孙，他们世世代代保有其地。敦煌东南二十里有座山，三峰峻绝，因名三危山，据说即是共工当年的住处。

至春秋时，三危之地称为瓜州，以瓜美得名。唐朝杜佑的《通典》中说：“至今犹出大瓜，长者狐入其中，首尾不出。”瓜产于沙壤，故唐朝又称其地为沙州。此地在汉朝为西域交通的枢纽。西域的陆路，有北道、中道、南道，而皆汇集于敦煌，其西即为阳关，唐诗有“西出阳关无故人”，敦煌为汉人活动范围在西面的极限。

到了南北朝，敦煌在文化上处于很突出的地位。钱穆在《国史大纲》中，论“北方政权之新生命”说：“北方中国经历五胡长期纷扰之后，渐渐找到复兴的新机运，是为北朝。”陈寅恪的名著《隋唐制度渊源略论稿》，在“叙论”中特别指出：“西晋永嘉之乱，中原魏晋以降之文化转移保存于凉州一隅。至北魏取凉州，而河西文化遂输入于魏，其后北魏孝文、宣武两代所制定之典章制度，遂受其影响。”所谓“河西”本泛指黄河以西的区域，包括陕西、甘肃及蒙古鄂尔多斯等，但在南北朝至隋唐，河西指凉州、甘州、肃州、伊州、西州、辰州、沙州等七州，即后来的武威、张掖、酒泉、哈密、西宁、安西、敦煌，以后又加上兰州等地，共为十州。少数民族内迁时，河西地区被祸独轻，因而在南朝文化衰落时，北朝则以南方的高级知识分子纷纷逃难至“金武威、银张掖”等河西富庶之区，而得将“汉文化转移保存于凉州一隅”。当然也有原来在北方的高级知识分子，沦陷后坚守传统学术途径，反无南朝的清玄虚诞之习。这种保存了传统的旧儒学，后世称为“河西儒学”。

“河西儒学”中的大儒，如郭瑀、刘延明、蒙逊、常爽等，皆有弟子数百人，文教昌明，远胜南朝。不过“河西儒学”之盛，与北朝的汉化倾向自然亦有密切的关系。

进入中原的五胡十六国，汉化最早的是匈奴，汉化最深的是鲜卑，其次为氐。氐与鲜卑恰好相反，鲜卑自辽东至河西，无所不居，氏族甚多，以建前燕的慕容氏及建元魏的拓跋氏为最盛。氐则只居略阳，其地乃当今甘肃秦安县东北，以蒲氏、吕氏为大族。吕氏建国曰后凉，蒲氏建国曰前秦，传至第三世蒲坚，改姓为苻坚。此人雄才大略，重用以扪虱高谈而为桓温所轻的王猛，在五胡中独强。王猛相苻坚，提倡文教，五经皆置博士，常劝苻坚偃武修文，临终时又劝苻坚勿南侵东晋，苻坚不听，致有淝水之败。但王猛死后，他特诏崇儒，禁老庄图谶之学，此即为河西儒学的正统。

首先开发敦煌者，亦即苻坚。当其方盛时，他准备经营西域，创造可以上比汉武帝的武功，因而“徙江汉之人万余户于敦煌”，以期开发成为征西域各国的前进基地。而就在此一时期中，作为河西走廊末端，丝路入中国第一站的敦煌，凿开了千佛洞的第一洞。

开山的和尚叫乐僔，自西域远来。他行脚到敦煌时，正当夕阳从他身后下山，余晖返照，呈现在他眼前的三危山金光万道，隐隐有千万座佛的庄严宝相。乐僔惊异膜拜，欢喜无量，就在此时立下宏愿，要在山壁上凿出一个洞窟，供养菩萨。

不过，乐僔由募化而凿成的第一座洞窟，据张大千说，是在与三危山相隔十里的鸣沙山，原名莫哥窟，俗称千佛洞。张大千考证“莫哥”实为“漠高”，指沙漠中的高山。漠高之名，后来他又从壁画的题记中证实。

建第二座洞窟的，也是一个远来的和尚，法名法良。但莫高窟之能成为千佛洞，还是要靠当时的贵族以及河西的安定繁荣。当前秦因苻坚淝水之败，国势由盛而衰时，另一个汉化的氐人乘时崛起。此人名叫吕光，苻坚图西域时，以吕光为“都督西讨诸军事”，他西出阳关，首征龟兹，即今新疆库车县一带，吕光入城，见宫室壮丽，有流连不忍去之意。部下因前秦国势渐衰，有可图之道，坚请东归。于是吕光回师后，自领凉州刺史，于东晋孝武帝太元十四年建立后凉。

吕光以后，又有李暠继起，建立西凉，此人对建设敦煌有很大的贡献。

李暠字玄盛，河西汉族世家，东晋安帝隆安四年，以敦煌太守为部下拥护为“大都督”，称凉公。他在敦煌南门外，临水起堂，名曰“靖恭之堂”，将自古以来圣帝明王忠臣孝子烈士贞女画像于壁，李暠亲作颂赞。此外有功绩的文武，亦得留下图像——这是后来唐太宗于凌烟阁图二十四功臣像的滥觞，亦开莫高窟中图“供养人”像的风气之先。

其时前秦已亡，后秦代之而兴。前秦苻坚派吕光征龟兹时，还负有一个重要任务，就是奉迎龟兹的高僧鸠摩罗什东来。其方在路途之中，苻坚突然为其部将羌人姚苌所弑，鸠摩罗什因而一直停留在凉州。

姚苌既杀苻坚，在长安称帝，建号后秦。姚苌在位十年，殁后由其长子姚兴继位，时在李暠建立西凉于敦煌之前五年。姚兴笃信佛法，将留滞在凉州十年的鸠摩罗什奉迎至长安。上有好者，下必甚焉，长安公师以下，莫不敬礼释子。四方僧人，云集长安，闭关坐禅，以千数而论。各州各郡，十家人倒有九家供佛。鸠摩罗什则在长安主持译经，由他座下四大弟子僧肇、竺道生等协助，译成三百八十余卷，多为大乘经典。

其时中国亦开始有了高僧，最著名的是道安，河北常山人。他虽是西域佛图澄的弟子，但为中国佛教建立独立地位的第一人。道安的弟子慧远，山西雁门人，隐居庐山，设坛说法，遂开“南朝四百八十寺”的盛况。此外又有法显，西行求法，先后十五年，为中国第一个朝天竺的和尚。

钱穆论断，自姚兴迎鸠摩罗什至长安，弘扬大乘经典之后，“佛学在中国，乃始成为上下信奉的一个大宗教”。敦煌莫高窟之所以成为“千佛洞”，就是佛教于南北朝时，在中国飞跃发展的一种记录。

敦煌在汉唐盛世，曾有极为辉煌的地位。但宋代有西夏之患，明朝为免除边患，索性封闭嘉峪关，以致敦煌形同化外，只设卫所。安西、敦煌、玉门三州县，连地名亦不存在。敦煌名为“沙州卫”，成化十五年改置“罕东左卫”；玉门名为“赤斤蒙古卫”；安西则分属于“沙州”及“赤斤蒙古”两卫。直至清朝雍正五年，敦煌始隶于正式行政系统之下。乾隆二十五年，“沙州卫”终于恢复敦煌县的旧名。笔者的一位伯高祖，曾任敦煌知县，有惠政，殁而为神，相传是敦煌的城隍。

敦煌自汉魏至唐宋，皆为夷夏接壤之地，亦为中国西面的边疆，汉文化独能保存于此，说起来好像是一件不可思议之事。但读过陈寅恪先生的《隋唐制度渊源略论稿》，便知自有由来。寅恪先生说：“河陇一隅，所以经历东汉末、西晋、北朝长久之乱世，而能保存汉代中原之学术者，不外前文所言家世与地域之二点。易言之，即公立学校之沦废，学术之中心移于家族，大学博士之传授变为家人父子之世业，所谓南北朝之家学者是也。又，学术之传授既移于家族，则京邑与学术之关系不似前此之重要。当中原扰乱、京（长安）洛（洛阳）丘墟之时，苟边隅各地尚能维持和平秩序，则家族之学术，亦得藉以遗传不坠。刘（曜）石（勒）纷乱之时，中原之地，悉为战区，独河西一隅，自前凉张氏以后，尚称治安。故其本土世家之学术，既可以保存，外来避乱之儒英，亦得就之传授。历时既久，其文化学术，遂渐具地域性质，此河陇边隅之地，所以与北朝及隋唐文化学术之全体，有如是之密切关系也。”

至于敦煌（沙州），更在凉州之西，经济条件虽不如凉州，但大儒迭见。三国时周生烈为魏国征士，曾为何晏的《论语集解》作义例；入晋有“敦煌五龙”，索氏尤负盛名，索靖草书《出师颂》为人间瑰宝。又有令狐一族，代有名德，至唐德宗时宰相令狐楚，工于章奏，李义山得其传授，自谓“自蒙半夜传衣后，不羡王祥有佩刀”，可以想见李义山对令狐楚的腹笥辞藻之倾服。

文化条件以外，唐朝中叶以后，敦煌的政治条件亦居河西的领导地位。敦煌于唐代宗大历十一年陷于吐蕃，七十余年后，于宣宗大中五年，沙州首领张义潮，举河西十一州地献予唐朝。朝廷授张义潮为沙州防御使，旋即建立“归义军”，以张义潮为节度使，开府敦煌。自此至宋仁宗景祐三年陷于西夏止，历时一百八十余年，大致皆为汉家天下，莫高窟中，何以有那么多达官贵妇为“供养人”，其故在此。

宋仁宗景祐三年，西夏王元昊攻占瓜、沙、肃三州，连以前所占，河西十四州悉为所有。后两年十月，元昊建国号曰“大夏”，称帝，建元“天授”。当大乱之际，敦煌文化、社会方面的领导者鉴于宋朝的对外政策比较软弱，顾虑到沙州之陷恐非短时期内所能恢复，因而将一切文物——主要是佛教方面的文化结晶——封存于一个深邃的洞窟之中，经过八百六十四年，亦即清朝光绪二十六年庚子，方始重见天日。这段漫长的期间，以数字来表示，似乎没有什么具体的意义，不过有一个方法，可以让我们产生许多比附联想的观念。那就是景祐三年丙子，亦即是公元一〇三六，为苏东坡出生之年。

敦煌石室被发现，是非常偶然的事。首先要介绍一个名叫王圆箓的道士，他原是行伍出身，在肃州当过兵，之后出家做了道士。所谓“出家”，不过是作道士装束而已，实际上既无师承，亦无寺观，是个名为化缘、实同乞讨的游方道士。他西出嘉峪关，见千里龙沙之中敦煌有一片四十里的绿洲，便在千佛洞中住了下来。

在斯坦因以英文写作的《西域考古记》中说，敦煌石室进门处为石块与流沙所壅塞，王道士在清除时，从壁画的裂缝处发现了一道门，破门而入，即为石室。但张大千从当地人那儿听到的传说是，王道士在千佛洞定居以后，当地的汉人常请他去念经祈祷，于是王道士请了一个杨先生，为他抄录从当地药王庙中借来的道教经典。抄经的那个洞窟，后来为张大千编号为一五一洞。莫高窟是一座由南而北、约两公里长的石山，洞窟共分五层，但方位都是坐西朝东。朝暾初上时，阳光平射入洞，可以不用点灯。杨先生在洞口摆一张桌子，坐北朝南，背后就是画了佛像的墙壁。

兰州出皮丝烟，所以河西一带都吸水烟，点烟的纸煤很特别，不是用黄表纸搓成的纸捻，而是一种风干了的植物，名为蓟蓟草。沙漠地带，即令是草，也很贵重。杨先生抄一会经，吸一回烟，吸完舍不得抛弃余下的蓟蓟草，总是灭了火头，回身将蓟蓟草往壁缝中一插，以便下回再用。

有一次回身插残草时，手中的感觉不同。残草还很长，使的劲也大了些，那根蓟蓟草居然毫不困难地一直插了下去。杨先生心想，莫非墙壁后面是空的？于是找块石头上下左右敲击，从声音中判断，墙后确是空的。

这晚上杨先生与王道士击毁了墙壁的浮层，发现一道用土砖封住的门，尽力打开了，发现了封闭八百余年之久的文化宝藏。时为光绪二十六年庚子，亦即公元一九〇〇年的农历四月二十八日。就在这一天，义和拳在河北霸州杀教民，掘毁长辛店的铁路；英国跟俄国的驻华公使通知“总理各国事务衙门”，准备派兵到北京以期自保，为八国联军内犯之始。

这座石室中所藏的，主要是经卷，每十卷用一个布袋存贮。这一卷之“卷”，不可误认为木板书的一卷，更不可当作书画中的手卷之卷。据斯坦因后来记述：“厚大的卷子，有高达一尺左右，长在二十码以上的。”这样的一卷经，实际就是一部。

第二天消息一传，在二十里外药王庙赶庙会的人纷纷赶了来。原以为掘着什么宝了，一看是经卷，不由得大失所望，有的随意拿了几卷回家，散失得不多。

王道士当然也不知道这些经卷如何贵重，不过几百年的东西，总算是古董，所以有来看壁画观光的游客，他在要求人家布施以后，每每拿几卷经相赠。随后他想到一个“打秋风”的办法，雇了两头毛骡，一头驮了两箱经，一头代步，向东而行，进了嘉峪关，直奔肃州道台衙门。

安肃道的道台名叫廷栋，虽是旗人，倒是科举出身，一看王道士所献的经，也不知唐宋的写本，只觉得字还不如他写的“大卷子”——黑大圆光的“馆阁体”，便对王道士说：“你这个东西古是古的，可是字还没有我写得好！”王道士白赔了一箱经，一文赏钱也没有。

于是，只好化缘回去，事实上等于卖经卷，五分银子送一卷，一钱银子就是两卷。这样西行到了嘉峪关，向一个外国人去化缘。

这个外国人，来自比利时，中国名字叫林以镇，他是嘉峪关的监督——嘉峪关设关收税，起自光绪七年。嘉峪关名义上归安肃道派人监督，实际上海关、新关的人事权都握在总税务司英国人赫德手里，因此各地关口都有外国人。这林以镇久住中国，娶的太太也是中国人，见王道士上门化缘，送了他好几两银子。王道士回报的经卷自然也就不少，有几十卷之多。到了光绪三十三年，林以镇辞官回国，取道新疆经西伯利亚回欧洲，经过伊犁时，将这些经卷送了给伊犁将军长庚。其时有个原籍匈牙利、移民英国，而为印度政府官员的斯坦因，由印度总督派到新疆来调查西北地理，去拜会长庚时看到了这些经卷，主人也谈起了它的来历。哪知言者无意，听者有心，斯坦因借调查地理为名，一个人悄悄溜到了敦煌千佛洞。不巧的是，王道士云游化缘去了，替他看家的是一个年轻喇嘛，喇嘛谈起王道士发现石室的经过，斯坦因怦然心动，决定要跟王道士做一笔买卖。

写到这里，要做一个小考证，不过这还只是一个有自信的假设，求证尚待异日。以前台视《锦绣河山》节目主持人刘震慰访问过张大千谈敦煌，后来又写成一篇文章，题为《大千居士细说敦煌》，刊于《大成杂志》第三十三期。其中提到“杨先生”说：“可惜我们现在连杨先生叫什么名字都不知道。”我认为“杨先生”就是他后来谈到的“蒋资生”。

据刘震慰记录张大千的话说：

“他（指斯坦因）身边带了一个翻译人员，那在当时是被人称为师爷的，姓蒋，名资生，湖南湘阴人，在斯坦因所著的书上，就称他为蒋师爷，却没有记载他的名字。至于我之所以知道蒋的名字，是因为蒋曾经用刀在洞中壁画上，刻上了斯坦因和他的名字，上面写的是‘某年某月，湘阴蒋资生随同英国总理大臣斯坦因到此’等文字。大约也是他的崇洋心理作怪吧，蒋资生竟把斯坦因当作英国总理大臣了。”

这蒋资生还有个名字，叫作蒋孝畹。高拜石《古春风楼琐记》十七集，有一篇《斯坦因石室攫宝记》，谈斯坦因私探敦煌说：

“因为他不懂得华文，所以还雇用了一个姓蒋名孝畹的华人，尊为‘师爷’，伴他去找王道士，曲意结交。”

蒋资生之名，见于他本人的题壁留名。斯坦因显然未写明姓名，则蒋孝畹是否就是蒋资生呢？

我的答复是肯定的。湖南人名为资生，自是生于资水，而非四川的资中、资阳。资水有南北两源，南源叫夫夷水，又称罗江，也就是汨罗江，流经湘阴东北，其地有村名汨罗村，即屈原自沉之处。《离骚》“余既滋兰之九畹兮”，则以湘阴人名资生字孝畹，完全合乎中国传统命名的原则。当然，高拜石知道有蒋孝畹其人，是必有来历的。

我的假设是，当年跟张大千谈敦煌石室发现经过的人，可能把上声“养”韵的蒋，误为平声“阳”韵的杨。如果我的假设不误，则斯坦因第一次私探千佛洞，不是蒋资生陪了去的。他既有调查地理的任务，自然要雇用翻译。倘谓此第一次的翻译即是蒋资生，那就根本不必找年轻喇嘛细问经过。如何发现石室，“全本西厢记”都在他肚子里，立即就可以策划盗宝了。

斯坦因的《西域考古记》原著，我未读过。据高拜石文中所引，斯坦因在初探与“再来”之间，如果未曾叙述如何访得蒋资生的经过，则杨先生就是蒋资生，更可肯定。盗宝的实情是，斯坦因找到蒋资生以后，并非如高拜石所说“伴他去找王道士，曲意结交”，而是先由蒋资生去跟王道士打交道，原则谈好了，斯坦因才又去的。

斯坦因在《西域考古记》中说：

“当我再来的时候，王道士已回来，并且在那里等候了。他当然知道他保管的是什么，但也充满了有关宗教方面的恐惧，说话是那么吞吞吐吐的。当我们见面时，我便觉得这个人有些不易捉摸，我只得尽我所有的金钱，对他以及他的寺庙进行诱引。终于这道士被我的话打动了，悄悄地答应等入夜时把密室所藏的中文卷子中拿出几卷来，交给我的助手，以供我们研究。”

说王道士已在“等候”，可知事先已有联络。至于王道士的吞吞吐吐，无非忸怩作态；而“拿出几卷来”“以供研究”，只是先提供样品，以便看货论价。斯坦因又记：

“透过我的热心助手的帮忙，很侥幸地说动了王道士，使他勇气为之大增。那天早晨，王道士带了我们，将通至藏宝的石室一扇门打开，在黑黝黝的石室中，道士手里所持昏暗的油灯微光，使我的眼睛忽然为之豁然开朗。”

这是当夜看过“样品”以后，第二天上午的行动。王道士的“勇气大增”，当然是银子壮胆之故。石室中的情形，据斯坦因形容，“在约有九尺见方的小室中，站了两人进去，已没有多少余地。只见卷子紧紧地一层一层乱堆在地面，高达十尺左右”。在这狭窄的空间中，施展不开，所以王道士允许将经卷拿到新建佛堂的一间小屋子里，把布帘密密遮了起来细看。王道士经“开导”以后，很热心地一捆又一捆地捧了来。至此，斯坦因不但登堂入室，而且予取予求了。

斯坦因第一天所看到的宝藏，第一是用“很坚韧的纸张”所写的中文佛经，“全部保存得很好”，与初入藏时无甚差异。经卷尾端写有年代，计算“约在纪元后第五世纪的初年”。此为陶渊明归隐、南朝由宋而齐、东昏侯被弑的一百年，北朝则正是北魏倾心汉化，发展出陈寅恪所颂赞的“太和文化”时期。

第二是许多西藏文写本，时期约为“第八世纪至第九世纪中叶。石室之被封闭时期，可能也在这一时期之后不久”。这个算法，可能有误。九世纪中叶，应为唐朝开成、会昌、大中诸朝，虽有牛李党争，国势尚不甚衰。封闭石室是十一世纪之事。

第三，也是最令斯坦因“高兴”的“一些古画”，绢上画的“全是美丽的佛像，颜色调和，鲜艳如新”。

至此，斯坦因所考虑的，只是量的问题了。他说他最注意的，“是从这惨淡的幽囚以及现在保护人漠视的手中，所能‘救’出的，究竟能有多少？”

问题很单纯，王道士能给多少，他就能救出多少。而王道士有一种人言可畏的心理，而纠正他这种心理的特效药，依旧还只是银子。以下便是表扬“蒋师爷”的功劳了：

“到了夜半，‘忠实的’蒋师爷自己抱了一大捆的卷子，来到我们所住的帐篷内，那都是第一天所挑选出来的东西。我真高兴极了。蒋已经和王道士约定，在我未离中国以前，这些‘发现品’的来历，除了我们三个人以外，任何人不能让他知道。”

为了保密起见，盗宝的工作在每天晚上进行，而且由蒋资生不辞辛劳，亲自搬运。连着七个晚上，方始告一段落，完整的经卷一无孑遗。据张大千所知，完整经卷恰好一万，完好无缺的画，亦达五百张之多，斯坦因是雇了四十头骆驼拉走。至于王道士所得，实际上只不过几百两银子。蒋资生当然也捞了一票，数目就不知道了。

这些经卷，斯坦因将它分为两部分，一部分留在印度，成立西域博物馆，而精品则入藏伦敦的大英博物馆。法国的汉学家伯希和深知其事，紧接而来。他的收获在量上不及斯坦因，而质却有过之无不及，因为他是内行，特别注意古书及文献。然而就量来说，亦颇可观了。

谢稚柳所著《敦煌艺术叙录》中说：“伯希和到北京，颇扬言于士大夫间，谓吾载十大车而止，过此亦不欲再伤廉矣。”外国人尚知廉耻，反而中国的士大夫不知廉耻为何物。谢稚柳又记载一段内幕：

“宣统元年，北京学部始令甘肃省将余经缴北京，则仅八千卷而已。初，学部要新疆巡抚何彦升（字秋辇）代表接受此项经卷，以大车装运北京。当车至北京打磨厂时，何彦升之子何震彝（字鬯威）先将大车接至其家，约同其岳父李盛铎（字木斋）、刘廷琛（字幼云）及方尔谦（字大方）等，就其家选经卷中之精好者，悉行窃取，而将卷之较长者，一拆为二，以充八千之数。事为学部侍郎宝熙所悉，谋上章参劾，会武昌起义，事遂寝。”

李、刘、方三人，皆为当时学术文化界名流。方尔谦是扬州人，为袁世凯幕友，与袁寒云以师弟而为儿女亲家。李盛铎是江西人，曾任驻日公使，为有名藏书家。刘廷琛则首任京师大学堂监督，为人师表者如此！

敦煌石室的宝藏，对于中国文学史的研究具有无比重要的影响。其中又可以分作两部分来谈，一部分是失传的作品，如唐朝末年盛行虽讲平仄韵脚，但文白如话，比老妪都解的白居易的诗更进一步的通俗诗，其中最重要的一个作家王梵志，他的诗就是在敦煌石室中发现的。其中有一首是：“城外土馒头，馅草在城里。一人吃一个，莫嫌没滋味。”《红楼梦》中妙玉所说：“纵有千年铁门坎，终须一个土馒头。”向来以“土馒头”为坟墓的代名词，却不知其出处，王梵志诗出，算是寻着“娘家”了。

另一部分便是“变文”。在此以前，留意中国文学源流的人，对于汉赋、六朝骈体、唐诗、宋词、元曲演变的轨迹，能说得清清楚楚。但是，纯以文言所写的唐人传奇，为何一下子转变为宋朝用白话演义的平话，却无能言其故。自从变文出现，才知道中间有此一道桥梁。

变文是用韵文与散文合组的一种文体，源自印度，随着佛教传入中国，作为一种弘扬佛法的重要工具。所谓“变”者，“变相”的简称，张彦远《历代名画记》对壁画的“变”曾有详细解释，吴道子即以善绘“地狱变”知名。敦煌壁画中，有一个重要的部分，名为“经变图”，为“西方净土变”“东方药师变”“降魔变”等等。每一“变”中，又分门别类，描写一个完整的故事。不道“变相”不但是绘画的题材，更是文学与音乐的题材，那就是变文。

何以说变文也是音乐呢？因为变文中属于韵文的部分，是可以唱，也需要唱的。《乐府杂录》记唐朝中叶一僧云：“长庆中，俗讲僧文叙，善吟经，其声宛畅，感动里人。”赵璘的《因话录》，记文叙的魅力，真是“愚夫冶妇，乐闻其说，听者填咽寺舍；瞻礼崇拜，呼为‘和尚教坊’，效其声调，以为歌曲”。

变文的发现，有两个人功不可没，一个是罗振玉，一个是刘半农。不过，罗振玉之功是否为王国维的成就，犹当存疑。罗振玉自伯希和处取得若干资料，又自学部所收敦煌宝藏残余中获得若干实物，著有《敦煌零拾》一书，所收“佛曲三种”即为变文。因论及宋人“说话四家”，其中“说经谓演说佛书，说参谓参禅”，不知其所本者，观佛曲始知“此风肇于唐而盛于宋两京（指开封及杭州）”。

刘半农是法国留学生，他从巴黎国家图书馆抄得不少伯希和弄走的敦煌卷子，刊为《敦煌掇琐》之辑，其中变文很多。因为有了这些丰富材料，从事文学史的学人才能作有系统的研究。

变文大别可分为两类，一类是敷演佛经故事；一类是与佛经无关，而大致皆以历史上的名人作题材。后者便摆脱了宗教的色彩，而成为文艺的一种新形式。如《伍子胥变文》，合伦敦、巴黎两处的收藏，已得全文的百分之七八十，情节相当完整。伍子胥的故事，除了《史记》《越绝书》中记载以外，“变文”中又增添了许多，加上了姊姊及两个外甥。还有一段，伍子胥叩门乞食时，遇见他的妻子，但因伍子胥是在逃亡之中，彼此都不敢相认。然则又何以通情愫呢？是以药名做隐语通问，文字半文半白，如言楚王“忽生虎狼之心”一段：

“楚王太子长大，未有妻房，王问百官：‘谁有女堪为妃后？朕闻国无东宫半国旷……太子为半国之尊，未有妻房，卿等如何？’大夫魏陵启言王曰：‘臣闻秦穆公之女，年登二八，美丽过人，眉如尽月、颊似凝光、眼似流星、面如花色，发长七尺，鼻直颜方……’遂遣魏龙陵召募秦公之女。楚王唤其魏陵曰：‘劳卿远路，冒涉风霜。’其王见女姿容丽质，忽生虎狼之心。魏陵曲取王情：‘愿陛下自纳为妃后，东宫太子，别无外求。美女无穷，岂妨大道？’王闻魏陵之语，喜不自升（胜），即纳秦女为妃，在内不朝三日。伍奢闻之愤怒，不惧雷霆之威，披发直至殿前，触圣情而直谏。”

这段驳杂不纯的文字，介乎唐人传奇与宋人话本之间，桥梁的功用是非常明显的。

当然，“变文”题材以佛经故事为主，最常用的一种形式是，首引经文三两句，以下就是演义，想象力的丰富，实在惊人。如最有名的一部《维摩诘经变文》，虽然完整的只有三卷，但其中一卷标明为“第二十”，还只讲到“问疾”，原文的长度如何，简直有无从估计之感了。

维摩经的全名为《维摩诘所说经》，传世有三种译本，而以鸠摩罗什所译的一本最流行。维摩诘是人名，为佛在世时的一个大居士。维摩诘是梵文，义译为“净名”，净者清净无垢，名者声名远著。如果嫌净名深奥了一点，可以改译为“清誉”。王维字摩诘，即是以维摩居士自居。张大千当然读过这部一向列为文学名著的《维摩经》，而且不但向往维摩居士，作为亦与维摩相近。因此读他的敦煌之行，应该谈一谈维摩的趣事，两者是有因缘的。

维摩的趣事，只见于变文中。变文首引经文一两句，字数不足二十，但能敷演出三四千言之多，因此，《维摩诘经》的一卷在《维摩诘经变文》中，便化成十几二十卷。如《维摩诘经》中“文殊师利问疾第五”，本为一卷，但变文中“文殊问疾”变成了独立的篇名，罗振玉藏有第一卷。而巴黎国家图书馆所藏《维摩诘经变文》第二十卷，实际上为“文殊问疾”的第二十卷，且还只在如来佛遣门弟子的阶段——维摩口角犀利，好捉弄人，个个害怕，最后才在勉为其难的激励下，由以智慧著称的文殊应命。

像如来佛遣其弟子——亦为从弟——多闻称第一的阿难问疾。阿难推辞云：

“世尊，我不堪任诣彼问疾。所以者何？忆念昔时，世尊身有小疾，当用牛乳。我即持钵诣大婆罗门家门下立。时维摩诘来，谓我言：‘唯，阿难，何为晨朝持钵住此？’我言：‘居士，世尊身有小疾，当用牛乳，故来至此。’”

阿难说的是实话，维摩却偏说他撒谎，意中指阿难借名来募化不易得的牛乳。他那套理由能说得阿难怀疑自己是不是将佛的话听错了——“得无近佛而谬听耶？”维摩诘的话是：

“止，止，阿难，莫作是言。如来身者，金刚之体，诸恶已断，众善普会，当有何疾？当有何恼？默住，阿难，勿谤如来。莫使人闻此粗言，无命大威德诸天，及他方净土诸来菩萨得闻斯语。阿难，转轮圣王以少福故，尚得无病，岂况如来无是佛会，普胜者哉？

“行矣！阿难，勿使我等受斯辱也。外道梵志，若闻斯语，当作是念：何名为师？自疾不能救，而能救诸疾人？可密速去，勿使人闻！当知，阿难，诸如来身，即是法身，非思欲身。佛为世尊，过于三界。佛身无漏，诸漏已尽；佛身无为，不坠诸数。如此之身，当有何疾？”

结果是如来佛亦觉得“维摩诘智慧辩才若此”，阿难不是他对手，问疾会不得要领。于是，改派他人。而他人亦有一套“不任”的原因，个个不同。变文设想巧妙，仿真维摩的语言神态，极其生动。可惜，这样一部伟大的著作，作者却失传了。但也很可能是集体创作，即由演唱的和尚一次一次逐渐修改而成。

当然，张大千对敦煌最感兴趣的是画，色彩鲜艳如新的绢画，大部分为斯坦因捆载西去；小部分散落民间，难得一睹。但就龙沙四窟——敦煌城南的莫高窟、城西的西千佛洞、安西城南的榆林窟及水峡口，约计三百余洞的壁画犹在，是外国人所盗不走的。不过，那时候的张大千对敦煌壁画的了解并不多。

敦煌之以壁画驰名中外，已成常识。但说实话，在我未接触到这些史实以前，不知道敦煌为何有那么多的壁画，竟致有“千佛洞”之名，以及这么多的壁画，井井有序地排列着，是否有官员负责安排与管制。

先解答后一个问题。据敦煌学家陈祚龙的考证，确有一个专门处理壁画制作事务的官方机构，其名为“画行”。然则“知画行”应是管理画行的首脑。“知”即主持之意，唐宋官衔中常用此字，流传到后世，就只剩下知府、知县，以及主持会试的“知贡举”了。

陈祚龙在《莫高窟壁画表隐》一文中又说：“就在这种‘画行’之中，尚有专门负责供应有关制作‘材料’的官员。这样的官员之‘雅号’，虽为‘都料’，但他们什九皆为当年大家公认是学有传承的绘事‘老手’。”这一点，恐怕稍有问题。“料”是材料，“都”为聚集之意，“都料”即是管理材料的主官。陈祚龙所引例证：归义军节度押衙董保德等修《功德记》文中，有“厥有节度押衙，知画行都料董保德等”一语，情况是很明白的，他的本职是“节度押衙”，掌管警卫仪仗，必然是归义军节度使的亲信。押衙一职，常由武将担任，似乎不应是个“绘事老手”。

《功德记》是一篇骈体文，其中有一段说：“家资丰足，人食有余。乃与上下商议，行旅评剖。君王之恩隆须报，信心之敬重要酬。其修功德，众意如何？寻即大之与小、尊之与卑，异口齐欢，同音共办。”这就是造壁画的缘故，意在报恩敬佛。

但紧接在下面的一段话，大可玩味：“保德自己先依当府子城内、北街西横巷东口敝居，创建兰若一所。”兰若为梵文阿兰若的简称，意为僧人聚居之处，就“敝居创建兰若”，即是“舍宅为寺”。此风自北朝至唐，一直盛行，《洛阳伽蓝记》中的静刹，大半为达官贵人的园林。

以下描写他所“创建”的“兰若”：四廊“图塑诸妙佛铺”，屋顶四角有瓴，后面还有一座佛塔。确是一座寺院建筑物的规模。但人人造一座“兰若”，势有不可，因而简化为找一个洞窟，画上壁画，或者画一幅佛像，悬在洞壁上，即已表达了报恩祈福的心愿。

这种绢画，张大千收藏有两幅，皆为隋画，现已捐赠台北“故宫博物院”。在《大风堂遗赠名迹特展图录》中，编为第一号、第二号。次序是颠倒了，因为第二号成陀罗造《观世音菩萨像》，款署“仁寿三年癸亥十一月，清信弟子成陀罗为亡女阿娶造”，仁寿是隋文帝的年号。第二幅《释迦牟尼像》，造于隋炀帝大业五年己巳，晚了六年。

这两幅隋画，在张大千才真是“南北东西只有相随无别离”。在修建摩耶精舍时，张大千每天去监工都抱着那两幅画，下午又抱回他在台北定居之始的云和大厦。此为台北“故宫博物院”副院长江兆申所亲见。至于它的来历，又一敦煌学家苏莹辉曾为此撰文“试测”。苏莹辉说，出自敦煌石室的佛画，数量不多，国内则“中饱”的精品，皆逐渐归于李盛铎。李氏后人陆续出售，一部分流入香港，黄君璧所藏《左侍莲花供养菩萨》，旛画，为晚唐作品，即是二十年前在香港以重价购得。张大千的两幅隋画，可能亦是在香港所获。

另一可能是在敦煌所购。苏莹辉于抗战期间，服务于敦煌艺术研究所时，曾听人谈起，研究敦煌学很出名的向达第一次到敦煌时，由当地县政府一个任科长介绍，搜购石室唐人写经及旛画。由于物主索价太昂，未能成交，仅买去不太值钱的五代写经残卷一两种。

到了民国三十三年夏天，向达又到了敦煌，想买上次看中的一幅绢画及两卷相当完整的唐人写经时，所得到的答复是："已被张夫子出高价买去了。"张夫子是本地人对张大千的尊称。苏莹辉说："向张之不睦，肇因于此。"据说："当时在敦城士绅，或经商人家，涉及买卖石室宝物事宜的，双方皆讳莫如深。"因此，苏莹辉并未跟向张二人谈过此事。

再有一个可能是战前在北平所得。"受馈赠或价购，或以书画互换，皆有可能。"但照情理来说，自以购自敦煌的可能性最大。张大千的敦煌之行，由于无意间开罪于人，以致蒙谤，这或者就是张大千所得的这两幅隋画虽然来路清白，但为免得惹起他人无谓的猜疑起见，从不谈此事的缘故。

对这两幅隋画，张大千视如瑰宝，当然不是因为它值钱。事实上他既不谈此画，则是很明显地早就决定将来以此画捐献予台湾。书画割爱，如何可得善价，张大千是太内行了。倘或他有意待价而沽，当然先要放出风声去，歆动豪富的收藏家。不此之图，就是根本无此企图。

那么它珍贵在什么地方呢？珍贵在这两幅画是世界上最古的画。隋文帝仁寿三年，正当七世纪刚开始的公元六〇三年，让我们放眼世界看一看：欧洲，希罗文化在日耳曼民族大迁徙时，尽遭破坏而宣告死亡，正处于"黑暗时代"；中东，伊斯兰教尚在秘密宣传阶段，要到公元六一二年，也就是隋炀帝大业八年，初征高丽失败的那一年，穆罕默德方始公开传教；日本是在"大化革新"之前的"飞鸟时代"，当时连"日本"这一国名都还没有，中国称之为"倭"，日本自称为"日出国"——唐高宗咸亨元年，即公元六七〇年——倭始改国号为日本；印度，笈多王朝业已崩溃，归附于戒日王朝——笈多王朝为印度史上黄金时代，文学、艺术、科学，至为发达，但阿禅多佛洞精细绝伦的壁画，对敦煌壁画固有直接的影响，却未闻有绢画传下来。

至于在中国，当年笔迹留于绢纸，而能传至现代者，不但绘画未之前闻，书法亦仅止于夸张的传说而已。即如王羲之《快雪时晴帖》、王献之《中秋帖》、王珣《伯远帖》的“三希帖”而言，东晋早于隋朝，应是中国最古的笔迹，其实不然。

已故的台北“故宫博物院”前副院长庄严在他收入《山堂清话》的一篇《我与三希帖的一段缘》中说，《中秋》《伯远》两帖，传说为清德宗[1]瑾妃私下送至北平后门外小古董铺“品古斋”售去，辗转流入郭世五之手；《快雪时晴帖》则以名气太大，故得幸存，现仍珍藏于外双溪。民国二十二年，由于北方局势日紧，倘有战祸，国宝被毁，因而指令“故宫博物院”将文物南迁。

第一批由庄严负责押运。临行前，郭世五为庄严饯行，同时也请了庄严的顶头上司、“古物馆”馆长徐鸿宝。此人字森玉，其子即张大千的“经纪人”之一，以鉴赏知名的徐伯郊。

台北“故宫博物院”于民国五十四年双十节成立时，下设古物、图书、文献三馆。四库全书及历代藏书由图书馆典藏；档案、图像以及实录起居注等等，由文献馆执掌；此外一切书画古董，都归古物馆管理。庄严其时为此馆科长，见多识广，与北平收藏家无不相熟，生前曾跟笔者谈过郭世五与刘禺生在《洪宪纪事诗簿注》中的记载有异。

郭世五是河北定兴人，据说他是袁世凯的“外账房”，专管袁世凯的私人支出，也就是不足以为外人道的秘密开销。他的官职则是九江关监督。此人对瓷器研究颇具心得，因此在“故宫博物院”成立之后被聘为专门鉴别瓷器部门的委员。庄严在他所著的《山堂清话》中说：

1 即清朝的光绪皇帝。

“民国初年，袁世凯意图称帝，为纪念登基而预烧的那一批落‘居仁堂’款的洪宪瓷，就是由郭世五在江西景德镇筹划监制的。所谓居仁堂是当时坐落在北平中南海总统府内袁氏家居的斋堂名称，而办公的地方则称怀仁堂。因为袁在民国四年烧制这些瓷器的时候，尚未拟定次年欲登基的年号，再说，即使已决定登基的年号为‘洪宪’，当时也未必敢明目张胆地落‘洪宪年制’的款。因此，凡落有‘洪宪年制’款的洪宪瓷，实为后人仿制、欺瞒世人的赝品。”

洪宪瓷而有赝品，其珍贵可知，而所以珍贵，别有缘故。据说郭世五常打着袁世凯的招牌，至“旁观者清”的“大内”，索取康熙、雍正、乾隆三朝所烧制，专供“上用”的瓷器，刻意仿制，乃成精品。亦就因为他有此可以打袁世凯的招牌的便利，与“小朝廷”的太监及“内务府”相熟，清宫中许多被盗卖的宝物落入他手中，是很自然的事。

“三希”中的《中秋》《伯远》二帖之能归于郭世五，当然亦是有太监通消息，才能捷足先得。据庄严说，那天饭罢欣赏他的珍藏时，郭世五曾当来客及其子郭昭俊的面说，在他“百年之后，将把他拥有的此二希帖，无条件归还故宫（博物院），让《快雪》《中秋》《伯远》三希帖再聚一堂，且戏称要我届时前往接收。”

到一九四九年，郭昭俊携此二帖来台，据说“旧事重提，欲履行他先父生前宏愿。由于郭府已家财尽散，故希望上头在‘赏’他一点报酬的条件下，将二帖‘捐赠’出来。可惜那时候当局刚来台不久，一切措施尚未能步上正轨，财源短绌，实在无力顾及于此”。

结果是，郭昭俊携此二帖离台赴港，不知何人居间，售予外人。《伯远帖》在香港有影印本出售。

可是，据庄严的研究，“三希帖”亦并非真正的稀世奇珍。他说：“《快雪》《中秋》《伯远》三希，以《快雪帖》最负盛名，现在由台北‘故宫博物院’收藏，曾多次陈列出来，供国人观赏。它是唐摹本，并且从它的行笔来看，不是出于书写，而是出自双钩廓填，以其在书法本身价值来评，我认为其钩描的线条涩而不活，填墨浓重而缺神气，乾隆御题‘天下无双，古今鲜对’实在夸奖过了一些。其次是《中秋帖》，我也疑惑它出自宋米南宫[1]之笔。纵观历朝各代书法的时代风格，及各个书家的体貌个性，总觉得《中秋帖》那种连绵草书，与晋人书写的字字独立、笔笔中规的章草（隶书的简笔字）风貌不合。像帖中那种墨迹的运笔方式，到唐初尚不多见，至张旭以后才开风气，宋米芾喜爱如此运笔，而且甚具气象。”

《快雪帖》为唐人双钩廓填，《中秋帖》疑出米芾之笔，至于《伯远帖》，照庄严的形容：“运笔之潇洒淋漓，线条之粗细变化自在，以及整体之动态韵律起伏，都是被一般书家所称道的。”则显然亦是“草圣”张旭以后的风格。

由此可见，说张大千的那两幅隋画为存世最古的墨迹，并不过分。倘谓马王堆的帛书更古于此，这话并不能成立。隋唐的绢书，能保存至一千两百余年之久，是因为敦煌石室在地理、天时上的特殊优越条件。纺织物入土两千年不腐，是件不可思议的事。

无可疑地，敦煌石室的绢书，在张大千未到敦煌以前就曾见过。也许这是激发他作敦煌之游的动机之一，但非全部。

张大千之决定远游敦煌，动机相当复杂，换句话说，是多种因素汇合而促成的。原始的动机，也许只是静极思动，但此时他多少仍还存着遁世的观念，入山既唯恐不深，则出游必不辞路远。至于想到敦煌，是记起了叶恭绰

1 即北宋书画家米芾。他在宋徽宗崇宁年间，做过礼部员外郎、书画学博士。唐宋时对在礼部管文翰的官又称作“南宫舍人”，所以后世也称他“米南宫”。

劝他专攻人物的话。不过做此远游，并不表示他接受了叶恭绰的劝告，只是想看一看那些壁画到底有多少值得学的东西。此外，不能也不必讳言地，或多或少地有着一种炫人耳目的作用在内。

在我个人的看法，张大千在敦煌作艺术上的“苦行僧”，精神上与玄奘西域取经有相通之处，表现了他的勇气、毅力及对艺术的虔敬。他在敦煌两年有余的生活之本身，便是一大成就。

张大千第一次去敦煌是在民国三十年三月，带着杨宛君、次子心智，以及五百公斤的行李，由成都飞兰州。那时的兰州市长是蔡孟坚，他很帮张大千的忙，对张大千的敦煌之行之艰苦了解得很深。他说，张大千在兰州准备赴敦煌时，“其筹备工作，一如远征作战。自兰州出发，雇用卡车数辆，向二千里路程的河西走廊西走。沿途多属沙漠无人地带，有时车辆发生故障，改乘‘拉拉车’或骆驼代步跋涉，加之敦煌缺乏饮水及肉食菜蔬，多需自兰州购运，且土匪出没无常，人人危惧。他偕同家人冒险犯难到达目的地后，竟敢深入那几十个暗藏‘牛鬼蛇神’的洞中，依次考证，探寻古迹壁画，立架竖梯，艰苦临摹。预定三月，竟及二年零七个月之久。”

两年七个月是就前后两次合并计算。张大千谈他初临千佛洞的情形说：“千佛洞离敦煌的四十里路很奇，有十里绿洲、十里戈壁，再行二十里沙碛方至。是地气候，白昼酷热，不能行路，行旅要在半夜动身，清晨赶到。千佛洞四周树木蓊郁，流水环绕，但里外即石碛遍地，黄沙逆风，不见茎草。”这天清晨，张大千拂晓到达千佛洞，迫不及待地提灯入洞，“这一看，”他多少年后追忆，仍是惊叹的口吻，“不得了！比我想象中不知伟大了多少倍。原定计划是来此三月观摩，第一天粗略看了一些洞，”他对从行家人说，“恐怕留下来半年都还不够。”

结果是待了七个月，杨宛君要回成都了。张大千劝她仍旧留下来，他说："你不是说嫁了我之后，就是我'讨口'，你都要跟我一路吗？"四川话"讨口"是讨饭的意思。

杨宛君坚决不愿，她的理由很妙。她说："我只有一个理由，我跟你来敦煌七个月，除了我自己是女人以外，我还没有见过第二个女人。"于是第二次去，有了"第二个女人"，那就是最先进张家门的黄凝素。

这七个月中，张大千主要的工作是为五层三百余洞窟编号，及策划重来做长期逗留的工作。其中必须一记的大事是，监察院院长于右任视察西北时，特为迂道至敦煌，与张大千共度中秋。那年于右任六十三岁，未见衰老，到了敦煌，流连忘返，张大千还为他在烧残的垃圾堆中，发现索靖的"日仪"墨迹残字。两髯日日结伴看壁画，有一天看出事来了。

据于右任的随员且是敦煌土著的窦景椿，在纪念张大千的一篇文章中说："民国三十年夏间，我随于右老由兰州前往敦煌，尔时大千先生居留千佛洞，陪同右老参观如洞壁画，随行者有地方人士、县府接待服勤人员，及驻军师长马呈祥等人。记得参观到一个洞内，墙上有两面壁画，与墙壁底层的泥土分离、表面被火焰熏得黑沉沉地，并有挖损破坏的痕迹。"

敦煌壁画遭到人为的破坏，第一次是清朝同治年间，西北回民起义，左宗棠定三路平回之策。民国十二年三月，陕西回族白彦虎率部进入敦煌，曾与官军激战，至闰六月始西进入新疆，在千佛洞盘踞三月有余。第二次是民国十年三月，在新疆古城一带扰乱的俄罗斯人后裔，由新疆督军解除武装后遣送敦煌安置，当地人士恐受滋扰，将这批约五六百人的俄罗斯人后裔送到千佛洞居住，破坏之处甚多。

窦景椿又说："因过去信佛者修建洞壁画像，尝把旧洞加以补修，改为己有，但此洞原有画像，欲盖弥彰，从上面坏壁的缝隙中，隐约可见画像的衣履，似为唐代供养佛像，大千先生向右老解释，右老点头称赞说：'噢，这很名贵。’但并未表示一定要拉开坏壁一睹。当时县府随行人员，为使大家尽可能看到底层画像的究竟，手拉着上层张开欲裂的坏壁，不慎用力过猛，撕碎脱落，实则亦年久腐蚀之故。”

这是窦景椿所目击，连于右任说了一句什么话都记了下来，真所谓指证历历，堪为信史。原来从北朝以来，壁画日积月累，凡能画的地方都画到了，后人欲做功德，便出一下策，即在原来的壁画上，用中国传统补画的办法，用麻筋搅和黏性泥土，涂抹一层，再用石灰浆刷白，绘画其上。此壁是当时施工不良，黏附不固，年深月久，加上人为的破坏，剥落游离，以致“撕碎脱落”。

这虽是无心之失，却是歪打正着。有许多记载，说这浮面的一层，是张大千跟于右任商量以后，命马呈祥的士兵打掉的。衡情度理，正确的事实应该是，既然已“撕碎脱落”，那就索性彻底清理干净。这个洞在张大千编号是“第十二窟”，高八丈五尺、深二丈四尺、广五丈三尺，经彻底清理后，南北两壁出现的，果然是唐画。据谢稚柳《敦煌石室记》著录：“北壁男像四身，后有持杖佛等四人；南壁女像三身，后女侍九人。北壁男像第一身，乌帽青袍束带，须髯甚美，擎一长柄香炉，高六七寸。”此人即是做功德的“供养人”，为当时的“晋昌郡太守乐庭瑰”，南壁女像第一身为他的妻子“太原王氏”。

所谓“北壁”“南壁”是怎么回事？不明千佛洞——莫高窟的形象背景，不易明了。手头恰好有个美籍华裔的吴小姐在去年游敦煌所写的游记，是最新的数据，可以介绍。她说：“整个莫高窟由南到北，长达二千六百米，看起来像蜂窝一样的洞窟，密密层层、高高低低、大大小小地排列在陡峭的灰色崖壁上。洞窟前有一道细长的流泉，水边长着茂盛的树林及一些耕地。”又说，“每一个洞窟都很阴凉，除非正是阳光照入的时候，平常看进去，都是漆黑一片。”

所要补充的是，这么从南到北，狭长的莫高窟，一律西朝东。所谓“正是阳光照入的时刻”，便是日上三竿的上午八九点钟。晨曦升起不久，平射入洞，从东面洞口进，迎面便是西壁，画的是佛像，右首便是“北壁”，相对的左首自是“南壁”。至于“供养人”或称“功德主”，在画像左右作礼佛状，但亦不无沾佛慈光、留名后世的作用在内。如乐庭瑰夫妇的像，画得这么大，其意可知。

由乐庭瑰的官衔，可知为唐朝人。敦煌之西的安西州，唐朝名为晋昌郡，大历十一年陷于吐蕃，七十年后始收复。据谢稚柳的考证：“这幅壁画是唐开元、天宝年间所作，对考据唐代艺术，帮助很大。”又说，“天宝之唯一可证者，为第二十窟。”至于壁画外层的清除，谢稚柳表示：“要是你当时也在敦煌，你也会同意打掉的。既然外层已经剥落得无貌可辨，又肯定内里还有壁画，为什么不把外层打掉了，来揭发内层的精华呢？”于此可以肯定，第二十窟外层打掉，无论是有意还是无意，都是有益无害的。

但当时对张大千来说，却带来不小的伤害。据窦景椿记，当时“适有外来的游客，欲求大千之画未得，遂向兰州某报通讯，指称大千先生有任意剥落壁画、挖掘古物之嫌，一时人言啧啧，是非莫辨”。窦景椿说，他来台后还“闻人谈及”。笔者亦几次遇到这样的问题：“说张大千在敦煌盗宝，有这话没有？”因此，对这重公案的经过，我必须根据客观的资料，做一详细的叙述。

当时中伤张大千的流言很多，据张大千多少年后对人表示：“一言难尽。”不过居然有人说杨宛君还“夹带了一只死人的手骨回来”。虽事隔多年，张大千提起来犹有余恨。

十一

三年面壁

画家沈尹默曾有一首诗赠张大千："三年面壁信堂堂，万里归来须带霜。薏苡明珠谁管得，且安笔砚写敦煌。"此为民国三十二年秋天，张大千勾当敦煌绘事了，回至成都昭觉寺，继续未完工作时所作。

第三句即咏张大千受谤。《后汉书·马援传》说：马伏波当交趾太守，常服薏苡仁，因为它有"轻身省欲，以胜瘴气"的功效。交趾的薏苡，颗粒甚大，马伏波想引进来做种子，载了一车回洛阳。南海出奇珍异宝，时人以为他满载而归，必是"南土珍怪"，权贵无不注目。马伏波死后，犹有人上书进谗，说他运回来的是明珠。这就是所谓"薏苡明珠之谤"。

张大千二次入敦煌大规模地临摹壁画，促使他下此决心的因素，亦有不属于艺术者。由于有北平陷敌的痛苦经验，他知道最好的自辩方法就是用事实来表现他的初衷。他本意是来观摩壁画，现在进一步临摹壁画，让大家看看张大千在敦煌干什么。

其次是于右任的极力鼓励。当时监察院的成员中，有两个人跟大千的敦煌之行极有关系。一个是马文彦，张大千是从他口中得知敦煌的伟大，始动了西行万里的游兴；再一个是谢稚柳，且留到后面再谈。当于右任游千佛洞时，他认为设法维护此一珍贵的艺术遗产，是非常有意义的工作，有个构想，要成立敦煌艺术学院，院长一职，自是非张大千莫属。

张大千连教书都不肯，又怎么肯来办学？当下极力推辞，而于右任却很认真，天天缠着他问。这也难怪，监察院不是教育部，于右任不过是以党国元老的身份，打算回重庆登高一呼，自然会有反应，但如有人问他："右老，谁来当这个敦煌艺术学院院长？"如果说是张大千，名正言顺；倘或连张大千都不干，又有谁来发扬敦煌艺术？所以非逼他松口不可。

张大千偏就不松口，搞得几乎成了僵持的局面。陪于右任一起来的监察委员高一涵便私下劝张大千说："成立敦煌艺术学院，目前只是拟议而已，并非马上就要实行。你一天不答应，右老就一天不回去。你先答应了，又有什么关系？"

于是张大千虚与委蛇了一番，于右任方始兴辞。以后教育部成立敦煌艺术研究所是另一回事，但张大千在于右任如此认真的情况下，又岂能偃旗歇鼓？

等于右任一走，张大千亦东行入关，经张掖到武威，亦就是经甘州到凉州，专程去拜访河西警备总司令马步青，目的是要请马步青为他介绍青海省政府主席马步芳——马步青之兄。他在那里遇见了兰州市长蔡孟坚。

蔡孟坚初识张大千，而马步青跟张大千却见过不止一次，可以相互开玩笑了。序入深秋，张大千穿了一件用兰州土产驼毛纺成，称为"褐子"所制的长袍，又宽又大，土气十足，马步青笑他，说张大千像他家乡河州——甘肃临夏县东乡——卖鸡蛋的乡巴佬。张大千就跟马步青的副官要了一张纸，写了一首打油诗："野服裁成驼褐新，阔袍大袖称闲身。无端又被将军笑，唤作东乡卖蛋人。"原来此时的张大千正当忧谗畏讥之际，感从中来，笔底不免牢骚。

张大千请马步青介绍马步芳的目的是，要到塔尔寺去雇喇嘛。塔尔寺建在青海省会西宁西南的铁山，为喇嘛视作圣地，为黄教之祖宗喀巴诞生之处。铁山森林茂密，掩映着金瓦辉煌、富丽雄伟的塔尔寺，确能令人油然而生虔敬之心。寺中的喇嘛，最盛时有三千五百人之多，各种人才都有，张大千要雇用的是会缝画布的喇嘛。

千佛洞的壁画高有数丈，张大千带去的纸，再长也不合用，后来才打听到塔尔寺专有会缝画布的喇嘛。缝布不免有针眼，尤其在画布绷紧以后，针眼孔显得更粗，但塔尔寺的喇嘛却能缝得看不出针眼。

针眼是有的，只是加上一层涂料，遮没了针眼。这种涂料有特殊的配方，用羊毛熬成胶，加上生熟石膏，等画布缝好，用木框绷紧，随即涂胶，等干了以后，再用光滑的鹅卵石打磨。正面如此，背面亦然，而且不止涂一次。正面涂六次，反面涂三次，当然每涂一次，都须打磨。这样慢工细制的画布，既光且滑，下笔不涩用墨不渗，且能保持久远，据说还是唐朝传下来的技术。

照规定喇嘛是不能离开青海的，尤其是对这种技有专长的喇嘛，此项规定执行得更为严格。张大千到了青海，靠黄河水利委员会委员长赵守钰的协助，跟塔尔寺谈好，雇用五名喇嘛，每人每月薪水五十银元，由赵守钰担保，事后一定送回塔尔寺。一切都谈妥当了，最后还要马步芳批准。这一点，有马步青的介绍信，自然不成问题。

除了缝画布的喇嘛以外，另外还有助手。实际上张大千是借此训练，亦可说是磨炼子侄门生，所以除了次子心智以外，另外一子心德——又名比德，已承继张善子为子，名义上为胞侄——亦奉命自成都侍母黄凝素到兰州来归队。此外还有三个门生，刘力上、萧建初、孙宗慰，加上厨子一名，听差两个，连同杨宛君，上上下下总计十六人之多。准备的食物、画具、日用什物装载了七十八辆驴车，迤逦西去，出嘉峪关长征敦煌。

到了敦煌，张大千写信给谢稚柳，劝他到敦煌来做伴，信不止一封，而且情意恳挚。谢稚柳那时是于右任的秘书。据说于右任原来的意思是，想派他的另一个秘书张目寒到敦煌做张大千的助手，张目寒惮于远行而不果。既然张大千属意谢稚柳，于右任自是极力促成。谢稚柳就在好友、长官的双重敦促之下，幞被就道，与张大千朝夕相处一年有余。除了著作《敦煌石室记》及《敦煌艺术叙录》成为“敦煌学”中关于壁画研究方面的权威之外，由张大千那里学到的画理、画法及鉴赏上的知识，对谢稚柳后来的成就也有很大的关系。

在敦煌的生活，衣食住行四大端中，衣有左宗棠开发西北所办的毛纺厂，质料虽粗，足以御寒；行则生活与工作的环境合一，亦不发生问题；最成问题的是食，困难在“薪水”。

千佛洞前有一道细长流泉，是分党河水以溉田的通裕渠的一部分，当地称之为宕渠，由于附近有盐池之故，水中碱质甚重。食用的水，汲自三十里外三危山脚的观音井。

薪是烹饪用的木柴。张大千专有一支搬运木材的驼队——有个朋友借给他二十头骆驼，专驻千佛洞负保护之责的罗连长派出一排兵，带领驼队，循着一干涸的河床，以四天的途程，去拾古代不知何处漂来而存留在那里的枯木。来回八天，加上一天拾柴，每趟要九天的工夫。而二十头骆驼运来的柴，也刚好仅九天之用，所以这支驼队永远是在路上。

粮食是由敦煌城里运来。县长姓章，湖南人，很照顾张大千，每星期补给一次的粮食，有米、有鸡、有羊，只是缺乏蔬菜。但每年七月，在一个特定的地点，可以采摘到新鲜蘑菇，一天约可一盘。后来大家研究，设法自己种蔬菜，居然有所收获，解决了一部分问题，此外就只有吃水果来补充维生素C了。

伙食是逐渐改良的。起初，每天早晨吃一碗大麦炒熟磨粉加红糖、用开水冲成的面茶，随即入洞工作。一直要到下午出洞，才能吃饭。渐渐地，由两餐改为三顿，由果腹而居然可讲究口腹之欲了。拿主食来说，有稀饭、有面、有白米饭，还有一种当地特产的“烘饼”，用牛奶发面，拌上牛油，在铁锅中烘烤而成，为继于右任而游敦煌的另一党国元老吴稚晖所激赏。

饭菜则有一张见诸“花边新闻”的菜单，有白煮大块羊肉、蜜炙火腿、榆钱炒蛋、嫩苜蓿炒鸡片、鲜蘑菇炖羊杂、鲍鱼炖鸡、沙丁鱼、拔丝枣泥山药丸子等等。这张在当时大后方可用以款待国宾的菜单，颇有人怀疑它的真实性，但至少鲜蘑菇炖羊杂是张大千亲口承认过的。但即令是讲究口腹之欲，以他与他的门生子弟在工作上的坚苦艰绝而言，享用亦不为过。

谈到张大千临摹壁画过程的艰苦，我常常怀疑是不是值得那样去做。这一点留到后面来分析，先谈他的临摹过程。

壁画上的人物，有大有小，大者数丈，小者不足一尺。所处的位置，有高有低，低的离地二尺，高的画在天花板上。因此描绘时或蹲、或立、或仰卧，仰卧当然是仰卧在木架上。

提起木架便是一大困难。敦煌只有少数木料，早为数百里外的玉门油矿搜购一空，唯有向矿上借用，由驻军的工兵权充木匠。

木架搭成，可以开始临摹了，不是摹在画布上，而是自兰州、成都、重庆买来大批透明的蜡纸，黏接成符合原画尺寸的大幅，由助手提着覆在壁画上，实际上是跟壁画保持一两寸的距离，悬定垂着一大幅蜡纸。

然后，张大千上了架子，左手有人捧砚，后面有人高举玉门油矿自制、质量不甚良好的洋烛。张大千便一无倚托地，临空勾摹壁画上的线条。这是最辛苦、最困难的工作，但只是初步的画稿。

初稿完成，正式临摹的工作，第一步在洞外进行。首先是当早晨阳光平射时，将画布架子竖了起来，将蜡纸所绘的初稿覆在画布后面，利用强烈阳光的照射，在画布前面依稀可见，这才用柳条炭勾出影子，再用墨描。

定稿以后，将画布架子抬进洞内，对着壁画着色，看一笔、画一笔。佛像、人物主要部分都是张大千自己动手，其余背景上的亭台花叶之类，则由门下分绘。

如是孜孜不倦地工作了两年有余，一画之成，大则数月，小亦数日。统计画成了两百七十六件，但带出来的，只有五十六件，张大千说："是要到印度去核对求证，究竟与印度的渊源为何，因此带出来了。尚余二百二十件，如今都被川西博物馆接收了，经手弄去的人是谢无量。原本我个人打算是交给四川大学，川大的校长黄季陆先生，还计划要修建一座大千楼来收藏这些求之不易的珍品。"

记叙到此，发生了一个问题，这个问题是老早存在的，但在此已不能不提出了。张大千是职业画家，他率领门生子侄在敦煌待了两年多，全部花费据说达"五百条黄金"之多，结果收获了两百七十六件壁画的复制品！目的何在？

是要卖画吗？不是！因为至今未闻有张大千复制敦煌画的交易行为。是为研究元魏以来，中国人物画的源流变迁吗？也未见得全是，因为要作此研究，并不需要全部临摹。是为了保留敦煌的壁画艺术吗？似乎并不需要如此，敦煌壁画，本就保留在那里，即令要介绍给世人，亦只须择优临摹，不必全部。那么，这样做不是件傻得不能再傻的傻事吗？

仔细参详，张大千之所以做此"傻事"，主要目的是对他自己的一种考验，考验自己的魄力与毅力。而在工作的过程中，体验到古人为艺术牺牲的精神，是激励他硬撑到底的原动力。他说："我在敦煌工作，多方面帮忙，都感觉非常困难，揣想起来，古人比我们更困难。我们在敦煌的时候，还有玉门油矿供给我们洋蜡烛，虽然不太好，总比油灯好得多。古人在洞中绘画，由于光线不够，其困难是可想而知的。"

又说："白天，午前八九点钟，敦煌的太阳射进洞子，过午之后，太阳往南走，光线就暗了，不方便，下午是背光的。因为洞门多半很小，里边高大，要有足够的光线就只有点火。点着火画，墙又高又大，搭起架子，人站着还可以，最困难的就是天花板上的高处，和接近地面的低处，一高一低，画起来都很困难。天花板往往几丈高，要画屋顶，一定要睡着、躺着，才能够画，但是古人的画，虽然在天花板顶上，也没有一处是软弱的，一如他们画在墙上同样好。可见他们的功力技巧，远在我们现代人之上。"

张大千感慨于今不如古，还举了好些例证，同时也找到了古胜于今的原因。

这原因就是一个"专"字。他说："他们一生的精力，就是专门绘画。试看他们在天花板上所画的画，手也没有依靠之处，凌空而画，无论用笔设色，没有一笔懈怠。还有靠近地面的地方，离地只有二尺高，要画一尺或八寸的人物，画的还是一个大故事，这么小的人物。叫我们放在桌子上来画，已经觉得很辛苦了，而他们却是在地上侧睡着画，比仰天画还要难。他们这功力真不简单。"同时也痛惜于"古人把一生的精力都牺牲在艺术上，在敦煌洞里，就埋没了不少有功夫的画家，连姓名都没有留下来"。

这才是张大千的心声。敦煌之行，说穿了无非是他的求名之术。三代以下，唯恐不好名，求名不是坏事，而况他是职业画家，名归则实至，求名是天经地义。至于"术"是达成目的之一种手段，抚绥百姓的牧民术是术，驾驭妇人的房中术也是术。"术"的本身，无善无恶，只有"无术"，变成不择手段，那才是坏事。

术在性质上无善恶，但层次上有高下。张大千的术，段数甚高，以敦煌之行做求名之术而言，脱胎于达摩九年面壁。梁武帝把达摩从广州接到金陵，话不投机，达摩渡江北去，打算到洛阳投元魏，经过嵩山少林寺，心血来潮，忽然不走了，面壁九年之久。试问九年之中干什么？一个念头要九年才想通，那不是禅宗的“顿悟”，同时也不成其为值得梁武帝东迎的高僧。九年面壁不必要想什么，只要熬过九年，自然成了莫测高深的名人。不但达摩本人，连他面壁的那块不黄不黑、凹凸不平的石头，都成了名物。乾隆三十六年，皇帝驾幸嵩山，要看“面壁石”，和尚特把它“请”到后殿西壁，并设供桌。姚元之《竹叶亭杂记》，将它形容得神乎其神：初看了无足异，五六尺外渐有人形，至一丈开外，“则俨然活达摩坐镜中矣。谛视腮边短髭，若有动意，与世所画，无纤毫差。”

张大千与敦煌壁画，亦仿佛如此。在敦煌两年多，不必有何成就，只要能受得住那种苦，熬得过去，便可成名。犹之乎达摩面壁九年，显何神通，只要不言不语，忍得过去，自然就会歆动世人，是一样的道理。

于此可知，张大千之术之高，是在他肯付出代价，想得到，也做得到，丝毫不存侥幸之心。当然，两者只是相似，并不全同，张大千在敦煌的辛苦耕耘，在“名”以外，还是有许多收获。

首先，就是我前面所说的，对他自己的一种考验，也是磨炼。特别是自我培养而成的那种“筚路蓝缕，以启山林”的意志与经验，对于他以后的“闯天下”，很有帮助。

其次是充实了他历史方面的知识。隋唐的衣冠文物、乐器歌舞等等，从壁画上所获得的了解，可补唐宋五代史的不足。张大千自己说过，“我认为历史考证之价值，重过艺术之欣赏”。

最后谈到艺术上，也就是绘画的实务与学说上，张大千所获不如谢稚柳之多。有人评论敦煌壁画对张大千画风的影响说：“张髯[1]几近三年面壁临

1　指张大千。

摹，这是他最踏实的磨炼，也是影响他画风丕变的最重要关键。大千先生临摹了二百余幅敦煌壁画之后，影响最显著的自是他的人物画，他吸尽人物画的精髓，更兼撷用笔设色的特点。从此，张大千的画风表现出高古、雄伟、瑰丽，其画风超越两宋前人，所谓‘吴带当风，曹衣出水’者，大千先生已兼获吴曹之长。”这是欲加之“美”，何患无辞。照我看没有那么大的影响，因为人物只是张大千的画的一部分，工笔只是他的人物画中的一部分，而佛像及唐宋达官贵妇，又只是他的工笔人物画中的一部分。这样算下来，影响定是微乎其微。

前年香港卖出一幅大千的《敦煌人物画》，拍卖十二万一千港币，画的是仿自第十七窟中的“红衣大士”，线条细致，设色华丽，依旧是张髯当年本色。拿来跟他亦步亦趋所规抚的敦煌壁画相比较，有精细粗糙之比，除了“丰容盛鬋”四字以外，我看不出敦煌壁画如何能影响早年画工笔人物即负盛名的张大千，更遑论画风“丕变”。至于所谓“吸尽人物画的精髓”，那是后来减笔“狂涂”，直追“梁风子”“石居士”时候的事。

除莫高窟以外，敦煌城西的西千佛洞、安西城南的榆林窟，亦有一部分壁画。榆林窟又称万佛峡，据张大千说，那里的壁画，“不及千佛洞好，但工作环境更糟。洞里毒蝎甚多，门生子侄多被蜇过，晚上睡觉都要以被蒙头而眠，以防蝎子，午夜常常听见狼嗥锐厉之声。”这个恶劣的工作环境，谢稚柳亦曾到过。两人相偕回川后，谢稚柳著述《敦煌艺术叙录》；张大千则借寓于成都昭觉寺，率门生弟子继续壁画的制作。民国三十三年元月底，由四川美术协会主办第一次展览，同年三月在重庆展出，评论的文字很多，因为当时“敦煌学”是一门很时髦的学问。

所有的评论中，张大千最看重的是陈寅恪的一段话：“敦煌学，今日文化学术研究之主流也。大千先生临摹北朝、唐、五代之壁画，介绍于世人，使得窥见此国宝之一斑，其成绩固已超出以前研究之范围。何况其天才特具，虽是临摹之本，兼有创造之功，实能于吾民族艺术上，别辟一新境界。其为敦煌学领域中不朽之盛事，更无论矣。”

陈寅恪为研究北朝文化的权威，在佛教东传入中土对于中国历史文化所产生之影响这个大题目上的造诣，深不可测，是故当时有关敦煌学的著作，皆以得陈寅恪作序。如陈垣就北平图书馆所藏石室写本八千余轴，考订同异，编成目录学，为《敦煌劫余录》，即指名要请陈寅恪作序。张大千在敦煌的艰辛，得收名定价于陈寅恪，自然是精神上的一大安慰。

除画以外，张大千还有一篇《谈敦煌壁画》的画论，是他平生仅有的一篇学术性的论文。

此文为张大千口述，曾克端笔录，全文约一万一千余言。分析其内容，可分为五个部分：

第一部分概述敦煌壁画的起源，及所以蔚为大观之故，并将敦煌四区共三百六十三窟的壁画，分为佛像、人像、鸟兽、花木、楼阁、器用、故事、山水、图案等九类。

第二部分力辟敦煌壁画出于工匠所为，绝非名手所作的谬论。

第三部分分述元魏、西魏、隋、唐、五代、西夏等六个时期的画风。其中以唐朝的画风最足称道。

第四部分评析论述敦煌壁画的优点，共分四个子目：一是“规模的宏大”，二是“技巧的嬗递”，三是“包孕的精博”，四是“保存的得所”。这一部分当然是有独到精解的内行话，如论“技巧的嬗递”云：“就他们各时代的作风，来看出艺术进步的过程、转变的痕迹，和流派不同之点。为什么初期总是苟简荒率；次初期总是比较有了进步；中期总是做到灿烂光辉，达到炉火纯青艺术最高潮的地步；后期的总是比较中期稍形退步；最后期一定走上衰落不振的阶段？这当然与风会有关。而风会之所以形成，也就可以说国家文化消长的枢机，画坛人才盛衰的表现。”

第五部分论敦煌壁画对后世画坛的影响，为全文最主要的部分。列子目十，一是“佛像人像画的抬头”，二是“线条的被重视”，三是“钩染方法的复古”，四是“使画坛小巧作风变为伟大”，五是“把画坛苟简之风变为精密”，六是“画佛菩萨像有了精确的认识”，七是“女人都变为健美”，八是“有关史实的画走向写实的路上去了”，九是“写佛画却要超现实来适合本国人的胃口了”，十是“西洋画不足骇倒我国的画坛了”。

这十点影响是早已存在的，因为壁画是早就有的。但由于敦煌壁画提供了那么多的材料，张大千才能从归纳分析中，演绎出这一番理论。其中颇有说得很高明的，如世人对“南北宗”的偏见。

张大千认为中国自有图画以来，重点是先有人像，没有佛像，山水原来是一种陪衬；及至山水独立成宗，变得喧宾夺主；及至山水有了南宗水墨、北宗金碧之分，文人更以为南宗山水才是画的正宗。连北宗的金碧山水也在摒斥之列，那就无怪乎人物、佛像、花卉被视之为别裁异派。这种自宋元至今的绘画见解，牢不可破，绘画的领域也越来越狭了。

他说：“古代所谓大画家，如所说的‘曹衣出水，吴带当风’这些话，都是画人物而言；所谓‘颊上添毫’‘画龙点睛’，也都是指画人物而言。到后来曹吴之作不可见，而一般画人物的，又苦于没有学问，不敢和山水画争衡，所以一天一天的衰落下去。到了敦煌佛像、人像被发现以后，这一下才知道古人所注意的，最初还是人物，而不是山水。”

最后的一段话，是有问题的。明清画人物不为人重，基本上是因为文人不屑为人写真，流为画匠的专业，尤其是名家如唐寅、仇十洲甚至兼画春册，为贬低人物画的罪魁祸首。但陈老莲一派的人物画家仍有其应得的地位，如任伯年就是。任伯年殁于光绪二十年，敦煌宝藏尚未著闻于世。

显然，张大千对世人轻视“院派”，内心颇为不平，看他所谈的第五点影响——使画风由苟简变为精密，足以想见。他说：“我国古代的画，不论其为人物、山水、宫室、花木，没有不十分精细的。就拿唐宋人的山水画而论，也是千岩万壑，繁复异常，精细无比。不只北宗如此，南宗也是如此。不知道后人怎么闹出文人画的派别，以为写意只要几笔就够了。我们要明白，像元代的倪云林以及清初的石涛、八大他们，最初也都经过细针密缕的功夫，然后由复杂精细，变为简古淡远，只要几笔，便可以把寄托怀抱写出来，然后自成一派，并不是一开始随便涂上几笔，便以为这就是文人写意的山水。不过自文人画盛行以后，这种苟简的风气，普遍弥漫在画坛里，而把古人精意苦心都埋没了。”

将这段话与前面对重南轻北不满的评论合看，可知张大千在古人中最不佩服的，就是董其昌。南北宗之说即创自董其昌，而“随便涂上几笔，便以为这就是文人写意的山水”，亦正就是董其昌作品的特色。

十二

重到春明

抗战胜利，对张大千来说，别有意义。他虽是四川人，但几乎一直在困境中，他的“地盘”在上海、在北平。沦陷区光复，青天白日旗飘扬在上海跑马厅畔的国际饭店顶层、北平正阳门城楼上，张大千才算是龙归大海了。

北平与上海相较，自然是前者更为张大千所喜爱。战前一直寄居颐和园，战后他既决定在北平长住，当然要有自己的住宅。这时他没有钱，但有画，还有人愿意买他的“期货”，这样两下一凑，凑成了五十根条子——黄金五百两，足可在北平买一座前清的王府了。

结果他是买了画。如今捐赠台北“故宫博物院”的那幅董源的《江堤晚景》，都知即为此五百两金子所易得。但他实际上至少有三幅董源的真迹。尚有一幅《潇湘图》，为董其昌旧藏。其前董其昌题识，谓“此卷予以丁酉六月，得于长安，卷有文三桥题董北苑，字失其半，不知何图。既展之即定为《潇湘图》，盖《宣和画谱》所载。”

此图为宋朝内府所收，复有文彭题端，其为真迹，已无问题。最妙的是董其昌自道昔年宦游长沙时，见潇湘风景，诸如“蒹葭渔网，汀洲丛木，茅檐樵径，晴窗远堤，一一如此图，令人不动步而重作湘江之客”，因而感叹昔人“以画为假山水，而以山水为真画”是颠倒了。

还有一幅是南唐顾闳中的《韩熙载夜宴图》。韩熙载是山东人，朱温时以进士登第，与乡人史虚白隐居嵩山。南唐兴起，变姓名渡淮河至建康；到李后主时，已是三朝元老。由于李后主对北人颇多猜忌，韩熙载以形迹不检自污，以求苟全，而《夜宴图》即为李后主窥探韩熙载私生活而产生的画幅。

《宣和画谱》记载："中书舍人韩熙载以贵游世胄，多好声伎，专为夜饮，虽宾客糅杂，欢呼狂逸，不复拘制，李氏惜其才，置而不问。声传中外，颇闻其荒诞，然欲见樽俎灯炀间，觥筹交错之态度不可得，乃命闳中夜至其第，窃窥之，目识心记，图以上之。"

此图为清宫所藏，有"太上皇帝"御玺，高宗篆书题签。在此以前，则有年羹尧的收藏印，可知此图于雍正年间，年氏被祸时，入于内府。

张大千的五百两黄金，实际上主要是买这件《韩熙载夜宴图》与董源的《潇湘图卷》。至于《江堤晚景》，是后来考定为董源所作，最初是当明画买进来的。

以《夜宴》《潇湘》两图相较，则前者尤为珍贵，因为顾闳中略早于董源，而传世之作绝少，且《夜宴图》既有掌故，篇幅亦大于"《潇湘图》数倍"。此一为上海大收藏家庞元济称之为"奇迹"的《夜宴图》，由年羹尧到张大千，颇有一番曲折在内。

此图以年羹尧获罪抄家，归入内府，为高宗所珍赏的名迹之一。乾隆六十年归政后，移居宁寿宫，所携去供颐养展玩的书画，皆为精品，此图亦在其中，故钤"太上皇帝"一玺。

乾隆崩后，嘉庆孝思不匮，将宁寿宫中的书画、玉器、古玩等等一律装箱加封，贮存于建福宫库房。建福宫在"西六宫"之后，原为"阿哥所"，即皇子住处；并排五座院落，称为"乾西五所"。西二所为乾隆居藩的"潜邸"，践祚后改称重华宫，以后又向西延伸，改建了一座建福宫及一座西花园，为乾隆住大内时最喜到之地，所以嘉庆将皇考的遗物封存于此。自此经嘉、道、咸、同、光、宣六朝，历时一百二十年，无人过问。

民国十年，“小朝廷”中称为“宣统十三年”，溥仪十六岁时，终于为他发现了。据溥仪在《我的前半生》中自述：“我十六岁那年，有一天由于好奇心的驱使，叫太监打开建福宫那边一座库房。库门封条很厚，至少有几十年没有开过了。我看见满屋都是堆到天花板的大箱子，箱皮上有嘉庆年的封条，里面是什么东西，谁也说不上来。我叫太监打开一个，原来全是手卷、字画和非常精巧的古玩玉器。后来弄清楚了，这是当年乾隆自己最喜爱的珍玩，乾隆去世之后，嘉庆下令把那些珍宝玩物全部封存，装满了建福宫一带许多殿堂库房。我所发现的，不过是其中的一库。有的库尽是彝器，有的库尽是瓷器，有的库尽是名画。”

溥仪凭空发了这么一笔“洋财”，贪念顿起，开始偷运书画出宫。上行下效，盗风大炽，至民国十二年六月间，建福宫终于发生大火。据载涛之子，为溥仪伴读英文的溥佳回忆：“建福宫一带包括静怡轩、延寿阁、慧曜楼、吉云楼、碧琳馆、妙莲花池、积翠亭、广生楼、凝辉楼、香云亭等”，其中“奇珍异宝，堆积成山，是清宫存放珍宝最多的地方”。

太监勾结内务府人员监守自盗，本为恒有之事，但大规模的偷盗，则由于溥仪的带头。溥佳有这样一段持平之论：“如果要推本穷源，也不能完全归罪于太监，应该说是‘上有好者，下必甚焉’……自我进宫伴读时起，就常听说太监有小偷小摸的行为，只是还没有听说有大批丢失的情况。一九二一年以后，溥仪、溥杰和我，有时把宫内收藏的珍本古籍和历代名人的书画偷运出宫，开始我们还自以为做得十分严密，其实太监与护军们早就知道了。那时太妃们也常把珍贵物品交给心腹太监运出去变卖，当时北京的各个古玩铺就不时发现宫内的古物。因此，这就影响到太监们的偷盗之风，越来越严重。”

监守自盗行将败露，或无法交账时，必然纵火，此亦是历来几无例外之事。其时溥仪经常“叫太监把各宫收藏的古物，搬来玩赏”，在建福宫被焚之前，为溥仪授读英文的庄士敦建议“把清朝历代皇帝的画像和《行乐图》取出拍照。当时溥仪正苦于无所消遣，听此建议当然很高兴，于是庄士敦就和一家美国照相馆接洽，每天下午由一个美国摄影师到宫里拍照。这些画像都储藏在建福宫里，拍摄时就叫太监到建福宫去取，每天大约拍摄十来张……溥仪经常让太监到各宫去取古物来玩赏，太监们见了早就有些心虚，现在又拍摄这些画像，太监们有时竟取不来了。大概是那些监守自盗的太监，眼看自己就要暴露，就不得不用火来消踪灭迹了。”

所谓“取不来了”是指郎世宁画的《行乐图》为太监所盗卖。如俗称为香妃的容妃戎装骑马，随高宗巡狩的画像流落在外，即很可能为“赃物”。此中还有一个很重要的原因是，庄士敦一向主张对太监严格管理，更促成太监们“一不做，二不休”的决心。

起火那天是六月二十九日晚九点多钟，溥佳追忆亲身经历说：“溥仪几次给我家打电话，适值我们全家都去看戏了。散戏时已近午夜，我们走到景山东街，就看到宫中火光冲天，父亲与我赶忙奔到宫中，只见溥仪正在万分焦急。他见了我们，就叫我父亲给王怀庆（时任京畿卫戍总司令）、薛之珩（警察总监）、聂宪藩（步军统领）打电话，请他们速派消防队来救火。当时宫内有一座小发电厂，专供宫内照明之用，怕引起更大的火灾，把各处的电源都切断了。这时宫内到处一片漆黑，使人更感到烈焰冲天、凶猛可怖。”

消防队是到了，但宫中无自来水，井亦极少，只能利用御河水灌救，无奈火势过炽，水压不足，由北面延烧到西花园的主要建筑延春阁。此阁三层耸峙，重檐复宇，青琐绮窗，最为伟观，此时着火倒塌，被灾的面积，更加扩大。复宇连云，顿成火海，连一两百年的参天松柏，亦遭波及，几有不可收拾之势。

这样烧到凌晨二时许，意大利公使馆派了三十几名士兵来救火，用拆屋隔断火道的办法，抢救到上午七点多钟，才控制住火势。消防队继续警戒了两天，方始撤退。溥佳记述：“这次大火，共烧毁房屋三四百间，损失的物品，除延寿（春）阁里收藏的全部古物都被烧毁外，记得起来的还有广生楼的全部藏文大藏经、吉云楼、凝辉楼的数千件大小金佛与金质法器等。据说其中最宝贵的是金亭四座，都是钻石顶，景泰蓝座。中正殿雍正时制作的大金塔一座、全藏真经一部和历代名人书画等等，也在一夜之间，付之一炬。”

因为有此浩劫，为祝融收去的书画名迹，已无法详细查考。但溥仪所偷盗的实在不少，当时文物是用“赏溥杰”的名义，公然送至宫中称为“北府”的醇亲王载沣的府第。据溥仪自述，这些珍品是打算作为“兴复”的资本之用。

民国十四年“首都革命”，溥仪被逐出宫，当局组织“清室善后委员会”，接收故宫文物。据庄严在他所著的《山堂清话》中说：“点查人员在景阳宫与钟粹宫里发现了不少的大木箱，箱内装满历代的书画。”这些书画“根据《石渠宝笈》的著录，都应该是分属于乾清宫、重华宫和其他各宫殿，而不应该在景阳宫和钟粹宫里的”。这又是什么缘故？

这个疑团直到后来在养心殿发现“赏溥杰单”和“收到单”各一束，方始解开。两单内容，大致相符。总计“赏溥杰”的历代名迹，在一千件以上，集中在景阳、钟粹两宫的，正就是“待赏”之件。此外在懋勤殿后小厨房中，发现一批极名贵的剧迹，计有卢鸿《草堂十志》、赵孟頫《鹊华秋色》、怀素《自叙帖》、颜鲁公《祭侄文稿》、黄山谷《松风阁帖》、王右军“三帖”、徐浩书《朱巨川告身》、孙过庭《书谱》、褚遂良《飞马帖》《长风帖》等等，那都是即将要“赏溥杰”的。

从民国十四年到抗战胜利，这二十年中，“赏溥杰单”中所列的一千多件书画，从无一件流出市面，那么到哪里去了呢？答案是在“伪满洲国”。

二次世界大战结束，“伪满洲国”解体，伪宫“御藏”的文物遍街都是。凡遇大变乱时，最不值钱的东西往往是细民所陌生的字画古书，在长春当时是论袋计价——一麻袋多少钱？识货的人带入关内，一入北平琉璃厂，身价大涨，何止万倍。古董商人当时称这批文物为“东北货”，庄严后来核对“赏溥杰单”，都在“东北货”中。

琉璃厂中因“东北货”而发了大财的，不知凡几。张大千虽去得晚了，但由于他的精鉴的眼光，也搜到了许多好东西。顾闳中《韩熙载夜宴图》，即此刻所获。据张大千亲口告诉庄严说：“观后为之狂喜，觉得非买不可。可是该卷索价奇昂，房子与古画既然不能兼得，经过数日考虑，终将顾卷买下。因为那所大王府不一定立刻有主顾，而《韩熙载夜宴图》却可能一纵即失，永不再返，所以我把买房子的金条，完全移用买画。得画不久，北方局势日非，定居北平的计划，遂不幸而不得不放弃，携卷离开北平之后，终于无法再往。然此卷名迹却始终随身携带，我甚至刻了一方图章，印文是‘东西南北只有相随无别离’，钤盖在此画卷上。倘若当日不能弃屋而就画，则必两者皆空。”庄严又说：“大千言下，颇有得色。”由此可知，说张大千以五百两金子买了一幅董源的《江堤晚景图》，稍嫌失实。

民国四十三年在日本所印、一九七八年又由台湾联经出版事业公司重印的《大风堂名迹第一集》，收有董源的画两件，一为《潇湘图》，一即《江堤晚景图》。前者见于《宣和画谱》著录，有董其昌前题后跋，并有王铎的题识，易于脱手。至于《江堤晚景图》，原是当赵孟頫次子赵雍的作品买进来的，未几考订为董源所作，好几年以后，他的女婿萧建寅为他找到赵孟頫书札的复印本，证明了他的考订不虚。这幅画的价值应在《潇湘图》之上，而以前未脱手者，可能由于说董源所作仅是张大千考证，缺乏直接证据之故。

同样的情形，还有一件《六马图卷》，亦为嘉庆封存，见于“赏溥杰单”，流为“东北货”而为大风堂所珍藏者。清宫著录为北宋赵伯驹所作，而张大千定为唐画，题识如下：

“此唐人笔也。敦煌诸壁画可证。世传唐画烜赫者，无如韩干《照夜白》及《双骥图》，一为李后主题，一为道君题，皆不及此卷意态之雄且杰。乃清高宗既知千里款印俱伪，而犹以为千里，何耶？”

“千里”即赵伯驹，宋朝宗室，为太祖七世孙，与弟伯骕皆擅丹青，张大千这段题识，是针对清高宗而发。原卷左上方，有清高宗乾隆二十六年所题的七古一首，卷书处“并识”，说原题赵伯驹作，细看款与印皆“失真”，但确为赵伯驹所画，猜想有人将原卷一裂为二，款印在后幅，前幅款印，后人所加。

这个猜想不能说不合理。但张大千劈头就以敦煌壁画作证，说“此唐人笔也”，故末尾语带讥嘲，似笑乾隆眼力不高。中间谓此卷胜过韩干的《照夜白》及《双骥图》，语亦有刺。唐人画马专家，首推“将军魏武之子孙”的曹霸，韩干是他的入室弟子。玄宗好大马，据说御厩畜至四十万匹，其中名驹，韩干皆曾图形，有《玉花骢》《照夜白》等。《照夜白图》曾著录于张彦远的《历代名画记》，并可能为张彦远所收藏，因为上有“彦远”名款。安岐《墨缘汇观》记此图云：“白纸本，短卷，白描一马击柱上，神骏异常。卷有彦远二字，及南唐标题押字，后角一芾字及贾秋壑二印。前纸有向子谭、吴说二题，后多元人题识。”所谓“南唐标题”即张大千所说的“李后主题”。意思是说韩干所画两图，名气所以如此之大，半因归功于李后主与宋徽宗标题。

这件名迹后来归于恭亲王，已只剩册叶一开，而非安岐所说的“短卷”。米芾的题名及贾似道的收藏印，还在图上，而“向吴二题”及“元人题识”，必已剥去。但光是这一开册叶，由恭亲王传至其孙溥心畬，售予英国戴维德，颇得善价。张大千既能证明出于唐人之笔，且画得比韩干更好，可想而知地，亦能卖得很好的价钱。这是张大千在敦煌苦了两年多的报酬之一。

胜利之初，张大千在北平所搜购的“东北货”，自不止于上面所谈的三件名迹。如《大风堂名迹》第一集，影印元朝吴镇的《渔夫图》，有“乾隆御览之宝”一玺，及“石渠宝笈”“南斋”。

两印应为原藏于南书房之物。张大千战前的收藏，一部分因抗战在苏州损失，是为“荆璧碎于吴门”；一部分因筹措敦煌耗费及庞大的家用，在四川出让，即所谓“隋珠散于蜀郡”。《大风堂名迹》四集所影印者，皆为胜利以后购入，其中大半亦成“隋珠”，而最可惜的当然是《韩熙载夜宴图》。据谢家孝记述，张大千侨居印度大吉岭时期，经济最为拮据，当时就曾打算出让《夜宴图》而不果。以后在“举家拟迁往南美之前，为筹措旅资及安家费，终以两万美金价格割爱了《韩熙载夜宴图》。更不意此一名迹经古画商人之手，终于转卖回大陆去了。”

除了收藏名迹以外，张大千还有好些收获，最大的自然是名声。名声之盛，是由于他的爱朋友、讲信义、好热闹，以及豪迈无匹的作风。这种作风在抗战时期的大后方，并不适宜，而在北平，就很吃得开了。

张大千有各式各样的朋友，为他提供各式各样的帮助或服务，他则还报以各式各样的贡献或酬谢。但张大千交友虽广，择友却颇有分寸。如唐嗣尧所作的纪念文中，有一段记叙，就可以看出他的为人。

唐嗣尧在战前曾任北平京华艺专董事长，是张大千的好友，抗战期时中，两人在香港、在四川常有往还。胜利以后，两人在北平重逢，唐嗣尧尽地主之谊，曾有两次盛会，唐记："一在中山公园来今雨轩，一在颐和园景福阁，柬邀故都名士数十人与之话旧，是日袁云台居士，亦因其长公子蓉孙教授代为敦请，破例参加。余并请张伯驹先生邀请余叔岩、马连良、梅兰芳、程砚秋、尚小云、荀慧生、韩世昌、金少山、郝寿臣诸名艺人清唱助兴。是日到会除以上友好之外，尚有名学人清华大学梅月涵、冯芝生、邓叔存，燕京大学张东荪、张申府、陆志苇，北京大学朱孟实、郑宜生、郑华炽，中国大学何克之、陈聘之、左宗纶、姚曾廙、傅佩青、杨丙辰、王之相，银行界岳潜斋、杨济成、张企权、全绍周诸先生。饭后，袁乃宽先生豪迈犹昔，认为抗日胜利得来不易，应借张大千先生来平机会，由岳、杨、张、全四位银行经理做主人，在其城南袁家花园（该园昔为项城招待各省督军省长之名园），大事庆祝一番，以洗北平沦陷八年之耻辱与痛苦，唯因大千先生坚辞作罢。"

张大千为什么坚辞呢？就因为他的名字不妨与袁云台——袁世凯长子克定，字云台——连在一起，但决不能作袁乃宽、岳潜斋的贵宾。袁乃宽是"洪宪余孽"之一，声名狼藉；岳潜斋其人，则在张大千更应远避。

原来岳潜斋是盐业银行北平分行的经理，盐业银行为袁世凯的表兄，亦即张伯驹之父张镇芳所创办，盐业银行在袁世凯由"逼宫"到"窃号"这五六年中，与"内务府"大臣世续等颇有勾结。

张镇芳即是其中穿针引线、两头奔走的联络人之一。因为如此，"小朝廷"的"内务府"是盐业银行的大客户，长袖善舞的岳潜斋便利用"内务府"的"司官"发了一笔大财。

原来清室逊位，虽由北洋政府与其订有"优待条件"，但岁费并不能如期如数发给，因此"内务府"便以典卖宫中珍物来应付庞大的开支。溥仪婚前，有一批古物向英商汇丰银行抵押了四十万银元，以后转入所谓“北四行”的大陆、盐业两行。岳潜斋复经由“内务府郎中”金某的奔走，将这批货款改由盐业独家承做。时当溥仪“大婚”，又做了一批二十万元的古物押款，总计本金为六十万元，但“内务府”从未付过利息，以致利上滚利，连本应偿之数已超过本金一倍有余。

这一来，“小朝廷”自更无力赎回了。于是在又一次转期届满后，盐业采取拒绝转期、没收抵押品的最后措施。清室派“太傅”陈宝琛向盐业交涉，说这批抵押品是历史文物，不能以一般的动产看待，应该妥为保存，不能以不还款为理由即可自由处置。盐业银行总经理吴鼎昌与北京分行经理岳潜斋商量后，决定维持原来的处理办法。

没收以后的这批古物，据张伯驹说，先由岳潜斋与吴鼎昌将其中精品的玉器与瓷器作价收购，但价格极低。玉器大部分是餐具，质地极细极薄，每件时价都需数千元。瓷器约计二千二百多件，仅是一对称为“东青瓶”的花瓶，古玩商估价即值二十万元。英国有名的中国古物收藏家，也就是从溥心畬处购得韩干《照夜白图》的戴维德爵士，他所收藏的瓷器，即从盐业银行购得。

民国十四年溥仪被逐出宫，故宫被接收并决定成立博物馆后，盐业银行深知古物押款问题必被追究。岳潜斋派人四处活动，暂得无事，但问题仍旧存在。以后是许了载涛若干好处，由他出具一张古物已经赎回的证明作为搪塞，其事也就不了了之了。

这些内幕，张大千战前在北平便听人谈过。张大千如接受岳潜斋的邀宴，必定会使人联想到“敦煌盗宝”的传说。当时张大千自敦煌回成都，沿途须经五十二道关卡的检查，尽管有军政部所发的“各地关卡军警免验放行”的电令，但许多地方仍旧照查不误，亏得张大千确无“盗宝”之事，才能“过了一关又一关”。这是张大千平生最不愉快的一种经验，所以他决不愿与岳潜斋的名字连在一起，以免引起难以忍受的误会与麻烦。

抗战胜利后的那几年，张大千很得意，年年有画展，在上海、香港每一次展出，“复订”的红条子令一般画家艳羡不已。同时，他的作品被介绍到欧洲，参加联合国文教组织于巴黎现代美术博物馆的现代画展后，复被邀至伦敦、日内瓦、布拉格等地展出。张大千是真正具有国际地位了。

十三
上清沦谪得归迟

大陆局势变化后，张大千遭遇了平生最大的难题——何去何从？

要找适于他生活的地方，这个拣择就难了，因为必须有这样几个条件：第一，是安全，这是最基本的要求；第二，是安定，不安定的环境中，必不能发展文化艺术，谁来买他的画；第三，是自由，能容他自成天地，不受干扰；第四，繁华富庶，至少是大家都在追求繁华富庶，他的散漫花钱，才不致引起非议，同时他也才能心安理得地享受他的豪华生活。除此四个必要的条件之外，另外还有一个列入考虑的条件：如果是在海外，最好是华侨多的地方，因为他爱朋友，好热闹。

一九四九年初，他到台湾来过一趟，还在台北青年会开了一次画展。此行是来看看情形。当时安全可保，安定则还谈不上，繁华富庶更是奢望。张大千可以跟人共患难，但不能与人共藜藿，不过此行他亦很有收获，结识了一个朋友，晚年成为他的骨肉性命之交。

一九四九年十二月初，他由成都来到台湾，旋即转赴香港，此时他已选定了一个地方：印度。这不会是他定居之处，但可以打天下求名求利。张大千有把如意算盘，印度刚刚独立，是个暴发户，只要有术，赚暴发户的钱很容易。而且暴发户每喜附庸风雅，张大千以他敦煌面壁的经验，不论谈壁画，谈当年西域诸国的历史，怕不歆动那班土王？

这是地利。人和则驻印“大使”罗家伦昔年当“中央大学”校长时，曾由徐悲鸿陪同，登门敦请他去执教。有此一段渊源，不愁没有照应，而况捧张大千，说起来也是罗“大使”分内该做之事。

想是想得很好，哪知罗家伦要下旗归台了。这一下将只好暂住大吉岭。

后来几经考虑，他决定向南美发展，因为举世滔滔，南美似乎是关系不那么复杂的地区。

在南美，他选中的国家是阿根廷。张大千不喜欢政治，但有“布衣傲王侯”的思想，不过未傲之前，先要看看此王是不是“假王”，此侯是不是“关内侯”。如果是，根本就不值得傲了。当时贝隆夫妇[1]的地位，远较现在马科斯夫妇[2]的地位来得稳固，这是张大千选中阿根廷的一个主要原因。

一九五二年初秋，张大千经由一个晚年断绝往来的密友，在香港卖去《韩熙载夜宴图》及《潇湘图》做置装费，率同子弟门生，自香港启程赴巴西。此行多少有破釜沉舟的情怀，因此准备相当充分，带去黑白猿六，波斯猫、杂色猫各四，名犬四，箱笼论百计。但据一位新闻界前辈说，箱子是“金玉其外，败絮其中”，不过气派非常惊人，所以到阿根廷不久，就由贝隆夫人接见，声名一下子起来了。

这就是张大千的术，但只是求能立足而已，要想站稳，在术以外，还要靠本事。在阿根廷，他在名为门萨的地方，租赁了一所极大的花园洋房，题名“昵燕楼”。燕字两解，通“夜宴图”之宴，一解；自拟为秋去春来的燕子，“海燕双栖玳瑁梁”，只是在“卢家少妇郁金堂”上，暂时寄居。又画了一幅《移居图》告慰故人，题画诗云：“且喜移家深复深，长松拂日柳

1 指阿根廷政治家胡安·贝隆和伊娃·贝隆。

2 指菲律宾政治家费迪南德·马科斯和伊梅尔达·马科斯。

垂荫。四时山色青宜画，三迭水声淡入琴。客至正当新酿熟，花开笑倩老妻簪。近来稚子还多事，黯绿篇章学苦吟。”（转引自谢家孝著《张大千的世界》）

溥心畬见此图后，题七绝一首云：“夷歌卉服非君事，何地堪容昵燕楼？”

果然，在阿根廷住不到一年，张大千又要移居了。这一回是看中了巴西。

在巴西，张大千却有久居之计，因为巴西比阿根廷的条件好得太多。第一是地大物博，正在开发，是块“旺地”；第二，其时中国人移民巴西的很多，华侨在当地将会自成天地，张大千不愁没有人捧；第三，阿根廷有居住权的问题，而巴西却欢迎外国人来协同开发。

张大千有好些朋友在巴西辟农场，他托他们物色了一块地，距圣保罗七十五英里，约两百亩大，原是一个柿子园，还种了两千多株的玫瑰花。张大千买下来以后，当然要加以改造。

这是张大千平生第一次起造园林。画家没有不爱园林的。事实上构筑园林为绘画的进一步创造，尤其是叠假山，非胸有丘壑者不办。巴西缺乏玲珑剔透可用来堆栈假山的石头，而且两百亩大的园林中，只叠一堆培塿似的假山，也不像样，所以张大千只能尽量利用平面。

中国式的园林，最要紧的是得有一泓活水，在较大的城市中，引水入私人园林，常需官府特准。张大千开辟了一座三十亩大的水池，水源来自天上——常有骤雨。湖畔建了五座亭子，点缀风景以外，有个很实际的功用，即是避雨。张大千策杖闲行，一遇骤雨，即在亭中避雨看雨，一片空蒙，似烟似雾，这对他以后泼墨、泼彩的画风是颇有影响的。

辟池以外，最大的工程就是栽花种树。由于他对故国草木情有独钟，因此保留了柿子树，拔除了所有的玫瑰，另栽梅花、牡丹、芙蓉、杜鹃、海棠，种树则以松柏为主，当然还少不了一片竹林。林畔花间，还得有瘦皱透[1]的好石头点缀。据说它们远自台北、东京，航海而去。张大千巴西建园，最大的耗费就在这些花卉树木、奇石盆景上面。

这座园林经营了好几年，命名为“八德园”；池名“八德池”，又叫“五亭湖”。池名“八德”，取义于佛经的“八功德水”，一望即知，园名“八德”，就有许多说法了，最容易使人想到的是四维八德之八德。他自己对人说，柿有七德，但他后来又发现柿叶泡水，可治胃病，故为八德。张大千喜欢故作狡猾，以欺浅人，事实上他的八德园之八德，出于《庄子·齐物论》：“夫道未始有封，言未始有常，为是而有畛也。请言其畛：有左有右，有伦有义，有分有辩，有竞有争，此之谓八德。”这表示了他正视人生、享受人生的态度。

八德园中三十亩大的八德池以外，还有一座较小的池子，命名为“灵池”。灵池之灵，易君左有文记述：“其赀财之有无丰啬，一视池水之容为准，盈必裕如，缩则见肘，枯则无隔宿之粮矣。试之屡验。大千顷飞港见余，笑曰：‘内子寄吾书，谓吾行时，仅留数十元美金，今将竭矣，奈何？并附述家中琐事，谓池水又盈。书来时，吾已汇六千美金去矣。’”

张大千并没有吕洞宾点铁成金的手段，何以离家不久，便以巨款汇回巴西？如说是画展收入，则事先可以预计，与池水盈缩无关。“灵池”示兆，显为意外之财，从何而来。

原来张大千是以买卖书画，凭眼力获大利。他在台北、香港、东京都有坐探，一发现古人名迹，或者虽古而莫能评断的破旧字画，或者故家旧族有大批字画出售，一通电讯，张大千立刻搭机东来，如果值得买进，自然会有

1 指古典赏石的审美标准，“瘦”指石体形瘦健美，“皱”指石体表面有层叠交错的褶皱，“透”指石体前后、左右洞透而穿。

人垫本。

这三个地点，以香港为中心。薛慧山曾记其陪张大千看画云：“他的记忆力与领悟力确是惊人的，什么画都只要一看画头，立刻可以断定这画的真伪，旧时在何处见过，有什么题跋印鉴，等到打开画一看，果然丝毫不爽。有次陪他老人家半天看了五百帧画，其中挑出了真迹竟不过百一。”假与真为百一之比，而售价都是差不多的。换句话说，张大千是以买假画的钱购得真画，获利之丰，可想而知。

张大千最厉害的是，具“化腐朽为神奇”的手眼。如以前曾谈过的，一幅烂得沾不上手的绢本，经张大千交日本目黑堂整理后，加上题跋，当作唐玄宗的真迹，为人重价购去。类似的故事甚多，但他题跋中的论断，言之成理，信而有征，确能增加原作的身价，则为不争的事实。

据张大千告诉他的朋友，在巴西出让所收藏的画书，前后共得美金一百七十余万元，悉数投入八德园中。当然卖画亦是很大的一笔收入。卖画的方式，与一般画家有相同之处，亦有绝不相同之处。相同的是，大笔收入往往来自画展，自一九五三年至一九六九年，他在台北、东京、巴黎、布鲁塞尔、雅典、马德里、日内瓦、新加坡、吉隆坡、纽约、泰国、德国、伦敦、巴西、香港开过画展。不同的是，一般画家有收了润金，懒于动笔，久不交件者，而张大千则在急于用钱，常常允许经纪人预购他的画若干幅。当然，在这样的方式之下售画，是不能求得善价的。

一九七〇年，张大千定过一次润格，其前自题缘起：“投荒居夷，忽焉七十有二，筋力日衰，目翳日甚。老者丹青，渐渐拂拭，索者坌积，酬应为艰，不有定值，宁无菀枯，爰书此例，毫不见嗤于痂癖也。”画例分花卉及山水人物两门，以美金计价，“润金先惠，约期取件，至速在六个月后”。这张润格一出来，订件者纷至沓来，画债如山。虽以目疾作限制，事实上反而画得多了，这对于他的目疾，只有坏处，没有好处。这是可以预见之事，而不能不出者，是因为他又需要一笔钱用。

原来张大千又要移居了，这回是迁到美国。举家迁徙，构筑新居，当然需要很大一笔钱，便只有大量卖画了。

张大千舍弃了一住十七年的八德园，有许多不得已的原因。第一是巴西已经承认了新中国；第二是巴西政府有意在八德园附近开辟水坝，与其让人家来征收土地，不如早为之计；第三是巴西并不如他早先所想象的那样，在开发过程中，中国人能大量移民，自成一个符合中国传统的社会。

另一方面，美国却有好些吸引他的地方。譬如，在美国的朋友，到底比在巴西多得多。还有一个很重要的原因是，张大千的健康状况，已到了必须小心照料的程度，而在美国就医远较巴西来得妥当而方便。

在美国，暂居之处不过“可以居”而已。以后在洛杉矶附近的卡梅尔构筑“环荜庵”，格局不如八德园之大，而精致过之。移居美国后，张大千差不多每年要回台一次，而终于促使他下决心回台定居的主要原因，仍旧是为了他的健康着想。在家人友好一致劝告之下，张大千在台北构筑了他平生亲自策划的第三座园林。

一九七五年二月，台湾荣民总医院由内科主任丁农主持，为张大千做了一次非常彻底的健康检查。张大千一身是病，医院依危害生命严重性的程度，分别提出详细报告。第一是心脏病。那时他患心绞痛已有十年，经常服用硝基甘油舌片救急，一九六四年五月，他曾发生心脏衰竭的现象，住院治疗后，病情略见减轻。那一次详细检查后，证实他所患的心脏病，名为“冠状动脉硬化性心脏病合并陈旧性心肌梗死症”。

处方是每天按时服用一种专治冠状动脉的药片，胸痛发作，仍服甘油锭。当然身心不宜过劳，生活要有规律，是不消说得的。

其次是糖尿病。此病张大千在敦煌时期就已发现了。他一向讲究美食，不以为意，只是比较严重时，注射胰岛素，否则便只口服药片。但此种药片对心脏不宜，所以丁农规定他每天皮下注射胰岛素十六个单位。

第三种是十二指肠溃疡及胆结石。健康报告中说，张大千在“三十岁左右曾患腹痛，经治疗后，情况良好”。那次腹痛，便是在上海贪嘴吃冰激凌吃坏了肚子，李秋君昼夜照料、衣不解带，为医生误认她为“张太太”的那一回。此是张大千刻骨铭心之事，所以特为提出来告诉检查医师。

十二指肠溃疡与胆结石是有连带关系的。一九六五年他写信给他朋友说：“初在伦敦时，胸背痛楚，饮食无味，以为胃疾，及抵纽约，遂不可支，卧床十余日。及入院做详细检查，照X光片至二十余幅，所幸心脏肝胃俱好，唯胆囊结石大如龙眼者二枚，小者至数十粒，以致影响十二指肠溃疡，非动手术不可。以余旧有消渴，血糖颇多，开刀不易收口，是以惴惴。”随后又有一信：“需动手术，他无所苦，但需耗去四五千美金，不易措办耳。”

结果是并未住院开刀，胆结石是用口服药治得不再复发。他的不愿住院，当然不会因为“四五千美金不易措办”，而是由于怕有糖尿病开刀不易收口。

那年他六十七岁，事实上他早就有了这两种病。“荣总”的检查报告上说：“至六十岁后，始复有消化不良与腹部胀痛之症状，曾经先后接受上胃肠道及胆囊X光检查，发现有十二指肠溃疡及胆结石。其后经常服用胃药，而胆结石则未作手术治疗。”

又说：“此次体检，再次发现有十二指肠溃疡，为防病情恶化，应按时于餐后一小时及睡前各服用胃药二片。至于胆囊X光检查结果，未见胆囊显影，表示功能不良，应再做进一步检查，以确定诊断。”但以后并未再检查。

第四种是“重度腰椎退行性关节病”。张大千去世前几年，行动需人扶持，即此病作祟。检查报告中说：“张先生于六十岁左右曾感剧烈腰痛，经治疗后，始见减轻。唯自去年五月心脏病转剧后，即感两腿无力，站立不稳，无法自由行走，需使用拐杖或他人帮忙扶持，方能行走。此次检查，发现有重度之腰椎退行性关节病，椎间距离变窄，导致神经受损，以致行动不便。”此病需打针，“必要时亦可接受物理治疗，唯需视心脏病情形而定”。是故张大千入“荣总”做物理治疗时，事实上是心脏病不要紧，健康状况较佳之时。

第五种是“眼疾”，这是大家都知道，而张大千自己颇为担心的一种病。病起于一九五七年，有一次他在八德园督工，布置奇石时，亲自动手，不道眼中突然发黑，视力一直大受影响。这对他作画的影响是太严重了，因而专程赴美检查。原来那一次眼中突然发黑是右眼底的微血管破裂，淤血布于眼膜，才有“雾里看花”之恨。

眼底微血管破裂的原因是糖尿病的影响，因此釜底抽薪的治法是根治糖尿病，此外便是休养，禁止作画。问治标的办法，譬如开刀等等，暂时求得视力的恢复，如何？答复是：不可能。

这是张大千最不能忍受的一件事，因而转往日本求医，诊断的结果是一样的。此时的张大千心境灰恶，曾经写了一首题作《丁酉十二月目疾半年后作》的五律：

吾今真老矣，腰痛两眸昏。
药物从人乞，方书强自翻。
径思焚笔砚，长此息丘园。
异域甘流落，乡心未忍言。

但他毕竟不甘于流落异域，所以亦未焚笔砚，在痛苦中挣扎，反而逼出泼墨山水、简笔人物的新画风。因此半年以后，六十岁生日，他作了一幅素描式的自画像，题款云：

“戊戌四月初一日，大千居士年六十矣！拈笔自写尘貌，并拈《浣溪沙》一阕题于上：

“甘作流人滞异邦，故乡虽好未还乡，人生适志更何方？挟瑟共惊中妇艳，据鞍人羡是翁强，且容老子引壶觞。”（又补题一行：起语易“弹指流年六十霜”。）

这首自寿的小令，“据鞍”句话颇不庄。下一年，亦即实足年龄满六十的四十八年己亥，另画一像，并将那首《浣溪沙》改写成七律：

如烟如雾在堂堂，弹指流年六十霜。
挟瑟每怜中妇艳，簪花人笑老夫狂。
五洲行遍犹寻胜，万里归迟总恋乡。
珍重余生能有几，且揩昏眼看沧桑。

诗题是：“大千居士年周六十矣，自写尘貌，并赋此诗，己亥嘉平月在三巴之摩诘山园。”

八德园所在地，张大千命名为摩诘镇。唐朝以四川巴山区域分为巴中、巴东、巴西，合称三巴，故张大千径以三巴称巴西。诗词合看，词中有一股故作倔强、以寄不甘之意，诗意缓和得多了，足以看出他的心境的变化。

张大千的目疾，左右眼不同。“荣总”的健康检查报告中说：“右眼为糖尿病性眼底微血管破裂，左眼为白内障。其后右眼曾先后三次接受镭射光凝固疗法，结果视力更加减退，几乎无法视物。其左眼于一九七二年经手术治疗后，颇有进步。此次眼睛检查结果，尚有重度之糖尿病性视网膜病变。”疗治之道，则仍在“继续控制糖尿病”。

第六种是皮肤病，虽为鳞甲之患，亦为张大千带来相当的苦恼。

这份健康检查报告，措辞力求平淡，为的是避免刺激张大千本人。但他的家人及至友，都知道张大千病况之严重，已到了很危险的程度，尤其是“冠状动脉硬化性心脏病合并陈旧性心肌梗塞症”足以致命。“荣总”所编印的《健康读本》第九册，解释“冠状动脉硬化性心脏病”说：“这类疾病的轻重，依冠状动脉血流不足的程度而定。如果单是冠状动脉粥样硬化而仅使管腔狭窄，则可能引起我们所熟知的心绞痛；若冠状动脉或其分支完全阻塞，则可能引起心肌梗死，其后果则视梗死的部位及范围的大小而定。通常是阻塞部位的心肌因缺氧而坏死，以致该部分心肌不能收缩，而终于引起左心脏衰竭或休克。但这类疾病的轻重及病程，常无一定轨迹可循，轻至可无症状存在，或显心绞痛、心肌梗死、充血性衰竭，或重至突然死亡。”

于此可知，检查报告中的指示“平常应经常与心脏科医师保持密切联系”，实为“可能随时需要召医急救”的另一种说法。“环荜庵”所在地的卡梅尔，顾名思义，可知是个少人烟的偏僻之处，到洛杉矶要好几个小时的汽车行程，召医不便。而且在美国延医住院，不但费用昂贵，同时亦不可能像在“荣总”住院那样，受到贵宾式的接待，更不可能以张大千住院写成新闻见报，受到社会普遍的关注。

因此，回台定居，俾期延年益寿，是张大千唯一能做的选择。一九七五年腊月，张大千束装归台，临行犹赶还了好些画债。但诚如他自己所说的，他最好的画都是送人的，有一幅设色的《归妹图》，以介乎工笔与简笔之间的笔法，传写真与写意之间的神韵，为他的人物画的新境界，也是张大千病目以后，与泼墨泼彩的山水同为难得的成就。

他把这幅画送给了俞大纲，题画诗云：“新声别纂焚香记，误笔翻成归妹图。敢乞岁朝蓝尾酒，待充午日赤灵符。”后又补题：“两年前得观大纲先生为小庄小友改编元人《焚香记》，上演台北，幽抑宛转，不去于心。每思作数笔画，以报先生之雅，而衰病缠身，腕手颤掣，未由呈正。顷者小瘳，努力‘归国’，追忆当时情境，仿佛若有所遇，率尔成此，乃为家人所笑，此终南归妹图耳，与台上未为吻合。予亦哑然，但此时适值岁除，君言亦复大佳。唐宋以来皆于岁朝图画钟馗，袚除不祥，降至晚明，始于午日悬挂耳。”题款是“大纲吾兄方家哂正”。

《焚香记》为明朝传奇作家王玉峰所撰，张大千误记为“元人”。俞大纲改编的《焚香记》，即是《王魁负桂英》，王玉峰原著即描写王魁与莱阳名妓殷桂英的故事，曾收入“阅世道人”所编《六十种曲》。以后汤显祖根据蒋防所著以霍小玉与李益为主角的小说，撰成《紫钗记》，情节与《焚香记》大同小异，以致《焚香记》在南曲中湮没不彰。

可是《王魁负桂英》在川戏中却是能叫座的一出好戏。所以俞大纲为郭小庄改编完成，初度上演时，正好被在台北的张大千极其欣赏。《归妹图》之“妹”，原是桂英，以郭小庄为模特儿，画的是后侧影，那一头披散的长发，线条之遒劲飘逸，真可谓古今无两。但王魁却画得真像钟馗，唐宋衣冠，大致相同，错亦难怪，唯“台上未为吻合”，则是实情，无怪他的家人会将王魁认作“终南进士”。所谓“君言”者，指俞大纲的话，“唐宋以来皆于岁朝图画钟馗，袚除不祥，降至晚明，始于午日悬挂”。有此一番解释，张大千便索性当作钟馗《归妹图》，正好作为年礼送俞大纲。此图必传，而有此一番曲折，形成“佳话”，益增此图的价值，特为表而出之，后世画坛可免一番考证了。

这年的农历新年，张大千过得很热闹，当然也很高兴。他所希望享受的东西，声名、友情、传统的中国风味，差不多都有了。钱，在他不是问题，所感不足的只是健康，而这也唯有在台北才能得到最好的照顾，因而更加强了他在台北构筑新居的决心。但也有少数亲友，不赞成他回台北定居。谢家孝说："他们表面上都是维护他的健康理由、经济理由，也勿庸讳言多少也有出自私心的动机。"所谓"健康理由"，当然已不能成立；"经济理由"却不能说毫无道理。

据谢家孝记述，张大千"在国外的开销收入都是以美金计，据说一度有经纪人代理，限定作画交画之期，如居台湾，海外收入难以为继。巴西八德园、美西环荜庵的开支，未必能紧缩多少，再加台北一处家，对大陆上的亲属尚有定期援助的开支，回台北就算有收入，也以新台币计，如何应付得了？"但这些言之成理的劝说，并不能动摇张大千的决心，而且一过了年，他便开始物色建屋基地，开出了三个条件。

这三个条件中，主要的无非近郊附郭，有山有水。当初行政部门有意建屋相赠，但张大千坚决辞谢，最后选中了外双溪的一块地。山翠扑人以外，张大千的本意是想引溪水入园，结果未能如愿。

园成题名"摩耶精舍"。张大千从一九七八年开始，除了一趟韩国之行以外，足迹不出台湾，是真正落叶归根的定居。

摩耶精舍的树木、奇石、盆景，大部分由美国运来，其中且不乏原自巴西八德园运至美西环荜庵，复再自海道或空运来台。辗转万里，不忍相弃，虽为张大千情深一往的象征之一，但也为中国起造园林，创造了一个新记录。

五百年来最讲究园林的，自然是清高宗，有人说他在位六十年，无一年不经营土木，特别是在每一次南巡以后，必有仿照江南名胜改建的工程。当然，以靡费来说，张大千何能与天家富贵相比？园林的规模，更是比都无法比的一件事。可是，清高宗材料的来源，至多仿建“西洋大水法”时，采用了意大利的大理石，此外纵或巨木大石，采自深山，毕竟还是在海内。像张大千这样木石花草，大部分来自海外，那就比清高宗都阔了。

除旧有者以外，点染园林新添的花卉，亦耗费了他论万计的美金。他在台的长子保罗曾数次衔命赴日本访购各种梅花，自植于精舍之余，并献赠慈湖、中正纪念堂和台北中山纪念堂等处。

早在环荜庵时，他就植梅百本，并赋诗明志：“殷勤说与儿孙辈，识得梅花是国魂。”梅花在他有特殊的意义。八十以后，他更以梅自拟，其中确有对人世无限眷恋之意。这在他新年送画，或赠画贺寿，常绘红梅，且每钤“春长好”一印，亦可以反映出来。不过，毫无疑问的，“落梅”二字，亦常盘桓在他胸次，无法消除，由此而做身后之计，于是乃有“梅丘”之想。

“梅丘”是一块重量超过五千公斤的巨石，上下皆锐，成一梭子形，将其立直后，望去宛然一幅台湾地图。那是张大千在美国时，有一次在卡梅尔海滨发现的。他跟米芾一样有石癖，虽不致下拜，却实难割舍，打算拿它移回环荜庵。这在美国法律是不禁止的，但雇工租用起重机搬运此石，论重量计价，花了上千的美金。

张大千将此石题名“梅丘”，孔子名丘，依清朝雍正年间所定避讳之例，丘字缺笔作“𠀉”。亲笔题写，精工铭刻，还作了一首诗：“独自成千古，悠然寄一丘。”从诗意中看，张大千当时已有倘或客死异国，便埋骨于此石之下的打算。

摩耶精舍落成，张大千想起这块巨石，得船王董浩云之助，由海道运到台北，树立于摩耶精舍后院高处，埋骨于此石之下的初衷未变，但想法却不同了。

他的想法不难测。他生前既好园林，身后当然也想有一片春秋佳日，足资游客登临凭吊的墓园。如果是在大陆，他可以挑一处名胜之处，购地一区，自营生圹，可是在台湾办不到。购地不易，犹在其次，主要的是蒋公亦只暂安慈湖，多少达官贵人，下世后不过在阳明山占一弓之地，他可能辟地数亩，大张旗鼓地自营生圹？这是要挨骂的事，张大千决不肯做。

何况就算办到了，墓园要人照料，就算有孝子贤孙，无奈旅食四方，只怕春秋祭扫，亦难如愿，哪里谈得到照料墓园？然则即使这片墓园修建得极其精美，也只风光得一时而已。

这样，就自然而然地产生了一个想法——如果他寄身于梅丘之下，而摩耶精舍赠给公家，成了一个观光的目标，则不必他生前提出要求，身后自然而然有公家照料他的埋骨之处。

这是一个非常明智的决定。与此决定相应的措施是，需立遗嘱，将摩耶精舍捐赠给当局，同时还决定了将他生平所收藏而还能遗留下来的书画文物，一并捐献。这份遗嘱，他请了三位“至友”做见证，而且指定了遗嘱的执行人。这是一九七九年的事。

张大千回台定居以后的生活内容非常丰富，他享有了中国从古以来画家所未有的荣耀。中国画家居高官的亦颇有数人，但“左相宣威沙漠，右相驰誉丹青”，像阎立本那样受屈辱的情形，亦非罕见。

回台定居时，张大千所获得的第一项肯定他的成就的荣誉是，与中国文化学院两位一体的，“中华学术院”所颁赠的荣誉文学博士学位。时间是一九六八年二月二十七日，由院长张其昀主持典礼，张大千在他的亲属陪侍之下，戴上了“方帽子”，而且还发表了演说，谦称他的艺事，哪一方面不及什么人，哪一方面又不及什么人。在谦抑的同时，也捧了许多同道。这就是张大千所谓“上路”的地方。

一九八二年四月二十四日，也就是农历四月初一日，他八十四岁生日的那天，他荣获蒋经国先生亲自颁赠的中正勋章。为纪念蒋介石而设置的中正勋章，首先获赠者为顾祝同上将，其次即为张大千。勋章证书上表扬他的艺事与人品说：

“四川张爰，国家耆宿，艺苑宗师，寝馈敦煌，上窥唐宋。不唯淋漓大笔，蔚为国光，亦且襟抱高华，久为世重。特依据勋章条例，颁给中正勋章，用示崇奖之至意。”

证书中有一句话，对张大千来说特别有用，即是“寝馈敦煌，上窥唐宋”八字，不独表扬了他艺事上的特殊心得，而且从正面来看他在敦煌的成就，即是在反面为他洗刷了敦煌盗宝之诬。此诬传诸众口，亘四十年之久，在他今年甫下世时，犹有人以此相询。如今看了蒋经国先生所颁、“行政院”孙院长副署的“勋章证书”，世人应该能确信敦煌盗宝之说是子虚乌有之事了。

除此以外，一九七四年，张大千又获美国加州太平洋大学颁赠人文博士荣誉学位，以及一九七六年获“教育部”颁赠“艺坛宗师”匾额。至于画展，自他回台定居后，由“史博馆”举办《长江万里图》开始，在台湾内展出过十一次。在海外，则仅仅美国，即展出了十次。日本一次，韩国两次，法国一次，马来西亚一次，除极少数为联展外，绝大多数是个展——从一九六八年起，举办画展，是他收入的主要来源。

不过，张大千最好的画，只送不卖。谢家孝说：“凡是与张大千有深交的好友，获张大千赠画，都以数十幅为起码，收藏多者逾百幅。张髯兴之所至，挥毫即题款，给谁送谁，他自已心中或有分寸，但身边亲属好友，也不免有妒忌互羡厚薄之心。”这就是张大千晚年烦恼之一。

原来张大千送画，分为两种，一种题上款，一种不题上款。凡是他尊敬而且有相当地位的朋友，送画必题上款，并往往题明送画的缘由，或者贺岁，或者祝寿，或者其他特殊原因。画亦必是精心之作，如贺一申年出生的朋友生日，画中主题是一只金丝猿，毫毛以工笔而且是细毫，一笔一笔布满全身。其实正当病目以后，能如此表现诚意，无怪他那位朋友，以“与周公瑾如饮醇醪”这句成语来形容他跟张大千交往的感受。

不题上款的画，说得明白些，即等于送钱，这种画也送有交情的朋友，当作一种变相的接济。因为如此，少数受者不免因重利而起怨怼之心，退有后言。其实张大千本人并无厚此薄彼之心，只是作画要看兴致，得画要看机缘。譬如有两张不题上款画要送，这天恰好画兴不坏，笔下得意，而两人中之一，可恰好在一起，自然此人得这幅精品，另一人如为唯利是图的小人，心里当然就很不舒服了。

再有一种烦恼是，在被要挟勒索之下，心不甘情不愿地作画。打个譬方说，张大千在海外有几个类似经纪人的朋友，其中之一得罪了台湾画坛的地头蛇，扬言不能善罢甘休，吓得那人不敢来台。而张大千又有事非找他面谈不可，结果有人居间调停，由张大千画张画送“地头蛇”，以解此怨。张大千画是画了，心里是何味道？

更有一种烦恼是假画的纠纷。张大千是很想得开的人，深知古来名家无有不为当世或后人仿冒他的作品，倘非如此，反倒是不值钱了。而且，他自己亦不讳言为仿石涛的专家。曾有人以他所伪造的一幅石涛的中堂，请他鉴别，他不敢欺人说是真迹，直道为早年所作，并加一段题词，道是“昔年唯恐其不入，今则唯恐其不出”。这一来，一幅假石涛，变成了临仿石涛的张大千“真迹”，依然很值钱。这是张大千善于补过之术，而此术是近乎道了。

因此，有人假冒张大千的画，他不大在意；当然如果是门生，又当别论，但也还能容忍。若是门生故人假冒他的画，而又不善于料理，闹出纠纷且牵涉到他头上，欲辩不可，吃了哑巴亏，其心情是如何抑郁，可想而知。

乐恕人的纪念文中，曾引一位“九十五岁高龄的大老”，规劝张大千的话说：“你知道很清楚，他经常在闹钱不够用，经常在向朋友周转钱。自己不知道珍重精神体力，我要他尽量减少俗务，画点好画来卖钱，他的开销太大了……唉，唉，不听话，浪费心力。”

张大千是布衣傲王侯的格调，“经常在向朋友周转钱”的“朋友”，并非达官巨贾，而是一批掮客。除一二书画古玩商以外，这些掮客的身份大多与文化、艺术界沾得上一点边，也还有个把“行走”于文化艺术机关与摩耶精舍之间的小官僚。他们“借”给张大千“周转”的钱，其实并不多，但手中都握有张大千画件的“期货”。张大千一死，“期货”已无交货之期，好在多年来已颇受其惠，除了惋惜张大千不能像齐白石那样，一直画到九十几岁以外，别无其他表示。但有绝无仅有之一人，印过张大千四本画册，版税分文未付，居然到丧居去讨债，说张大千还欠他一张画，钱已付过，如不能给画，就得退钱，此为新《官场现形记》之又一章。

耄年大老之所谓“画点好画来卖钱”，殆指《庐山图》而言。此事始末，以新闻记者身份在日多年的乐恕人以及目前仍在日本的黄天才，知之甚详。黄天才自谓“曾参与过一点设计及跑腿的工作”，据他发表于一九八三年三月份《大成杂志》的《张大千〈庐山图〉的制作经纬》一文，要从张大千的一个旧交李海天谈起。

李海天是一九四九年后来到日本，在横滨经营重庆饭店起家的新进侨领。张大千自移居巴西后，常去日本，大多下榻于横滨附近矶子镇的一家日式旅馆，名为偕乐园。据乐恕人说：“偕乐园是关东一带的名园。”园外临海，园内苍松花畦，错落有致，张大千有时在那里一住半年之久。园主年逾古稀，颇为斯文，对张大千颇为礼遇，甚至将最大的一间客厅，牺牲每日三百美元的租金，无条件地辟为张大千的画室。

重庆饭店是张大千经常光顾之处，招牌既为“重庆”，对来自四川的张大千之欢迎，自不在话下，更因偕乐园主如此尊重张大千，使李海天觉得与有荣焉，因而他礼敬张大千，到了五体投地的程度。他收藏书画，但只收张大千一个人的作品。张大千亦送了些“独特精品”给他。当然，李海天亦是有相当回报的，事实上可以说是买张大千的画，只是在一种雍容揖让的形式之下，完成交易而已。

大约四五年前，李海天与美国“假日旅馆”总公司签订一份连锁经营的合约，由李海天在横滨兴建一座高级观光饭店，纳入“假日”系统。在工程设计之初，李海天就表示内部美术装饰，将“清一色”是张大千的书画。

照此原则布置到后来，发现美中不足之处。大厅入口处，当作屏门的一道照壁，高一米半，长八米余，这么大一片空间，且是给予旅客的第一个印象，如果不是挂上张大千的画，则清一色以张大千的作品为装饰的特色就不能显示，亦不够强烈。当然，倘非整幅大画，问题比较容易解决。李海天最初的构想是，以四幅四季花卉来填满空间，可是气魄不够，想来想去，最好是有一整幅泼墨泼彩的山水，那就足以令人目眩神移、震慑全场了。

可是，张大千已经八十开外，向他提出这样一个要求，实在难以启齿。就在踌躇之际，李海天与黄天才在台北不期而遇，相偕造访摩耶精舍。据黄天才记：“抵达之后，香港来的几位好友，已经先我们而至了，大千刚刚午睡起来，精神很好，意兴极高，纵谈之际，话题转到李海天兴建中的新旅馆，大千忽然说：‘我该给你画个什么送礼哟？你出个题目吧。’海天谦辞了一阵，老人一意追询，海天终于鼓足勇气，吞吞吐吐说出了他所亟盼的东西。海天最初不敢企求一张大画，只求四件横列连幅山水，有如一联四幅的矮屏风一般。大千冲口问道：‘为什么不画整幅一张呢？’海天不假思索地回答说：‘这样大画，不好画呀！先生这么高龄，身体也不比从前……’”

不说“固所愿也，不敢请耳”，而提到张大千的身体，似乎有些激将的意味。接下来黄天才很生动地写道：“海天的这两句答词，似乎把老人惹火了，但见他腰杆一挺，左嘴角的胡子往上一掀，瞪大了眼睛问道：‘有多大？’”

大到约五尺高，三丈多宽。这是张大千从未经营过的巨制。不过他只略一沉吟，便接受了挑战。他以坚定的语气说：“好！我就给你画这张大画，也让大家看看我张大千，到底老不老。”

他为什么要不服老呢？不是一时意气，而是有实际利害关系在内。据黄天才说：“事后我才听说，那一阵子，台港各处传说，大千先生身体不好，最近的画，有人代笔。老人闻悉此项说法很生气，说是‘好汉做事好汉当，纵然画得不好，也是我自己的笔墨，我绝不会如此不负责任，说坏画就是有人代笔’云云，李海天说‘先生高龄，体力不比从前’，正触着老人痛处，难怪老人不悦。”

这“痛处”，据我所知是一种隐痛。有人假冒张大千的画，购者以为笔墨不佳，因而以张大千身体不好，有人代笔作托词。

张大千的话中，有颇可玩味之处，言“我绝不会如此不负责任”，又言“说坏画就是有人代笔”，骤看似不可解，但如设定一种情况，话就可解了。这一情况是：购者因笔墨不称，已怀疑非张大千亲笔，售者绝不能说张大千最近身体不好，画已不如以前之好，因为这是可以查证的事。唯一的说法是承认此画为代笔，但非他卖假画，而是张大千自己表示，体力不胜，不得已命人代笔。非如此伪饰，售者不能卸责。至于购者体念张大千既老且衰，便能谅解，而且觉得张大千既已自承此画系命人代笔，那就不会也不必再向他本人求证。

张大千吃了这个欲辩不可的哑巴亏，隐痛在心，因而找到机会发一顿牢骚，同时也是对“心照不宣”的人的警告。当然最重要的是，可以澄清“张大千老了，画不动了”的浮言，这样才仍旧有源源不绝的生意上门。

这样一张大画，自非用绢不可。张大千立即托黄天才“回到日本后，马上探寻最大幅度的绢”，同时向在座诸人表示，“海天兄这幅大画能不能画成，就看天才兄能不能在日本找到这么大幅的绢啰！”此是深恐觅绢不得，又起流言，特为预先声明。

黄天才回日后，东西奔走，居然在京都找到一家画材店，可以特别订制大绢，幅度可以宽到一米八十，超过李海天新旅馆“照壁”高度二十厘米，长度则无限制。于是经长途电话联络后，张大千决定订制一米八十宽、十米长的大绢一整幅。依照传统论画尺寸的说法是“六尺高、三丈长”。以此一整幅绢所画成的画，大到如何程度？光凭“六尺高、三丈长”这个数字，不能让人获得具体的概念，因而须用实物来做一个比方。

董源的《江堤晚景图》是一轴“双幅”的大中堂，台北“故宫博物院”《大风堂遗赠名迹特展图录》记载：“本幅绢本。纵一七九公分，横一一六点五公分。”一七九与一八〇差一厘米，亦算六尺高，“横”则折算为三点九尺，做四尺算。三丈为三十尺，除以四得七点五。这幅“六尺高、三丈长”的大画之大，等于七幅半《江堤晚景图》并刊的总面积。除壁画外，可舒展收藏的画，恐怕以此为最。我建议台北“故宫博物院”考查，是否可要求将《庐山图》刊入《世界纪录百科全书》。

这幅大绢织成，黄天才照张大千的叮嘱，先送到高级画材店“上矾”，然后专程送到台北，其时已在半年之后的一九七九年暮春。于是摩耶精舍又兴土木，张大千特制一张三丈多长、七尺多宽的大画桌，同时改建楼下的大画室，去掉两根柱子，另加横梁。画还不知道画什么，钱已花了上百万了。

以李海天的原意，想请张大千画万里长城，但有山无水，未免单调，黄天才建议画长江三峡，因为是张大千“画熟了的题材，拿起笔就可以画，不必多费心思”。不道惹得他“满脸不高兴”，似乎怪他“只会画长江山水”。张大千很少摆脸嘴给朋友看，但在那时候，任何劝他节劳省事的话，他都会敏感地想到人家在怀疑他的创作能力，因而满怀不悦。

经过好几天的思量，张大千宣布，要画《庐山图》，而且表示：“我从没有到过庐山。”这个决定，在他的家人朋友中，无不大感意外。黄天才说：“我想，直到今天，许多人仍不明了大千先生为什么在他这幅旷世巨构中，偏偏要画他从未到过的庐山。大千对此，从未做过详细解释，我们曾婉转问过他，他总是轻描淡写带过去了。”

黄天才的所谓“直到今天”，指去年一月[1]间，《庐山图》将在“历史博物馆”展出之前而言。在张大千生前，探索他选择庐山做题材的动机，话是需要有保留的，黄天才解释为张大千“晚年悟禅之作”，他说：“大千一生，读万卷书，行万里路，游遍天下名山大川，在他笔下也留下了难以数计的名山胜景。但是，说来简直难以令人置信，鼎鼎大名的庐山，大千竟然没有到过，在大千居士眼里看来，这是佛家的所谓‘无缘’。没有游过庐山，这对于‘自诩名山足此生’的大千来说，真是生平最大憾事。而且，就今天世局情势判断，这个遗憾将是永难弥补的了。此次的大画，是大千晚年的精心巨构，他当然要选一处最为他怀念，而又最有纪念意义的山水做题材。于是，从中国到外国，从东方到西方，名山胜景，一一在心幕上出现，但其中最突出、最令他神往的，却是他从未去过的庐山。终于，老人以沉重心情，选定了庐山为题材，这儿‘横看成岭侧成峰’的山山水水，尽管他足迹从未到过，却是他近年神游次数最多的地方，是他晚年最向往的地方。庐山本来就是这么一处似真似幻的神秘所在，苏东坡身在山中，也弄不清庐山真面

1　指的是《庐山图》展出的1983年1月。本书写作时间应为1983年，“去年”疑为作者笔误。

目，谁又能说张大千身在海外所描绘的庐山形象不够逼真呢？诗人、画家、仙山、灵水，千山万世，时空一体，这是大师晚年悟禅之作，我们不能以俗眼去求真求幻。我相信东坡的诗，大千的画，庐山的虚实仙境，都将随宇宙之绵延而传千古的。”这些话说得很好，但我相信黄天才还有更深的了解，而当时不便说出来。张大千选择庐山作画，这种自我挑战，是负气，也是示威。张大千心里有句话：“哼！你们看我老了，莫得用了，是不是？老子偏拿点本事给你们看看！”

既为负气，又要示威，当然非将《庐山图》画好不可。而在史无前例的大画幅上，绘写从未到过的名山，又如何才能画得好？即由于这一份沉重异常的压力，使得他踌躇又踌躇，直到一年多以后方始动笔。

这一年多的时间中，张大千对庐山很下了一番研究的功夫。《大成杂志》的总编辑沈苇窗，曾为他搜集有关庐山的文献资料摘写成卷，并以红、绿、黑三色笔分别标记，以便检阅。

一九八一年七月七日，也就是农历辛酉年六月初六，终于开笔了。这个日子的选定，也是经过一番考虑的。第一，庐山为抗战圣地，庐山会议举国一致大团结，奠定了胜利的基础，就庐山言，“七七”是个最光辉的日子；第二，这天是小暑，农历六月的第一个节气，在理论上，这天才是六月的开始，也就是盛夏的开始，庐山避暑之地，挑这天开笔画庐山，别有纪念的意义。

开笔那天，郑重其事。张大千他们组织了一个“四健会”，成员为所谓“三张一王”。据乐恕人在《〈庐山图〉及其题画诗》一文中记述：“开笔的吉日，摩耶精舍光临了他们每月吃‘转转会’的三位老友——张岳公、张汉卿和王新衡，特别去观赏《庐山图》的开笔典礼。据王新衡先生事后谈及此事，他说大千当天只用大水盘盛了墨汁，在经清水敷润过的绢织画料上，缓缓泼去，再以大帚笔破墨勾画淡淡的一幅大轮廓而已。至于用石青、石绿彩色泼上，那是开笔后大约一个月以后才着手的。”

张大千作画，从不避人，而且常是一面闲聊，一面挥洒，唯有《庐山图》例外。乐恕人记：“（张大千）早晚精神好时，一连画上几幅小画之后，又扶杖到那所大画室中的大画桌旁去，时时纵目全幅画稿，审视何处何方，安排度量后，再来下笔画去，每每深宵人静后。他由家人、护士小姐在旁侍从着递水盘、换画笔，或站立、或坐下，聚精会神地画他的空前巨制《庐山图》。”又说，“好几次我看见他作画时，感觉心脏不适，立即由护士小姐递给他一颗口含心脏病特效药，稍事小憩后，又伏案动起笔来。”

所服之药，即为硝基甘油舌下含片。据说张大千胸痛发作频繁时，在一次作画时间内，需数次服下舌含片。有一次他对乐恕人说，他画《庐山图》是在“拼老命”。

又据黄天才记：“去年四月间，我曾回台北一行，到摩耶精舍拜见老人。当时摩耶精舍正准备接待摩纳哥国王及王妃莅临参观，所以，大千特地在大画上赶了几天工，已经弄得颇具眉目。大千曾带我到画室观赏，但见画布上一片郁绿，云雾氤氲，山岚缥缈，真是气象万千，令人叹为观止。我绕着大画桌转了一圈，发现画布中央山顶上，青峰绿树的颜料还未干透。大千指着一片郁绿说：‘这是昨晚上画的，还差一个亭子未画，昨天画不动了，只好下来，以后再上去补。’我看那个山头，位于画布上端，站在地上动笔是绝对够不到的，不禁好奇地问道：‘这上边是怎么画的？要爬到画桌上去画么？’老人笑笑说：‘除了上台以外，还有什么办法？我总不能站到那一边去，从上往下画呀！’”

此画高有六尺，持毫舒臂，亦难及顶端，遑论提笔作画，在技术上是个绝大的难题。黄天才又记：“后来，据老人侧近的友人告诉我，画的上头部分，都是家里人把他抬到画桌上去，趴着画的。想想八十四岁老人，长髯飘拂，又只剩一只眼力可用，趴在两尺多高的画桌上作画，这份体力辛劳，如果不是一份强烈的创作欲望在鼓舞支持，一般人能吃得消么？”张大千以这种空前绝后的方式作画，曾几次心脏病发作，“休克”在画幅上，这就是他所说的在“拼老命”。

不过这个问题，后来解决了，沈苇窗在上引黄天才的这段文章之下，加按语说：“蒋孝勇先生后来去参观大千居士作画，他机智地为大千居士设计了一条和原画长度相等的画轴，可以将画上下卷舒，使大千后期画《庐山图》大为方便，深表感谢，时时对人道及。”

此画在张大千真是煞费经营，所以进度极慢，画画停停，也没有人去催他。而后来终于有人催了，黄天才又说：“到了大画又具眉目，只差最后一点修饰补缀即可完工的时候，却有人看了着急，并且颇不以大千听任大画功‘差’一篑而迟迟不肯赶工的懒散态度为然了。这个人，当今之世只有一位，就是大千奉之为乡长，真可以把大千‘管教’得心服口服的张岳军先生。岳公对大千的八十岁高龄而奋然创作此旷世巨构，极表赞许，但起初也不无担心大千的体力是否吃得消。等到大画完成了三分之二，岳公已确信大千体力是绰有余裕了，就老实不客气地出面主‘催’，逼着大千动笔。岳公为这张大画的完成，主‘催’过两次，一次是去年春间，岳公通知大千的所有至亲好友，不请大千吃饭应酬，也不登门拜访打扰，让大千安安闲闲在家里赶画。岳公令出如山，大千也不敢不从，苦赶了一阵，还是未竟全功。岳公担心大千过累，不忍心再逼，限令放宽，大千遂又搁下大笔了。”

其时李海天的旅馆，第一期工程正在加速进行，估计张大千的大画无法及时展露，便索性向张大千声明，不妨慢慢动手，留到第二期工程再用。同时表示，墙高一米六十，而画高一米八十，裁去一截，未免可惜，他请张大千充分利用原有的幅度，悬挂之壁将配合画幅建造。

第二次之“催”，是在去年冬天。黄天才说：“‘历史博物馆’已经定好了展出日期——一月二十日，岳公再度出面主‘催’，限令大千本月十五日把大画赶好，送裱托，如期付展。大千只好埋头赶工，夜以继日。十四日，岳公到了摩耶精舍检视，发现大千确已是尽力而为，但还是差一点点，需要慢慢修改。岳公当机立断，就这样先行付展，展览以后再做精细修改好了。”

其实张大千在绘制过程中，即已有所修改，如溪畔原有人物二，用“虎溪三笑”的故事。晋朝高僧慧远驻锡庐山东林寺，陶渊明及另一高士陆修静常去看他，慧远送客至溪畔，常闻虎啸，因名此溪为虎溪。一日慧远送客，因论道相合，不觉过溪，破了平日之戒，三人相顾大笑，故后人筑亭于溪畔，命名为“三笑亭”。

宋朝石恪曾画过一幅《三笑图》，苏东坡曾为之作赞。但陶宗仪的《辍耕录》记：“有赵彦通者作《庐岳独笑》一篇，谓远公不与修静同时。楼攻瑰亦言：修静，元嘉末始来庐山，时远公亡已三十余年，渊明亡亦二十余年，其不同时信哉。后世传讹，往往如此，使坡翁见之，亦当绝倒也。”

因此张大千先画二高士，后来改为两块山石，是经过细心思考以后，正确的修改。慧远送陶、陆过溪，根本无其事，即不应有其人。最重要的是，张大千画《庐山图》既有纪念抗日胜战的时代意义在内，即不应有古装高士杂于其内，倒不如“不着一‘人’，尽得风流”。

作这样一幅大画，自然要题一首能与画相配、精心构思的诗。张大千题画诗，很少与人商榷，亦很少预先起稿，这回是例外，先作一首七绝给乐恕人看，诗是：“不师董巨不荆关，泼墨翻盆自笑顽。欲起坡翁横侧看，信知胸次有庐山。”

这首诗颇为自负，而且容易受批评，因为东坡那句“横看成岭侧成峰”，原是张大千在作庐山图时最大的难题。中国传统的画法，很难表现立体，这幅《庐山图》不必起东坡于地下，就叫我看了以后，问我："你看是不是'横看成岭侧成峰'？"除了篾片[1]以外，我如果答"是"，就是故作违心之论以自欺欺人。

张大千有时欺浅人、妄人，但从不自欺。原诗自信过甚，迹近自欺，第二句亦嫌轻佻，更是自欺。如此巨制，经营一年又半，功德尚未圆满，而"泼墨翻盆"，自笑顽皮，似乎随手挥洒，根本不当回事，此非吹牛而何？

因此，他改作了两首，仍是七绝：

（其一）

从君侧看与横看，
迭壑层峦杳霭间；
仿佛坡仙开笑口，
汝真胸次有庐山！

（其二）

远公已远无莲社，
陶令肩舆去不还；
待洗瘴烟横雾尽，
过溪亭前我看山。

此两绝远胜前作，同样自负"胸次有庐山"，但伪托东坡之口称许，与欲起东坡为之作证，其蕴藉与粗率，不可同日而语。但最大的修正是：不管

1 吴语中清客的俗称。

你横看侧看，我不说成岭成峰。东坡《题西林壁》诗是：“横看成岭侧成峰，远近高低各不同。不识庐山真面目，只缘身在此山中。”着眼于“远近高低各不同”，则“迭壑层峦”四字得其实。“杳霭”亦有来历，东坡四十九岁初入庐山，作诗十余首，首为五绝三章，其第二首云：“自昔怀清赏，神游杳霭间。如今不是梦，真个在庐山。”张大千用“杳霭间”三字成语，以明“迭壑层峦”，无非“神游”。他第一次“题诗初稿”系题云：“题画庐山幛子，予故未尝游兹山也。”既用“杳霭间”，就不必特标“未游”字样。又“坡仙”之仙原作“翁”，此处用阴平较阳平为响，足见其曾费推敲。

第二首所以明志，颇见身份。“远公已远”，两“远”字用法不同，故不犯律，连“陶令”句，用现成的典故，以见今日庐山，已无高僧高士，这也就是他所以要改掉原画的两人物之故，画面与诗意是相符的。“横雾”的出处，乐恕人已经找出来了，出于王勃龙怀寺碑：“毒龙横雾，四天沉暗逆之悲。醉象驱风，三界溺崩离之酷。”横雾瘴烟不用扫而用“洗”，亦颇见苦心。世传徐凝瀑布诗云“一条界破青山色”，东坡以为“至为尘陋”，在庐山“戏作一绝”云：“帝遣银河一派垂，古来惟有谪仙词。飞流溅沫知多少，不与徐凝洗恶诗。”此为张大千用“洗”字之所本。“待洗瘴烟横雾尽”，然后“过溪亭前我看山”，可知此“烟”此“雾”，即指庐山“杳霭”，因景抒感，扣题极紧。

前后三首诗的诗稿，都归乐恕人保存，第二次改作之稿，并曾题款：“《庐山图》二首，乞恕人吾兄削改待题，十二月朔二日弟爰。”这是客气话，但张大千最亲密的朋友中，只有乐恕人是诗人，因而如此题款，是为友朋增重之道。张大千待朋友，实在是没话说的。

乐恕人记：“他虽写的是诗稿，但后来却由他的公子葆萝为我盖上了三方印章：十二月的上面，盖的是朱文‘壬戌’，‘爰’字下盖了两方，一为白文的‘张爰之印’，一为朱文的‘大千居士’。”

壬戌年十二月初二，即一九八三年一月十五日，也就是主持者定限之日，乐恕人又记：“第二天我去拜候睽违已多月的老乡长张岳公，谈起《庐山图》的题诗，奉告他一两日内大千先生即行题在大画上，裱托之后，即行陈列展出。岳公大为慰乐，认为他‘督画’大功告成，准备展览会头一天，邀约大千破例同去观赏。所谓破例是指大千向来不参加自己画展的开幕礼。好在这天也没有准备任何开幕仪式，所以大千同意和岳公相偕前往，也可谓之并非破例了。”

及《庐山图》经裱托悬挂后，画展的盛况，予乐恕人的观感是如此：“展览会开始的那天，展场中有人满之患，待得岳公和大千先生光临时，政要、名流、书画界，乃至老弱妇孺，形成人潮，先候扶杖老画师，再簇拥着他争相同看《庐山图》。我在精舍大画桌上，早窥全豹，但那是看的平铺画面。哪知一经裱托，悬诸画橱内后，纵目全画，只见层峦滴翠，云雾氤氲，古木森罗，飞瀑倾泻，山势磅礴，气象万千，令人神往，似觉神游匡庐，人人已在此山中了。画旁并有说明挂在图侧，除了对大画力加赞扬外，特别道出大画尚未完成，展出之后，大千先生还要取回，再加润色。所以题画诗两首之后，并未署款，这就是大千的慎重其事之处，表示尚非完成的作品之意。”

《庐山图》现有彩色复印件，细加观玩，尚未完成之处，只有左方孤峰及对面的一个山头，尚需加工。诗题于全幅六分之五处的上端，其左即全画最后六分之一处，孤峰兀起，不知道是否就是指的“十万貔貅齐拍手，彭郎夺得小姑回”的小孤山，还是苏东坡的诗“舟中贾客莫漫狂，小姑前年嫁彭郎”的澎浪矶，但背景自应是彭蠡。留下烟波浩渺一大片，想见张大千早有打算，在两首七绝以后，还有长题，但打算题什么，如今却成了一个谜了。

张大千一生最后的一次画展，揭幕于一九八三年一月二十日。那天，他第一次出现在他的画展场中，但也是最后一次出现在群众面前。新闻记者描写当时的情况说：“张大千身穿深蓝色的丝绸长袍，胸前佩戴着一朵大红花，昨天（二十日）下午二时三十分，在他夫人的陪同下，神采奕奕的出现在‘历史博物馆’‘国家画廊’‘张大千书画展’的会场，前往参观道贺的人士，均为大千先生的健康情形感到欣喜。这次书画展，大千先生展出了四十年来各个阶段的代表作五十幅，大师与参观者侃侃而谈，每幅作品都有一个动人的故事，听大师娓娓道来，令人难忘。”

另有个记者，在事后追述画展以后张大千的境况时说：“（张大千）从一月二十日展出《庐山图》就不停地作画，往往连夜赶工，沉醉于绘事中。当他送《庐山图》到‘史博馆’展出后，又连续赶了八张图，以便托付即将赴日本购买梅花的儿子，送给在日本的八位朋友。而画展当天，他在没有休息的状况下，前往‘史博馆’主持揭幕，受到了群众的包围，那天他笑声连连，神情愉快。”

《庐山图》歇工于一月十五日，此后五天赶了八张画送给在日本的朋友，是何等紧迫的人情债非在此时还不可？不是，那八张画是他的卒岁之资。梅花当然也要买，但特别叮嘱要买“含苞待放”的。他好几次对乐恕人说：“我告诉葆萝，不要等一年才开花。明年，明年说不定我都不在了。”

《庐山图》的考验，使得张大千元气大伤。“不服老”的结果，终于使他不能不承认“年纪不饶人”这句俗语。可是，沉重的经济上的压力，逼得他不能不装出“神采奕奕”“神情愉快”的形象。深知他且关心他的人，都在暗中担心他的健康，旁敲侧击地劝他不必再充好汉。但只顾自己的人，从不曾想一想他的画是在心绞痛的挣扎之下画出来的，只觉得他既是“国宝”就应该拿他来“献宝”，常常将不相干的外宾带到摩耶精舍，作为一种交际的手段。不知有多少次，当张大千体力疲惫，亟须休息时，仍不能不强打精神，应付语言无味的访客。尽管徐雯波不断暗示“导游”可以将“观光客”带走了，但不知是“导游”麻木不仁，还是有意装糊涂，竟无反应。于是到了三八妇女节那天，张大千终于又因为心脏病发作，必须住院了。

乐恕人说：“烦恼、忧虑、生气、过劳……我暂时不便写出来。不过，有一件事对他的悲观心情，影响很大很大。”

据乐恕人说：“当他八十岁那年，也一度因病情不轻，住进‘荣总’。他的老友，古董书画老商人张鼎臣从香港赶来探视，张先生安慰大师说：‘不要紧，我已经请香港一位星相名家替您算过命了，他说您绝对会活到八十五岁以上！八十五岁有一关，过了就好。’”

这“八十五岁有一关”一句话梗在张大千胸中，成了一块痞块。每当有病痛时，他就会想到这句话，所以常常对家人“情不自禁”地说：“我活不多久了！”“我来日无多了！”“明年不晓得我还在不在？”张大千体力不胜，画不动要人代笔的流言，即由此而兴。画《庐山图》的自我挑战及向别有用心者示威，未始非此“一关”的反激使然。

照常理说，画这么一幅空前巨制的大画，无关整个布局的小补缀，交门弟子去收拾，原是自古以来，画师门下恒见之事。无论当时及后世，不会说一句“这幅画不是他一个人画的”。

敦煌壁画就是一个例子，除了特为邀来的喇嘛以外，大风堂弟子襄其役者，有刘力上、萧建初、孙宗慰等。张大千临仿自莫高窟的佛像，就从没有人说过其中有他门生的笔墨在内。因此，在正常的情况下，《庐山图》如有门下弟子在他的指挥之下，下一点补景之类的功夫，亦绝不虞有损他的盛名，但就因为负气之故，他不肯找门下帮忙，而大风堂弟子亦不敢做“有事弟子服其劳”之请。在这样一种微妙而固结不解的僵局之下，张大千硬撑着拼老命。

张大千住院是常事，所以最初并没有引起人的注意。哪知到了三月十二日晚上，心跳停止了一分钟。而就是这一分钟，“大千千古”了。

张大千的病势，至三月十一日恶化，因而转入“加护病房”，“荣总”同时组织了一个治疗小组，成员包括心脏、肾脏、神经、呼吸系统等各科专家十余人之多，由内科部主任姜必宁担任召集人，每天晚上都要开会研讨至十一点钟。十二日晚上，发现张大千的心电图有逐渐转弱的迹象，加护病房值班的人，立刻发出紧急通知。十五分钟之内，治疗小组的成员都分别赶到了。

就在这十五分钟之内，出现了要命的一分钟——心电图曲线在一连串跳动以后，突然出现平直的长线，为时还不足一分钟。急救人员正在准备使用心搏器时，心电图上的曲线又出现了，表示心跳又恢复了。可是张大千神志昏迷，从此没有清醒过。

原来心跳停止，造成脑部缺氧，会破坏脑组织。在正常体温下，心跳停止的急救时限为四分钟，四分钟后即使救活，由于脑组织的全部破坏，也成了一个行尸走肉的“植物人”。张大千在前一天送入加护病房时，就有些神志不清楚，显示脑血管中已有梗塞的现象，因此这一分钟的心跳停止，对于他的脑组织构成了致命性的破坏。

但治疗小组不放弃每一种可能挽救他生命的治疗方法，包括使用麻醉、利尿方面的新药，每一小时做一次意识清醒度的测量，二十四小时观察他的心电图及人工呼吸器的使用情形。报上每天连篇累牍地刊载有关他病情的新闻，以及他的轶闻韵事，达官贵人纷纷探病，蒋经国亦两次遣人至“荣总”探望。人生到此，也就够了。

很显然的，张大千即使能够续命，他的艺术生命在那停止心跳的一分钟，便已宣告终结。因此，台北、香港的书画市场中，张大千作品的价格开始发生波动。在他未入院前，行情的基价约为每方尺新台币五万元，山水较花鸟为高，人物又较山水为高，昏迷不醒的消息一传，行情基价涨了百分之五六十。但买的人不多，其故安在？

不言可知，是因为“假张大千”充斥之故。在张大千入院的半个月之前，发生了一件怪事，纽约苏富比公司拍卖中国近代名画家的作品一百零一件，其中张大千的画最多，计十二幅。其中有一幅为《临敦煌莫高窟唐人大士像》，长一百一十五点五厘米，宽四十九点二厘米，工笔，设色，右方居中题款两行：“敬抚莫高窟唐人大士一区寄奉君璧道兄永充供奉蜀郡大千爰”，下钤“张爰之印”“大千”两印。复有“夏涵思”一印，此人为德国有名的中国艺术品收藏家，据他提供的数据说，此画于一九六七年在上海购得。

这幅观音大士像颇为精致，苏富比公司准备用它作为广告。彩色图片传到台北后，黄君璧清清楚楚地表示张大千没有送过他这么一张画。不过他又表示：“这张画画得极好，大概没有人能够说是假画。”此为黄君璧心存厚道。画当然是假画，因为张大千那时候还好好地住在摩耶精舍，对于黄君璧的否认，并未提出任何解释，当然也就是在无形中否认曾送过黄君璧这么一幅画。

就因为有此一段曲折，有意购此画者，不免观望，画价大落，以低于一万一千至二千的估价之七千七百五十美金售出。

十四
中外声名归把笔

在“荣总”住了二十五天，张大千终于大解脱了。那天是一九八三年四月二日，农历恰好是二月十九，相传这天是观世音生日，而张大千走了。

病情突变发生于清晨六时四十分。张大千血压急速下降，不过数分钟的工夫，动脉血压降至零，呼吸亦随之停止。医疗小组仍旧竭尽全力急救，延至八时十五分心跳完全停止，正式宣告死亡。

张大千的恩师清道人去世后，陈散原以《清道人卜葬金陵哭以此诗》为题，写了一首七律，第二联是“中外声名归把笔，烦冤岁月了移棺”，这两句诗亦可用来哭张大千。有极少数的人，认为他是“烦冤岁月了移棺”，不过，“烦冤”亦只极少极少的一撮人替他带来的，我们宁愿相信“中外声名归把笔”这句话是实录。

他的“中外声名”充分反映在他的身后哀荣上。蒋经国先生在闻知噩耗后，随即指派国民党中央党部秘书长蒋彦士为代表，慰唁家属，同时特派“总统府”资政张群为治丧委员会主任委员。第一次治丧委员会于四月五日在台北“故宫博物院”举行，由严家淦主持，推定台北“故宫博物院”院长秦孝仪为总干事，治丧委员除张群外，包括“副总统”谢东闵及“五院”院长在内，计达一百一十七人之多，其中最令人瞩目的，是从不参加公开活动的张学良。

第一次治丧委员会除了决定遗体在四月十四日火化，骨灰于十六日安葬梅丘之下以外，最重要的一项举动是公布了他的遗嘱。

这份遗嘱立于张大千八十一岁那年，正确的日期是一九七九年四月十二日，见证人为张群、王新衡、李祖莱以及律师蔡六乘。张大千将全部遗产分为三部分：一是自作的书画，二是收藏的古人书画文物，三是摩耶精舍的房屋及地基。其中又分为“特留分”与“遗赠”部分。

在“特留分”中，张大千将自作书画分为十六份，其中十五份由他的一妻八子六女均分，另余一份赠与“姬人”杨宛君。张大千在遗嘱中强调，所作书画，价值难估，在继承开始时，应由遗嘱执行人与各继承人协商分配，倘不获协议，则由遗嘱执行人决定。他希望各继承人珍视其遗泽，勿斤斤于其价值。

遗赠部分包括摩耶精舍的全部产权，以及他所收藏的书画文物，包括董源的那幅《江堤晚景图》在内。但张大千在立遗嘱之时，并没有留下目录，因此遗嘱执行人遭遇了难题。

当时不列目录的原因，是可以想象得之的。张大千不是一般的收藏家，法书名画，一经入藏，非万不得已不会割爱，哪怕“球图宝骨肉情”“南北东西只有相随无别离”，而实际上却是“别时容易”。不过，这并非说，张大千的收藏在他立下捐赠台北“故宫博物院”的遗嘱以后，一定还会变卖，如果他的境况好，收藏还会增加。总之，云烟过眼，变动不居，是无法制出一个目录的。

因此，当四月五日，他的遗嘱由蔡六乘律师在治丧委员会中宣读公布以后，便有许多心存恕道，顾念到遗族生活的人，在私下谈论：只要张大千有这片心就够了。张大千近年开销大、收入少，如说出售藏品维持开销，也是情理中事，所以随便捐几件应应景，也不会有人说闲话的。

但局外人固可持此想法，遗嘱执行人却不能不体念张大千的本意。特别值得称道的是，摩耶精舍的孤儿寡妇，亦愿尽力达成张大千的遗志。哪知有个遗嘱见证人，居然就“动脑筋”了，甚至去游说两位“国之大老”，请他们出面有所主张。当然，碰壁是可想而知的。

平心而论，张家如果留下少许书画文物，是没有人忍心加以责备的，而且事实上亦没有人能说张大千的某一项珍藏应该捐出来。因为有些珍物，在他生前就已经放弃主权了。譬如《文会图》是他与徐雯波的定情之物，就不在“特留分”中，又如大风堂有张古琴，名为“春雷”，在岭南四大名琴中居首。据专家考证，“春雷”是唐琴，宋徽宗建“百琴堂”，以“春雷”为第一，以后此琴为宋徽宗的外孙金章宗所得，为明昌御府的名物，曾挟以殉葬，十八年后出土，居然丝毫无损。至元朝为耶律楚材所收藏，数百年辗转落入汪精卫的长兄，在广东游幕的汪兆镛手中。张大千复得之于汪氏，生前以其子葆萝深好此道，张大千特将“春雷”赐与，不算他的珍藏，当然不在“遗赠”之列。

由此可知，张氏后人，若因某种感情上的因素，留下几件先人的珍藏作为纪念，不仅无可非议，且亦无从指证，但就因为有人别有用心。徐雯波及张葆萝很明智地做到一尘不染，将应该遗赠台北“故宫博物院”的书画文物，全部列成目录，计书画七十五件，宋绢及明清纸七件，清墨一盒，大风堂选毫四支，石砚一方，木雕观音像一座，奇石五块，总计九十四号，于五月十三日，也就是张大千八十五岁冥诞的那一天，正式点交给台北“故宫博物院”。当时报上有个“热门话题”的专栏，称之为“大风堂珍藏涓滴归公”。

这篇专栏描写了捐赠仪式的观感说：“张大千的家属，遵照大千先生遗言，将大风堂收藏的古代书画七十五件捐赠‘故宫’。捐赠仪式中，张夫人徐雯波和大千先生子嗣张葆萝睹物思人，神色凄苦。

“大千先生的遗嘱中，写明古人书画收藏捐赠‘故宫’，但没有说明件数。外人仅了解张大千的藏画，有部分在他生前已送给妻子儿女作为礼物，尚留多少，不得而知。

“据透露，一位张大千遗嘱见证人，曾经对书画捐赠‘故宫’的这一部分有意见。大千先生的家人为完成大千的遗愿，不顾他人作梗，慨然捐出七十多件。

“张家捐赠的大风堂收藏，价值连城。若为私人利益着想，捐出二三十件的话，也不会有人批评。如今七十五件归属‘故宫’，大千先生遗族似有大师教诲之胸襟。

“台北‘故宫博物院’院长秦孝仪，在捐赠仪式中致词，认为若无贤妻良母如张夫人，孝子顺孙如张葆萝和张心声等，这一件事情恐怕不会这样顺利而在短期内实现。秦院长话中含义深远。”

秦院长亦不负所事，不负死友，除了将大风堂捐赠的珍藏，举行特展，印制精美图录，让世人都能像张大千生前一样，神游于古人的仙笔妙墨中以外，还特为此编印了一本纪念册，序前列彩色遗容、“中正勋章”及证书照片，然后是张大千一生收名定价的“总统褒扬令”：“四川张爰，耆年令望，艺苑宗师，天赋高华，发为绘事，深功博古，妙悟创新。所作自东徂西，驰誉光国，历名都而展出，拓异域以流传。远游归来，多难明志，中原海上，下笔成图，托忠爱于丹青，写山河之壮丽。揆其艺术成就为独步，于我文化复兴为有功，继往开来，永垂不朽。遽闻溘逝，悼惜殊深，应予明令褒扬，用昭文节。”文节二字有如“谥法”，这道褒扬令不妨视之为张大千的“易名”之荣。

捐赠摩耶精舍，就不如捐赠古人书画那样顺利了。占地五百坪的摩耶精舍，价值很难估计，仅以花木一项而论，纵然非琪花瑶草，亦绝不是台湾寻常能见的凡卉，这一笔经常维护的费用，十分可观。“史博馆”敬谢不敏，台北“故宫”秦院长则表示，接管具有纪念性的摩耶精舍，担子太重，心理压力太多，何况维护管理的费用及人员也超过“故宫”的负荷。

因此，治丧委员会及张氏家属都希望由台北市当局接管，要人有人，要钱有钱，问题较小，但台北市长杨金丛却挑不起这副担子。

杨金丛表示，经费、人力都不是他能做主，需要市议会通过。同时他建议由台北“故宫博物院”接管，因为无论就地理位置以及维护摩耶精舍的文物所需的专才来说，都非台北“故宫博物院”莫属。

杨市长所指出来的困难，确为实情，但经费、人力都不是不能解决的，他内心中有一个预见的困难没有说出来。如众所知，市议员一向吃定了市当局的官员，摩耶精舍如归市当局管理，可能有少数市议员，为了个人交际，要求借用摩耶精舍，特别是借文化交流之名招待日本人，很难使得市当局拒绝。那一来，不过三五年工夫，一定搞得摩耶精舍面目全非。如果说个“不”字，近则提出质询，远则杯葛[1]下年度有关摩耶精舍管理费的预算。所以归根结底，仍旧归台北“故宫博物院”接管，订定严格的参观办法，实在是很正确的措施。

最后要谈到《庐山图》了。“史博馆”对摩耶精舍望然而去之，对《庐山图》却颇有兴趣。当张大千最后的一次画展揭幕以前，“史博馆”还要求张大千为他们画一幅跟《庐山图》一样大的《黄山图》，此辈大概真的以为张大千是曹霸，“丹青不知老将至”。妙的是张大千满口答应。我猜想张大千当时或是这样在想：“我八十五岁这一关过得去，当然要给你们画。不过也要看我那班好朋友，准不准我再拼老命。”

当然，“史博馆”是妄想。事实上一幅未完成的杰作，宜不宜由公家收藏，亦是一个很值得考虑的问题。笔者最近听说，张大千对《庐山图》的布局，是在举行“开笔典礼”的那天，便跟他的客人谈过的——左方空白之处

1　意为抵制。

要画鄱阳湖中的点点风帆，以及对岸的道路城郭，图中还要补一座宝塔。为此，张学良、秦孝仪都送了他一座小铜塔，供他做造型的参考。

《庐山图》是应李海天之请而画的，虽未完成，似乎亦应归李海天。问题是，名为送画，实际上是君子式的交易。张大千身后还有画债，许了妻儿的“特留分”根本是一句空话。见此光景，李海天很大方地表示，对于这幅画如何处理，他毫无意见。至于张葆萝两次至日本访梅，在他那里挪用过两万多美金，他亦绝口不提。以他跟张大千的交情，这自然是小事一桩。

为了料理张大千的善后，摩耶精舍开过几次家族会议，每次都邀请遗嘱执行人参加。对于《庐山图》的归宿，其中的一位执行人提出一项建议：此图应为张氏传家之宝，张大千八子，可能的话，都应在图旁签名盖章。倘或以后因无法保存而必须变卖时，应征得每一个人的同意。这也就是说签署的每一个人都拥有否决权。

此一建议，已为张大千的遗属所衷心接受。张大千生有九子七女，长子心亮早亡，八子心健殁于十年前，张大千一直不知道，所以遗嘱中仍为他“特留”一份。七女中只第六女心碧早亡，余均健在；七子中，三子留在大陆，六个女儿年序较小的三个是在台湾或者海外。

张大千留在大陆的家族，曾带给他很大的困扰。如长女心瑞，原与她的继母徐雯波同学，嫁婿萧建初，亦为大风堂的入室弟子，最为张大千所钟爱。一九六三年她曾携女至香港探父，并随张大千至巴西住过八个月。

张大千原来希望她能带一个儿子来看他，结果是带了一个六岁的女儿出来。这个小女孩，据张大千自己形容：“聪明是聪明极了，伶牙俐齿，可就是一口大人腔。”

所谓“大人腔”，即已懂得向张大千索画。这次见面的结果是不欢而散。

张心瑞第二次出境，是在一九七八年。她住在美国环华庵，格于出入境管理法，无法来台省亲，不久萧建初也到了美国。同时北京人民美术出版社的《美术月刊》上，发表了一篇《张大千先生的画业》，作者正就是萧建初与张心瑞。照中国的传统，儿女只能谈父亲的艺事，只能据实记录，但可颂扬，不得评论，对外界的批评，如有苛求之处，并应力加辩护，至于“为亲者讳”，更不在话下。因此，张大千的一婿一女以“客观”的立场，谈论他的书画，自然会惹张大千生气。他自比为平剧《鸿鸾禧》中的丐头金松，说“他们两夫妇来要我这个老丈人了”。

这年张大千八十岁。张心瑞既不能来台，张家便有人提议，何不就在“老太爷生日”那天，将在巴西、大陆的儿女孙辈都集中起来，请“老太爷”到环荜庵来受贺。

做此建议的人，很可能出于天真的动机。可是，刚刚在兴建摩耶精舍的张大千哪会看不出其中包藏的意思？他以孝子贤孙，应该来替“老太爷”拜寿，没有“老太爷”重洋万里去迁就儿孙之理，一口拒绝。

张大千去世那天，我正好应台湾中山大学李校长及高雄市许市长联名邀请，配合他们合办的《红楼梦》资料展览，在做有关《红楼梦》的讲演。北返以后，应《联合报·副刊》之嘱，写了一篇追悼张大千的稿子，题目是《摩耶精舍的喜丧》，四月七日刊出以后，颇蒙知好见许。如何怀硕除了给我打电话以外，并特别在他评论张大千艺事的文章中提到。但不幸地，我提到张大千的“术”，由于刚讲过《红楼梦》，思维中有残余印象的关系，因以王熙凤作比。我是这样说的：“大千先生是个非常好胜争名的人，但又要好胜而不树敌，争名而不见妒，这就非有一套过人之术不可。其用心之深之苦，看看《红楼梦》中的王熙凤，可以想象一二。”这是说张大千如王熙凤的细心、周到、体贴、能干，以及受了委屈，眼泪往自己肚子里流。“其用心之深之苦”，是为了要做到“好胜而不树敌，争名而不见妒”，文气甚明，何尝有何贬词？哪知别有用心之徒到处扬言，说我骂张大千如王熙凤之狠之毒。而且口头谤讪之不足，且公然发而为文，实在可笑之至。

此书到此告一段落，但还有一些个人的观感可谈。一个月以前，我以《追忆大千居士》为题，集李义山[1]的诗，做了一首七律：

万里云罗一雁飞，十年移易住山期。
天涯地角同荣谢，日下繁香不自持。
直道相思了无益，上清沦谪得归迟。
狂来笔力如牛弩，一片非烟隔九枝。

这首诗集句，用的韵是四支，而“飞”字为五微。李义山的诗，一东二冬，四支五微通用，因而援例。后来承精于诗律者指教，用支韵，而首句押微字之飞，名为“孤雁入群”，如用在末句，则为“孤雁出群”，原不算犯律。

最后两句，是写张大千的泼墨画。未几有一位我的畏友，为易末句曰“自有仙才自不知”。从古以来，被许为“仙才”者，只有一个李太白，他自己的“梦游太山诗”[2]，亦有“稽首再拜之，愧我非仙才”之句，但这是用汉武帝的典故。

《汉武帝内传》记“西王母”批评汉武帝说：“刘彻好道，然形慢神秽，虽当语之以至道，殆恐非仙才也。”李白“自愧非仙才”本此，说他自己不是做仙人的材料。但后人认为他与李长吉的才情，皆非人间所有，不同者一是“仙才”，一是“鬼才”。

1　唐代诗人李商隐，字义山。
2　指《游泰山六首》。

我那位畏友，是深深惋惜张大千在绘画上的“仙才”，自我埋没了，只在“狂来笔力如牛弩”时，偶尔一现而已。而所以自我埋没者，都缘为俗尘所累，他好名，好朋友，好热闹，好挥霍，好美食与美妇人，俗尘何止万斛？如果他能像八大山人那样，“片肉旨酒，可以卒岁”，或者虽如石涛，未能免俗，但“风月从来不弃贫，举杯招月伴闲身”，不为物欲所蔽，内心有如唐太宗诗句中所向往的那种“超然离俗尘”的境界，而非“自诩名山足此生”，却又“结庐在人境”，他早就会发现自己在绘画上的“仙才”，岂止赵松雪以降“五百年来一大千”。真是“一洗万古凡马空”，顾恺之、吴道子不足数。

这是很深刻的一种看法，对我来说，是一种启发。可是我不能改用“自有仙才自不知”这句诗，因为前有“不自”字样，太犯重了。

话虽如此，却未能“割爱”。前几天我开车经过摩耶精舍，又想起了李义山的这句诗，同时也想起了自报馆影印来的一段数据。这段数据是不新也不算太旧的“新闻”，主标题是《南张北溥画价疲软》，副标题是“假画充斥，买主心惊”，内容报道香港书画市场，拍卖张大千的画的数量和价格，都和“预估相差一段距离”，因为“假画多，买者在信心欠缺的情况下，往往迟疑，价钱也跟着抬不上了”。

那位记者小姐接着追溯胜国王孙溥儒的情况说：“溥心畬作品的价钱，除非上上品，在国际拍卖场难以提高，也是受假画之累。那些手法高明的赝品，在市场鱼目混珠，经验饱足的买家也难免上当。张大千生前，台北市面上已有相当数量的张大千赝品，他过世以后，造假更为猖獗。”有个专家五月间在香港“参观了三个以张大千为主题的画展，三个会场的展品，十之八九都有问题”。

这样多的假画是哪里来的呢？据报道：“一些张大千假画，出自张大千学生之手。张大千在世的时候，拍卖公司或收藏家，必要时可以请他本人鉴定，是否出自自己的手笔，如今当事人不在，要靠行家鉴赏的眼光。”

回忆到此，真所谓“感不绝予心”，归来又集李义山支韵诗得之绝句：

（其一）

自有仙才自不知，
月中流艳与谁期？
回头一即箕山客，
尽日灵风不满旗。

（其二）

记着南塘移树时，
信陵亭馆接郊畿。
从来此地黄昏散，
雨落月明俱不知。

（其三）

芳桂当年多一枝，
春兰秋菊可同时。
绛纱子弟音尘绝，
莫道人间总不知！

集成检点，巧的是每一首都有“不知”二字，因以“不知”名篇。正是：

不知腐鼠成滋味，
猜意鹓雏竟未休。

图书在版编目（CIP）数据

高阳版张大千传 / 高阳著. -- 上海 ：文汇出版社，2020.10

ISBN 978-7-5496-3289-3

Ⅰ. ①高… Ⅱ. ①高… Ⅲ. ①传记小说－中国－当代 Ⅳ. ①I247.5

中国版本图书馆CIP数据核字(2020)第145014号

图字号：09-2019-889

高阳版张大千传

作　　者 / 高　阳

责任编辑 / 甘　棠

特邀编辑 / 郑喻世　　汪超毅　　乔佳晨

封面装帧 / 温海英

出版发行 / 文匯出版社
上海市威海路755号
（邮政编码 200041）

经　　销 / 全国新华书店

印刷装订 / 三河市龙大印装有限公司

版　　次 / 2020年10月第1版

印　　次 / 2020年10月第1次印刷

开　　本 / 168mm×240mm　　1/16

字　　数 / 203千字

印　　张 / 17

ISBN 978-7-5496-3289-3

定　　价 / 49.90元